LA DESCENTE AUX ENFERS

Coralie Letombe

Ce livre est une histoire inspirée de faits réels. Toute ressemblance avec des événements historiques, des lieux ou des personnages existants serait purement fortuite. Bien que les dates et prénoms aient été modifiés, ce récit s'inspire d'un vécu personnel, marqué par des drames familiaux, l'alcool, la maltraitance psychologique et la résilience.

Couverture : © Coralie Letombe, source Canva

Correction, mise en page : © @Fiominora

ISBN : 979-10-977040-0-1

Dépôt légal : 26 mai 2025

Site internet : www.coralieletombe.com

« La famille devrait être un refuge, mais parfois elle se transforme en prison de souffrance. »

Coralie Letombe

Partie 1
Bonne ou mauvaise nouvelle ?

CHAPITRE 1

1991, c'est là que ma vie va prendre un autre tournant, là où je vais être tourmentée et perturbée. Je ne comprends pas comment, moi, Natacha, j'en suis arrivée au point d'être perçue comme la fille trop facile, la fille méchante ou agaçante, celle qui adore faire la fête, boire et fumer, et qui idolâtre les hommes. Pourtant, je ne pense pas être si mauvaise que ça. Enfin, c'est ce que je croyais. Évidemment, les autres ne semblent pas partager mon avis.

J'ai toujours détesté devoir être un bon exemple pour ma famille. L'école n'est vraiment pas mon truc. Prendre des notes ou faire mes devoirs ? Très peu pour moi ! J'aime bien répondre aux adultes et parfois manquer de respect. Je sais exactement comment appuyer sur le bon bouton au bon moment pour mettre mal à l'aise une personne. En même temps, je sais que mes parents aimeraient que je fasse de belles et grandes études. Mais ce n'est pas du tout dans mes plans. J'ai d'autres ambitions qui ne vont sûrement pas leur faire plaisir. Les pauvres... Je leur cause déjà pas mal de soucis et je leur en fais voir de toutes les couleurs en étant une fille difficile à vivre et à comprendre. Sans oublier mes propres démons intérieurs.

Je ne veux pas être comme tout le monde. C'est trop cliché. J'ai un sacré caractère et on peut dire que je ne me laisse jamais marcher sur les pieds. Pour un petit détail qui peut sembler banal pour certains, de mon côté, cela peut vraiment me déranger. Par conséquent, je réagis vite, trop vite. C'est dans ma nature. Je ne suis pas la meilleure amie sur qui tout le monde peut compter. Heureusement pour eux, parce que je n'ai pas ce don d'avoir toujours les mots qu'il faut pour consoler quelqu'un dans les moments difficiles. J'ai ma façon de montrer mon soutien. Pourquoi donner des conseils ou des avis ? Ce n'est pas mon rôle, je ne suis pas thérapeute. S'ils ont des problèmes personnels, ils devraient aller voir un professionnel au lieu de tout me raconter. Ils savent parfaitement comment je suis !

Je n'ai peur de rien et j'aime relever les défis. Je suis déterminée à atteindre mes objectifs, peu importent les obstacles sur ma route. Personne ne va me prendre de haut, je refuse que qui que ce soit se mette en travers de mon chemin, même si je reste un peu réservée et hésitante parfois. Bon, voire agaçante, je l'accorde. Ma force intérieure et mon indépendance sont essentielles chez moi. Je préfère affronter les difficultés seules plutôt que de dépendre des autres. Je suis audacieuse et prête à prendre des risques pour ce en quoi je crois. Même si parfois ma témérité me met dans des situations délicates, je reste déterminée à suivre mon propre chemin.

Je n'ai aucune attache amoureuse en général. Mon attitude peut sembler froide ou distante envers les autres. Je me concentre sur mes objectifs sans laisser mes émotions influencer mes décisions. C'est pourquoi je n'ai pas une longue liste d'amis sur qui compter ou m'appuyer. Je fais tout par moi-même et ça me convient très bien. Il faut savoir que je ne suis pas une fille très coquette ; je ne prends pas soin de mon apparence ni de ma personnalité. Pas de maquillage ni de coiffures compliquées, juste des vêtements simples et classiques : baskets, jeans, survêtements sombres et t-shirts amples et discrets. Un vrai garçon manqué ! Mes cheveux sont longs, bruns et épais, mais ils se coiffent naturellement : pas besoin de les attacher ! Mes yeux sont marron foncé et je ne vois vraiment pas de défauts chez moi : je me trouve belle au naturel.

Non, tu ne rêves pas : mes chevilles ne gonflent pas, rassure-toi ! Je ne cherche pas à passer trop de temps à me préparer ; ce n'est vraiment pas mon délire. D'ailleurs, ma mère est pareille là-dessus ! On a ça en commun, et c'est déjà très bien.

C'est une journée comme les autres : longue et ennuyeuse. J'ouvre doucement la porte du dernier cours de la journée qui va sûrement être pénible, comme d'habitude. Je rentre dans cette salle, lassée et lessivée. Qu'est-ce que je n'aurais pas donné pour être dans mon lit à rêvasser ou rester au bar *La P'tite Pause* avec mes amis du lycée !

En règle générale, je traîne avec des gens un peu plus vieux que moi, entre deux et quatre ans plus âgés. Parfois il y a aussi des gens du même âge selon la personnalité ; c'est selon si on s'entend bien ou non : ça passe ou ça casse ! Je suis un peu ce genre de fille qui va dans tous les sens. Je ne suis pas facile à vivre tous les jours ! Mes parents s'en tirent les cheveux, surtout ma mère qui est souvent sur mon dos.

La journée se passe sans encombre. Elle ressemble beaucoup aux autres. En ce moment, je ne suis plus du tout dans les cours, j'ai la tête bien ailleurs. Depuis une semaine, je m'inquiète énormément car je ne vois pas mes anglaises arriver. C'est pourquoi sur le chemin du lycée, je suis passée rapidement à la pharmacie pour m'acheter, et pour la première fois de ma vie, ce fameux test de grossesse. Vous savez, ce petit bâton sur lequel il faut faire quelques jets de ses urines. Parfois, j'oublie de prendre ma contraception : je suis beaucoup tête en l'air. Je crains beaucoup de lire le résultat, j'en tremble et je ne pense qu'à cela. En plus, je ne sais pas comment ce test fonctionne réellement. J'en ai déjà entendu parler autour de moi mais sans plus. Cela ne doit pas être si compliqué à vrai dire. Loin de moi l'idée de demander conseil à la pharmacienne, il y a une notice : pourquoi me prendre la tête ? Je la lirai plus tard quand je serai dans un endroit plus calme, à tête reposée. Cela m'angoisse tout de même, bien que cela ne soit pas dans mes habitudes.

Il est 17 h, enfin une excellente nouvelle pour mon cerveau. Je sors du cours pour rejoindre mes amis au bar ainsi que Julian, mon amoureux depuis quelque temps.

Julian, c'est le type de garçon assez banal, qui profite de la vie. Il est de taille normale, des yeux bleus à faire chavirer n'importe qui, même un oiseau. Il a un bon caractère, tout l'inverse de moi ! Il sait être patient. Cependant, il n'a pas la langue dans sa poche : quand il veut faire comprendre quelque chose à quelqu'un, il ne prend pas de pincettes, non. Il y va direct, sans trop faire de chichi parce qu'il déteste tourner autour du pot, perdre son temps avec des détours inutiles ou enjoliver la réalité pour ménager les susceptibilités. Pour lui, la vérité, même brutale, vaut mieux qu'un discours édulcoré. C'est ce qui me plaît beaucoup chez lui d'ailleurs, un point en commun. C'est mon pilier, mon soutien tout comme mes trois amis que je vais rejoindre dans peu de temps. Ils comptent beaucoup plus que mes deux frères avec qui je n'ai pas forcément de lien profond, ni d'amour. C'est bien dommage mais je n'ai pas cette même attention pour ma famille qu'avec mes amis.

Je prends place dans le bar surnommé *La P'tite pause* dans un coin tranquille pour qu'on ne nous dérange pas. Le gérant a pris l'habitude de nous voir. Pas besoin de lui donner la liste de ce que nous voulons boire : au fil du temps, il a appris de nos routines. Nous prenons toujours la même place. L'endroit n'est pas immense mais il accueille pas mal de monde tout de même.

La P'tite Pause, un bar restaurant avec ses murs en briques rouges et ses lampes tamisées, l'ambiance qui y règne est à la fois envoûtante et accueillante. À l'intérieur, les clients sont transportés dans un univers où le temps semble suspendu. Des tables en bois sombre, des fauteuils confortables et des miroirs ornés d'encadrements dorés confèrent une atmosphère à la fois rétro et élégante. Le bar lui-même est une œuvre d'art, ornée de motifs complexes gravés dans le bois très joliment poli. Même si ce n'est pas à mon goût. Des bouteilles de spiritueux exotiques scintillent derrière, prêtes à satisfaire les palais les plus exigeants. Le parfum envoûtant des cocktails spécialement concoctés flotte dans l'air, invitant les clients à se laisser emporter par les délices de la nuit. Et pour ce qui est des repas, ils sont d'un délice à en faire baver les papilles.

Cet endroit est bien plus qu'un simple bar : c'est un lieu de rendez-vous pour les âmes en quête d'aventure, de folie et de romance. C'est un endroit où les histoires se tissent aussi facilement que les liens entre chaque individu qui s'y rend.

En attendant que mes camarades arrivent, je plonge ma main dans mon sac de cours pour prendre le fameux test de grossesse, et je me dirige au coin pipi room tout en étant la plus discrète possible. Même si je le sais : personne ne me regarde. Je ne suis pas la reine non plus ! Je me pose sur la cuvette des toilettes et je commence à lire la notice pour comprendre son utilisation. Au bout de quelques petites minutes, je me rends compte que c'est tout simple : il suffit d'uriner sur une partie du test, d'attendre cinq bonnes minutes pour avoir le résultat. Un trait : je ne suis pas enceinte ; deux : je suis dans la merde. Il n'y a plus qu'à me lancer.

J'attends patiemment de connaître le verdict pour me sentir soulagée et enlever ce poids immense que j'ai sur les épaules. Je sens le stress grimper, mon cœur battre à n'en plus finir. Je ne veux pas tomber enceinte : non, je ne me sens pas prête et pas capable du tout ! Ce n'est pas le bon moment et je suis encore trop jeune, trop innocente dans ma vie. Alors que j'attends patiemment, les voix familières de mes amis résonnent dans le bar. Ils sont déjà arrivés. Mon dieu, l'angoisse. Je sais parfaitement qu'ils se demandent où je suis passée. Je prends une grande inspiration pour me recentrer sur moi.

Mes mains tremblent tandis que je regarde du coin de l'œil le résultat. Et là, le bâtonnet glisse de mes doigts. Mon cœur semble s'arrêter net. Le résultat est sans appel. Je reste pétrifiée, incapable de bouger, sous le choc. Je n'en reviens pas.

CHAPITRE 2

Je me retrouve dans une situation de merde.

Je sors des toilettes et, malgré la nouvelle que je viens d'apprendre, j'affiche tout naturellement, un sourire sur mon visage. Enfin, j'essaie de paraître normale pour éviter d'afficher tout soupçon sur celui-ci, qui a perdu de sa splendeur. Je ne m'en remets toujours pas. Mes émotions sont intenses. Deux putains de traits ! Je suis dans une belle galère ! Il ne faut pas se précipiter non plus, rien n'est encore sûr à cent pour cent.

Dois-je le dire maintenant à mes amis ? Je n'en sais rien du tout.

Je me dirige vers la table par petit pas et salue mes acolytes. Julian n'est pas encore arrivé. Il a certainement dû être retenu par son travail. Je viens m'installer à côté de Mélaine qui est juste en face de Gabin et d'Aubin. Bien évidemment, c'est toujours la même chose : on adore se charrier les uns et les autres. Un petit quatuor sympathique, avec des personnalités totalement différentes.

Mélaine est une jeune femme artistique et créative, dotée d'une sensibilité profonde et d'une imagination débordante. Passionnée par l'art sous toutes ses formes, elle trouve son inspiration dans les couleurs vibrantes et les textures riches de la vie quotidienne. Avec son esprit libre et sa nature empathique, elle est toujours là pour soutenir ses amis dans les moments difficiles, offrant une épaule sur laquelle pleurer. Ou alors elle nous transmet un sourire lumineux pour éclairer les jours où tout peut paraître sombre.

Mélaine sourit, un éclat de bonheur dans les yeux alors qu'elle parle de ses dernières œuvres d'art, de ses nouveaux projets qui la passionnent toujours autant. Elle partage avec enthousiasme ses expériences dans son atelier, évoquant les défis créatifs auxquels elle fait parfois face et les joies de voir ses tableaux prendre vie sous ses pinceaux.

J'écoute à peine la moitié de ce qu'elle raconte et pourtant je donne tout mon possible pour ne rien rater de la conversation.

Parlons de Gabin. Il est, à lui seul, un esprit analytique et pragmatique, doté d'une intelligence vive et d'une curiosité insatiable. En tant qu'ingénieur, il excelle dans la résolution de problèmes complexes et la conception de solutions innovantes. Son sens de l'humour et sa jovialité naturelle le rendent irrésistible auprès de ses amis, qui apprécient autant sa capacité à alléger les tensions qu'à apporter une perspective positive aux situations les plus difficiles. Gabin hoche la tête, un léger sourire flottant sur ses lèvres, alors qu'il raconte ses dernières aventures au travail. Il parle de ses projets d'ingénierie, des défis techniques qu'il doit relever, mais aussi des moments de camaraderie partagés avec ses collègues. Malgré les hauts et les bas, il reste optimiste quant à l'avenir.

Et le petit dernier, c'est Aubin : un tout autre personnage ! Lui, c'est un rêveur romantique, un musicien passionné par les rythmes envoûtants et les mélodies. Avec son esprit créatif et sa sensibilité artistique, il trouve l'inspiration dans certains paysages de la région et dans les émotions profondes qui animent la vie quotidienne. Malgré ses airs de nonchalance, il cache souvent ses craintes et ses doutes derrière un sourire charmeur, cherchant à protéger ceux qu'il aime de ses tourments intérieurs. Il est assis en retrait, observe le groupe avec un sourire reposant. Il parle de sa passion pour la musique, de ses concerts à venir et des nouvelles chansons qu'il compose avec son petit groupe. Mais derrière son apparence insouciante, on peut apercevoir une lueur d'inquiétude, un soupçon de tristesse dans son regard.

Mélaine me fait soudainement sortir de mes pensées.

— Alors Nat', tu racontes quoi de bien joli ? Les cours ça se passe comment ? murmure-t-elle à mon oreille pour ne pas couper la conversation de nos autres camarades.

— Tranquille écoute, tu sais que J'ADORE les études ! fais-je d'un ton ironique. Et toi, tout va bien ? L'art te plaît toujours autant à ce que je vois. Je suis contente pour toi ma Mélaine, sincèrement.

J'en rajoute pour qu'elle n'ait pas des soupçons car dans ma voix il y a de la mélancolie. J'ai envie d'hurler, intérieurement ça bouillonne comme une cocotte-minute prête à exploser, mais je me contiens tant bien que mal.

— Oui carrément. J'adore trop ce que je fais ! Tu verrais ce que je suis en train de réaliser comme tableau. Il est magnifique ! annonce-t-elle toute souriante et joyeuse. Mais dis-moi, tu as une salle tête quand même, tu es sûre que tout va bien ? Tu es toute pâlotte...

Merde ! Elle a remarqué que quelque chose ne tourne pas rond, et les deux loustics lèvent d'un seul coup la tête pour me fixer.

— Bah oui ma pauvre, on dirait que tu as vu un loup, tu n'as pas l'air bien, tu es blanche comme un linge. Pète un coup Nat' ! lance Gabin d'une voix enjouée.

— Ah ah ah, très drôle Gabin, non ça ne va pas trop : j'ai peut-être un virus qui circule. Je ne me sens pas très bien en vérité depuis ce matin. J'ai mal au bide, et j'ai la nausée, dis-je. Ça va passer, ne vous inquiétez pas. Je ne suis pas une lopette.

— Oh mince ! J'espère que tu n'es pas en cloque quand même ! T'imagine ? Toi ! Enceinte. Non, impossible ! Surtout que tu veux encore profiter de ta jeunesse et de ton Julian. D'ailleurs, il ne devait pas nous rejoindre ton Don Juan ? fait Mélaine.

Je réponds brièvement et c'est vrai que Julian n'a toujours pas rappliqué… Je décide de m'éloigner de la troupe pour passer un coup de fil et avoir des nouvelles. Julian décroche à la seconde sonnerie.

— Oui, je sais, Natacha. Je suis encore au boulot. Un empêchement de dernière minute. On a pris du retard sur une voiture, la pièce n'est pas arrivée dans les temps, alors on doit vite finir pour la rendre au client. Désolé, j'ai un léger contretemps.

— Ah donc tu ne comptes pas nous rejoindre, je suppose ? fais-je d'une voix triste.

— Non, désolé, ma belle : pas cette fois. Je dois absolument terminer cette voiture. On se voit demain ? Je ne travaille pas : c'est mon jour de repos.

— D'accord Ju'. Je comprends, je vais annoncer au trio qui attend que tu as un empêchement, ils vont comprendre. Oui, on se voit demain.

Je ne reste pas plus longtemps avec lui et décide de rejoindre mes amis pour boire un dernier verre, ensuite je dois rentrer sinon ma mère va me tomber dessus, encore une fois.

J'annonce que Julian ne viendra pas en expliquant la raison de son désistement. Ils ne sont pas étonnés : c'est la période des réparations en ce moment à priori. Je ne suis pas l'actualité de voiture : c'est un truc de mec.

On reprend notre conversation. On parle de tout et de rien. Je me rends compte que j'ai trois amis aux profils différents. Ce que j'aime et j'admire chez eux : leur façon de vivre, la gestion de leur propre vie, et d'avancer dans leur avenir qui a l'air de tenir debout, pas comme moi.

En écoutant leurs histoires, leurs rires et leurs préoccupations, je me sens chanceuse de leurs présences dans ma vie. Malgré les défis qui se dressent devant moi, je sais que je peux compter sur leur soutien et leur amitié indéfectible pour m'aider à traverser les moments difficiles qui m'attendent. Enfin, c'est ce que j'espère en tout cas.

Il est 19 h quand nous nous quittons. Mes amis repartent chacun de leur côté. C'est avec le cœur lourd que je décide de les quitter. Ils me disent de me reposer pour avoir une meilleure mine, là je fais peur à regarder apparemment.

Ce qui est mal dans tout cela, c'est que je ne leur ai pas annoncé la véritable raison de mon mal-être. C'est une sacrée bombe que je vais lancer lors de notre prochain rendez-vous !

Et je flippe grave...

CHAPITRE 3

Je me réveille au petit matin, enfin c'est ce qu'il me semble. Lorsque je regarde mon réveil, je m'aperçois qu'en réalité il est déjà 12 h. Ouille ! Ça fait mal de traîner comme une vielle chaussette. Peu importe, je me sens très bien dans mon lit, avec la couette relevée sur mon corps. Allez, je reste encore un petit temps. Et puis, c'est le week-end alors mes parents n'ont rien à me dire pour l'instant. Et je pense de toute manière qu'ils ne sont pas présents aujourd'hui.

Pour faire simple, mes parents sont des personnes très opposées. On dit souvent que les opposés s'attirent. Figurez-vous que c'est bien vrai, je peux le confirmer. Je me demande même comment fait mon père pour rester avec une femme aussi froide et détachée.

Mon père, Martial, est toujours bienveillant, plein de sagesse et de conseils avisés. Même quand il hausse la voix à la vue de mes notes désastreuses, il le fait avec un mélange de fermeté et d'amour qui me rappelle à quel point il se soucie de mon propre avenir. Et puis, il y a ma mère, Judith, une femme au caractère bien trempé. Directe, stricte, avec un regard perçant qui peut faire trembler n'importe qui (moi y compris). De mon côté, la peur ne fait pas partie de ma vie. Au contraire, je trouve ça plutôt excitant. Je dois avouer que je lui en fais voir de toutes les couleurs. Ma mère me fait beaucoup penser à Cruella. Pourtant, même si j'écoute ce qu'ils me disent à propos de l'école et des études, je n'ai aucune envie de faire des efforts. Les études, l'apprentissage, ce n'est pas fait pour une personne comme moi. Les stylos, les cahiers, les devoirs... tout ça, je m'en moque royalement.

Papa est un homme aux multiples talents. Le week-end, il endosse le rôle d'acteur dans des pièces de théâtre, emportant les spectateurs dans des mondes imaginaires avec sa voix envoûtante et son jeu d'acteur captivant. En semaine, son deuxième métier est celui de jardinier. Il a la main verte et une passion dévorante pour la nature. Rien ne le rend plus heureux que d'explorer les mystères du jardin, de sentir le terreau humide et frais glisser entre ses doigts.

Dans le jardin de notre maison, c'est un véritable paradis verdoyant que l'on peut apercevoir à travers la fenêtre. Un grand et majestueux pommier trône au centre du jardin, offrant son ombre généreuse pendant les chaudes journées d'été. Des rosiers s'épanouissent à profusion, leurs pétales colorés parsemant le sol d'un tapis floral. Le long de notre allée, un potager offre une abondance de légumes frais à notre table. L'air embaume d'arômes délicats et les couleurs chatoyantes des fleurs égayent notre quotidien, rendant la vie plus douce et lumineuse.

Maman, quant à elle, est une artiste de l'aiguille et des fourneaux. Couturière de talent, elle manie l'aiguille avec une dextérité impressionnante, créant des vêtements élégants et des pièces uniques qui reflètent sa créativité. En cuisine, c'est une magicienne. Ses mains agiles s'affairent avec adresse pour préparer des mets délicieux. Son bœuf bourguignon du dimanche est une véritable institution familiale, un plat réconfortant et savoureux qui parfume la maison de ses délicieuses effluves. Chaque bouchée est un voyage au paradis des papilles, une explosion de saveurs qui réchauffe le cœur. Il faut tout de même que je lui trouve quelque chose de bien à cette femme si spéciale !

Dans cet univers où le théâtre, la nature, la couture et la cuisine se mêlent harmonieusement, notre famille vit des moments de bonheur simples mais également intenses. La notoriété de ma mère joue énormément au sein de notre foyer. Très stricte, sévère, elle ne rigole presque jamais. Je me demande si cela est dû à son enfance. Nourris par l'amour et la passion de chacun, il nous arrive donc parfois de vivre des moments sombres et lugubre. Elle qui n'aime pas ma façon de vivre et de prendre des décisions pour ma future carrière professionnelle. Ni même ma façon d'être avec certaines personnes, dont elle fait partie.

La majeure partie de ma vie se passe à l'extérieur de chez moi. Je n'aime clairement pas passer du bon temps avec papa, maman, je préfère profiter de ma vie ainsi que de mes amis. Je ne suis pas autant attachée à eux que je le voudrais, alors que j'idolâtre mes amis.

Je n'ai jamais eu de moment mère/fille comme beaucoup le vivent autour de moi. Ça me rend triste, ça me fait mal au cœur mais je ne le montre pas. Je n'ai pas envie de recevoir de la pitié alors je reste de marbre face à cette situation. C'est bien malheureux, je dois faire avec.

D'ailleurs, je ne suis pas la seule enfant de la famille. Mes parents ont eu trois enfants : deux garçons et une fille (moi). Mes frères sont tout le contraire de moi, des personnalités très différentes et bien sages. Malgré nos différences, nous sommes proches, mais pas fusionnels. Je suis plutôt garçon manqué que fille, donc je n'ai pas vraiment besoin d'eux pour me défendre, surtout que j'ai du répondant et également de la rage !

Phil, grand, mince, avec ses muscles bien dessinés et ses yeux noisette pétillants, incarne la force et le sérieux. Il est travailleur, respectueux envers son entourage et toujours prêt à aider ceux qui en ont besoin. Dorian, quant à lui, est d'une simplicité désarmante. Moins athlétique que Phil, tout aussi robuste. Sensible et délicat, il a du mal à exprimer ses sentiments, pourtant il essaie : malgré ses échecs, il est toujours prêt à recommencer.

Il est temps pour moi de me lever, je décide de sortir de ma chambre. Dehors, le beau temps est au rendez-vous. Ça fait plaisir, enfin un peu de chaleur. Ces derniers temps, il ne fait que pleuvoir. Pas des petites gouttes, non. Il arrive que certains jours ce soit le déluge.

Je me dirige vers la cuisine pour me servir mon petit café du matin. Je ne grignote jamais, je préfère boire un bon petit café accompagné d'une bonne cigarette. Tu connais certainement la règle des trois C : clope, café et caca. Bien évidemment, mes parents sont au courant que je fume. J'évite de le faire devant eux. Ma mère déteste sentir l'odeur ; quant à mon père, cela ne le dérange pas puisque lui aussi fume. C'est un vrai pompier !

Comme tous les parents, ils l'ont découvert très vite car je sentais l'odeur du tabac sec et froid. Je n'ai pas voulu leur mentir alors, pour éviter de perdre du temps, je suis allée au front, sans inventer des histoires. Au moins, je n'ai plus à me cacher. Aujourd'hui, il faut absolument que je parle à ma famille de ma découverte d'hier. Je n'aime pas poireauter.

Je décide de passer la journée pépère avant de rejoindre Julian à Sylvereil. Dans cette ville, qui est celle de ma naissance, ainsi que celle de mes parents, les rues sont pavées et les toits ont des teintes chatoyantes. C'est, selon moi, un havre de paix. La communauté est accueillante et c'est assez palpable à chaque coin de rue. Les habitants, un mélange de familles, d'artisans et de commerçants, se saluent avec des sourires chaleureux et des échanges cordiaux. Les enfants courent entre les étals des marchés, ajoutant une touche de joie à l'atmosphère déjà vibrante.

Pourtant, sous cette façade apaisante, des ombres se glissent parfois dans les ruelles étroites. Des murmures circulent, évoquant les rumeurs de trafic de drogue et les agissements de quelques délinquants qui cherchent à corrompre l'innocence de la ville. Ces chuchotis ont leur part de vérité, même s'ils restent discrets.

Mais ce qui rend Sylvereil vraiment unique, c'est son immense pont qui enjambe le canal verdoyant. Les passants s'y promènent à toute heure, laissant leurs pensées vagabonder au rythme du doux clapotis de l'eau et du chant des oiseaux. Les balustrades du pont sont ornées de fleurs sauvages, offrant un spectacle coloré et apaisant à quiconque souhaite s'y aventurer.

Le téléphone fixe sonne et me fait sortir de mes pensées. C'est Julian : il m'annonce qu'il va arriver d'ici une trentaine de minutes. Je dois me dépêcher pour qu'il ne pense pas que je l'ai complètement oublié. Avec tout ce que j'ai dans la tête, ce n'est pas évident.

Je file sous la douche. Mes deux frères ne sont pas à la maison. Je n'ai pas envie de les avoir dans les pattes.

Je compte passer une agréable journée avec Julian, je ne veux pas lui annoncer la couleur concernant ma probable grossesse. Rien n'est encore sûr à cent pour cent. Entre temps, j'ai effectué un second test pour voir si le premier était correct. Les deux barres s'affichent encore. Je veux déjà en discuter avec mes parents et ensuite j'aviserai.

Julian klaxonne pour m'avertir qu'il est bien arrivé. Je prends mes affaires, sors de la maison en claquant la porte et, par la même occasion, je laisse toutes mes mauvaises ondes à l'intérieur.

CHAPITRE 4

Je passe un excellent après-midi avec Julian, on profite pleinement du soleil. Nous sommes déjà au mois d'avril, le beau temps est au rendez-vous, comme c'est agréable de pouvoir prendre un bon bain de vitamines. Tu connais certainement le dicton : « *En avril, ne te découvre pas d'un fil !* » Et la suite, tu la connais ? *« En mai, fais ce qu'il te plaît.* » Mais bon, faut quand même pas attraper la crève non plus ! Les journées deviennent plus douces, l'air reste incertain, comme s'il hésitait encore entre deux saisons.

C'est ce moment de l'année où j'sais plus si je grelotte ou si je grandis ! Un peu des deux, peut-être. Nous sommes dans les jardins de Sylvereil. Il y a du monde, normal : les parents profitent eux aussi de sortir en famille. L'endroit est très grand, avec de l'espace. On peut s'éloigner sans devoir se coltiner les bruits perturbants des enfants qui nous cassent les oreilles.

Julian s'aperçoit tout de même que j'ai la tête ailleurs. Je le rassure en lui disant que tout va bien, que je suis juste fatiguée à cause du petit virus. J'invente, bien évidemment, pour qu'il ne se doute de rien. J'utilise le même mensonge qu'avec mes amis, on ne sait jamais. Les langues peuvent parfois se délier. Je suis très maligne. Il me sourit en retour.

On décide de bouger et d'aller manger un bout dans un restaurant. Par la suite, nous devons rejoindre mes amis pour boire un verre tous ensemble. Rien de particulier à fêter, c'est une habitude que nous avons pris chaque week-end. Surtout qu'on peut profiter pleinement de la terrasse ensoleillée. Un vrai bonheur de recevoir de la chaleur sur son visage ! Un régal de sentir les bonnes odeurs et les fleurs même si je m'en moque royalement de tout cela, ça me fait tout de même un bien fou !

Julian et moi passons un excellent moment en amoureux. Il me fait oublier les mauvaises choses qui trottent dans mon cerveau. Tout est brouillon : avec lui, j'oublie vite ce qui me chamboule autant. J'attends vraiment avec impatience le moment où je vais lui annoncer la nouvelle. Je ne sais pas si elle va être bonne ou mauvaise : je sais juste que je ne veux pas d'un enfant dans ma vie. Je suis trop jeune et je veux pouvoir encore en profiter un maximum. Je n'ai pas envie d'avoir un mioche à ma charge, je ne veux pas m'en occuper, j'en suis incapable. Je ne sais déjà pas me gérer moi-même alors un gosse... Je n'imagine même pas. Ce serait une catastrophe assurée.

Il est temps pour nous de rejoindre la troupe d'amis. Julian les connaît, il a eu le droit à des questions quand je leur ai présenté. Il n'avait pas semblé mal à l'aise, bien au contraire. Je suis ravie qu'il s'entende si bien avec ces trois-là. On trouve toujours des points positifs et négatifs chez une personne mais chez Julian, c'est différent. Il est vraiment parfait comme mec. Je ne lui trouve pas de défaut, à part qu'il devrait se lâcher un peu plus.

Mes amis sont assis en terrasse, verre à la main et en pleine discussion. Nous arrivons bras dessus, bras dessous en les saluant chaleureusement.

— Alors Nat', comment te sens-tu ? On dirait que tu vas beaucoup mieux qu'hier quand on s'est quittés ? demande Mélaine joyeuse.

— Oui je te remercie, ça va beaucoup mieux. J'ai dormi tant bien que mal même si je suis encore épuisée, je suis en meilleure forme qu'hier soir, lui suggéré-je d'une voix un peu timide car tout n'est que mensonge.

On salue les deux autres membres de la bande, Gabin et Augustin.

Tout le monde parle de tout et de rien à la fois. Je les regarde un peu distante, j'essaie d'interagir dans leur conversation de temps à autre. Je ne montre pas qu'intérieurement tout tourne en boucle. Ma tête est en surchauffe. Mon cerveau, lui, je crois il est en train de devenir complètement fou. Pauvre ciboulot ! Déjà qu'il me manque des neurones alors si je continue de les consumer, il ne va rien me rester pour le reste de ma vie !

Augustin me fait sortir de mes pensées en me posant une drôle de question à laquelle je n'ai pas forcément de réponse, là dans l'immédiat.

— Sinon Nat', tu comptes faire quoi toi plus tard, une fois le lycée fini ? Tu as déjà réfléchi à ce que tu souhaites faire ?

— Houlà, c'est une très bonne question mec, je ne me suis pas penchée plus sur le sujet, je t'avoue. Je ne sais pas vraiment. Je pense vendeuse dans les magasins.

— Ah oui, tiens ! J'avoue que tu adores toujours parler de ce que tu achètes en bouffe, me fait remarquer Gabin d'un air moqueur qui est surtout blessant pour moi.

— Très drôle... Non, je me vois bien faire ce job. On verra bien, je ne me pose pas forcément de questions pour l'instant. Et vous, je suppose que votre avenir sera meilleur que le mien ? fais-je d'une voix monotone.

Je les écoute tous d'une oreille attentive. J'adore mes amis, plus que ma propre famille. Ils sont des modèles, j'aimerais tellement prendre exemple sur eux. Je les envie presque avec leur vie de famille plus ou moins parfaite. Je ressens qu'ils reçoivent beaucoup de soutien et d'amour comparé à ce que je pourrais avoir de la mienne. J'ai du mal, je suis même jalouse : ils le savent très bien d'ailleurs, donc ils essaient de m'apporter ce que mes parents ne peuvent pas me donner. Enfin, c'est surtout avec ma mère où c'est compliqué de se faire aimer. Et tout cela me fait un bien fou. Je ne suis pas câlin à tout va, ni mots doux, alors ils me le transmettent par des paroles et à travers des attentions. Cela me suffit amplement.

Une serveuse s'approche de notre table.

— Il y a un appel pour vous, monsieur. Vous pouvez répondre au comptoir.

Julian fronce les sourcils, surpris, mais se lève et s'excuse avant de se diriger vers le téléphone du restaurant. Après quelques instants, il revient avec un air préoccupé.

— Désolé, mes parents ont besoin de moi. Je dois y aller.

Je suis triste qu'il parte si vite : il a une bonne raison, comment lui en vouloir ? Je l'accompagne jusqu'à la sortie, profitant de ces derniers instants avec lui.

En revenant, Mélaine me demande si je souhaite poursuivre la soirée au bar de la ville. Sans aucun doute, c'est avec grand plaisir que je dis oui, ils me connaissent bien. Je ne veux pas rentrer chez moi tout de suite.

D'ailleurs, il faut que j'informe mes amis des deux barres. Comment lancer le sujet ? Comment vont-ils le prendre ? Je sais qu'ils ne vont pas me juger : ils me connaissent et savent très bien que je ne vais pas le garder. De toute manière, j'en suis bien incapable et je suis bien trop jeune et pas du tout autonome dans ma vie. Je fuis déjà beaucoup de responsabilités. Avoir un enfant, de ce que j'ai entendu, ça change tout une vie. De ce fait, on va patienter encore un moment.

Nous arrivons dans notre bar où l'ambiance chaleureuse règne déjà. Un fond de musique ambiant nous met dans la bonne humeur. On prend notre place habituelle. Le barman vient confirmer nos commandes : comme nous sommes des réguliers, il se trompe rarement sur nos envies. J'adore venir dans ce lieu où tout le monde peut parler et faire de nouvelles rencontres.

C'est ici que j'ai fait la connaissance des trois loustics. Eux se fréquentaient déjà. Ils se connaissent depuis tout petit. Je ne peux que les admirer. J'étais assise seule à ma table, en train de prendre un verre. Je n'avais pas bonne mine, j'étais épuisée des cours et de la routine. C'est Mélaine qui est venue me voir en premier, on a tissé des liens au fil du temps et, depuis, on ne se quitte plus. Je ne la remercierai jamais autant d'avoir fait le premier pas à ma table car ce n'est pas moi qui l'aurais fait. Je ne cherchais pas forcément l'attention. Je suis étonnée de moi, car je ne fais pas bonne impression au premier regard, mais Mélaine m'a raconté qu'il y avait quelque chose de différent dans mon regard et dans ma manière d'être. Cela m'a beaucoup flattée, je dois l'avouer.

C'est souvent eux qui m'invitent dans ce bar, car mes parents ne me donnent pas d'argent toutes les semaines, alors j'essaie de me débrouiller comme je le peux. Que ce soit pour me payer des cigarettes ou quelques verres.

Mélaine, Gabin et Augustin sont majeurs alors ils peuvent commander pour moi sans soucis. De toute manière, on me donne plus de dix-huit ans. Quoi qu'il arrive, je trouve toujours une solution pour faire face au problème. Rien ne peut m'arrêter, je ne reste jamais sur un échec.

Au bout de quelques verres, on décide d'aller danser sur le dancefloor pour oublier quelques instants nos doutes, nos folies, le boulot et les études. J'ai chaud, je suis épuisée et en sueur au bout d'un certain temps. À force de me déhancher tant bien que mal, voilà le résultat ! On dirait une vieille de soixante ans. Je ne suis pas une grande fan de ce genre de parenthèse, cela me permet tout de même d'oublier ce que je dois leur avouer.

Je décide de retourner dans notre coin et de boire de l'eau fraîche pour me rafraîchir et me dessoûler. Mes amis me rejoignent peu de temps après. Il faut absolument que je passe à l'action pendant que je suis encore un peu sous l'effet de l'alcool. Cela va grave m'aider. D'habitude, je suis de nature franche, là je flippe... Je ne veux pas cacher ce secret. Ils comptent beaucoup à mes yeux. Tout le monde est autour de la table, je décide de me lancer sans plus attendre.

— Je suis enceinte ! m'exclamé-je d'une voix ferme.

Je sens déjà tous les regards se diriger vers moi. Je perçois qu'ils sont tous choqués de la bombe que je viens de lâcher au milieu de la musique stridente.

CHAPITRE 5

— WHAT ? Non tu déconnes, Nat' ? Genre enceinte, enceinte ? crie Mélaine par-dessus la musique.

— Oui : les deux barres sur deux tests de grossesse...

— OH MON DIEU ! Mais attends, comment tu vas faire ? Tu l'as annoncé à tes parents ? À ta famille ? Et à Julian, tu lui en as touché deux mots au moins ? intervient Gabin d'une voix enrouée à cause de l'alcool qu'il a ingurgité.

— Personne, non ! Vous êtes dingues, loin de moi l'idée d'en informer la terre entière. Il faut que je sois sûre déjà ! Que c'est bien réel, avant d'aller crier sur tous les toits que je suis en cloque ! Surtout à mon âge, je n'ai pas envie de passer pour la fille facile !

— Si tu es enceinte, tu souhaites le garder ? Avorter ? Ou tu ne t'es pas penchée sur le sujet ?

demande Augustin d'une toute petite voix pour se faire discret.

— Je ne compte pas le garder, loin de là ! L'idée d'avoir un enfant, de changer les couches, de me lever la nuit : non je suis encore trop insouciante. Je préfère avorter ! La question ne se pose même pas.

— En tout cas, c'est courageux à toi de nous l'avoir dit et de ne pas l'avoir gardé pour toi ! Maintenant que j'y pense, c'est pour ça que tu avais une mine bizarre la dernière fois qu'on s'est vues... petite cachotière, poursuit Mélaine avec son air de *je-le-savais-que-quelque-chose-n'était-pas-net*.

— Oui, j'avais fait le test dans les toilettes du bar après la fin des cours. J'avais des suspicions, notamment sur le fait que je n'ai plus les trucs de filles depuis quelques mois

— QUELQUES MOIS ! Et tu t'inquiètes que maintenant ? réagit Mélaine.

— Je ne me suis pas inquiétée plus que ça. Mais je sentais que quelque chose ne tournait pas rond dans le bas de mon ventre. Par contre, n'en touchez pas un mot à Julian ! C'est à moi de lui annoncer et je sais très bien que soit ça passe, soit ça casse. Surtout qu'il est très bavard et proche de sa famille.

— Oui pas de soucis, c'est à toi que revient cette tâche. On comprend parfaitement, ma belle. Maintenant, j'espère pour toi que tu pourras toujours choisir d'avorter comme, de toute manière, tu ne souhaites pas le garder. On ne te juge pas, on est là pour toi si besoin d'aide ou juste besoin de parler. Parfois, ça fait du bien de vider ses émotions, ses pensées, suggère Gabin en me prenant par les épaules pour me rassurer un maximum.

Je les remercie du regard avec un énorme sourire aux lèvres. Quel soulagement d'avoir enfin tout avoué. J'ai déjà un poids en moins sur les épaules. Bien que je doive maintenant informer ma famille ainsi que Julian. J'attendrai les résultats du gynécologue : je ne veux pas lui en faire part avant.

Il commence à se faire tard quand je regarde l'heure affichée sur le mur du bar. Je ne vais pas tarder à rentrer pour ne pas louper mes parents. Je me lève de ma chaise et annonce à mes chers amis que je les abandonne pour faire l'annonce auprès de ma famille. Ils me souhaitent beaucoup de force. Je les remercie et quitte le bar, direction la maison familiale ! Je ne me précipite pas pour autant : pas la peine de mettre le turbo, j'y vais plutôt à reculons. Moi qui d'habitude n'ai peur de rien. Là, tout de même, j'ai de sacrées sueurs et surtout les chocottes !

Mes parents sont installés confortablement dans le salon quand j'entre. Pas étonnant, il est déjà plus de 22 h ! Ils ne me demandent pas où est-ce que j'ai passé la soirée, ils le savent très bien. Ils connaissent mes amis, ils savent que je suis entre de bonnes mains. Ils n'ont, en revanche, jamais fait la connaissance de Julian : ils l'ont simplement aperçu quand celui-ci vient me chercher devant la porte en voiture. Je les salue et je sens le regard froid que ma mère me lance.

— Natacha, si tu as un creux, comme on ne sait pas si tu as dîné avec tes amis, maman t'a gardé une assiette toute prête dans le réfrigérateur, s'exclame mon père avec un ton espiègle.

— Merci ! C'est gentil mais je n'ai pas faim et, en plus, Mélaine m'a invitée au bar et on a mangé ensemble. Les garçons ne sont pas là ce soir ?

Ma mère secoue la tête et m'informe qu'ils dorment chez des amis car ils étaient conviés à une fête d'anniversaire.

Je me dirige vers la salle de bain pour faire ma toilette et me changer pour être plus à l'aise. Je me sens sale : une bonne douche bien chaude ne me fera pas de mal. Je profite du filet d'eau chaude qui coule sur mon corps pour me détendre avant la tempête. Ou plutôt, le tsunami.

J'essaie de trouver les mots justes pour mon annonce, je n'y parviens absolument pas. Je ne suis pas à l'aise, je ne trouve pas les mots, je le ferai à ma sauce. Pourquoi tourner autour du pot alors qu'il suffit de dire : « *maman papa, je suis en cloque !* » Je vois déjà ma mère blanche comme un cul et mon père essayer de comprendre et de savoir ce qui a bien pu se passer dans ma cervelle.

Je ne perds pas de temps, je sors de la douche et file me mettre en mode super détente. Je prends ce que j'ai sous la main : c'est-à-dire un t-shirt ample gris, un jogging noir décontracté ainsi qu'une petite paire de claquettes, car je déteste mettre des pantoufles hyper chaudes. J'ai l'impression que mes pieds ne peuvent plus respirer, qu'ils étouffent là-dedans.

L'ambiance est assez particulière, enfin c'est ce que je ressens. Mes parents sont épuisés de leur journée de travail chargée. *Comme tous les jours, pauvre idiote.*

Il est grand temps de me lancer. Une atmosphère tendue flotte déjà dans la pièce.

— Papa, maman, je dois vous parler.

— Qu'est-ce qu'il y a encore, Natacha ? Nous espérons que ce n'est pas une autre de tes lubies, s'exclame ma mère d'un ton très sec et froid.

— Laisse-là s'exprimer, Judith. Allons, Natacha, qu'as-tu à nous dire ? fait calmement mon père.

Je prends une grande inspiration ! Aller : trois, deux, un...

— En fait, je ne suis pas sûre, mais voilà.

Je sors le test de grossesse de ma poche et le mets sous les yeux de mes parents.

— C’est quoi ça, Natacha ? Deux barres ? Non mais je rêve ! Martial, tu vois ce que je vois ou alors je suis en pleine hallucination ?

La réaction de ma mère me fait froid dans le dos. Elle a des couteaux dans les yeux, pas des paillettes. En même temps, je la comprends parfaitement. On ne doit pas tomber enceinte à seize ans...

— Non, tu ne rêves pas : je suis bien enceinte. Il y a deux barres. Je vous rassure : je ne souhaite pas garder cet enfant, je désire avorter. Il faut que j’aille consulter un gynécologue pour en savoir davantage.

— Encore heureux que tu ne veuilles pas garder cette chose. Non mais tu te rends compte ! Tu n’as que seize ans, ma fille ! Tu n’as même pas la tête sur les épaules, les idées claires ! Tu n’es encore qu’une gamine qui ne pense qu’à s’amuser, fumer et boire ! Comment tu peux être aussi idiote !

Mon père lui serre tendrement le bras pour lui signifier de se calmer et lui dit de ne pas avoir de paroles blessantes. Je suis choquée. Mon visage se creuse de colère : j’ai envie de tout envoyer valser autour de moi : je me contrôle tant bien que mal. Je prends sur moi. Est-ce que je vais réussir ? J’en doute fortement.

— Écoute, ma fille, je ne suis pas heureux d’apprendre cette nouvelle non plus. Je veux que tu ailles avec ta mère la semaine prochaine chez le gynécologue pour en savoir davantage. Je comprends que tu ne souhaites pas le garder, et, pour cela, il faut en savoir plus sur la situation.

— Je suis bien d'accord. Je ne veux pas de ce môme : je suis incapable de me gérer moi-même, maman a raison... Je suis une moins que rien, je suis la fille qui est méchante, la fille qui est trop nulle, la fille qui est sans cœur, la fille qui est...

Ma mère m'interrompt pour en rajouter une couche, et non pour me rassurer comme une mère le ferait.

— Oh, ça s'est sûr, ma fille ! Tu es... Je ne sais pas moi ! Tu n'as rien dans le ciboulot, ma pauvre !

— Dit-elle alors qu'elle est tombée enceinte au même âge. Tu n'as pas de leçon à me donner à ce que je sache, fais-je pour la défier encore plus.

Elle me gifle : je ne l'ai pas vu venir celle-là. Je porte ma main sur ma joue endolorie par la douleur. Elle est chaude, je sens qu'elle ne m'a pas loupée. Je la regarde droit dans les yeux et lui balance qu'elle aille se faire voir avant de quitter la pièce en trombe et me réfugier dans ma chambre en claquant fortement la porte.

Je me sens vidée, triste et aussi en colère contre ma mère ! Elle n'est même pas capable de me rassurer ou de me prendre dans ses bras ne serait-ce qu'une fois ! Au moins pour me dire que tout ira bien, que quoiqu'il arrive elle sera là pour moi...

CHAPITRE 6

Après la réaction de mes parents, lorsque je leur ai annoncé la nouvelle, nous avons beaucoup discuté pour apaiser toutes les tensions dans la famille. Surtout auprès de ma chère mère. On ne se parle que très peu depuis la fameuse histoire de la gifle. J'ai encore moins de neurones qui fonctionnent maintenant...

Cette gifle m'a retournée. J'ai appelé mes amis pour évoquer la situation. Ils sont tous choqués mais comprennent aussi la réaction de ma mère. D'ailleurs, je n'en ai pas parlé à Julian, de peur des conséquences que cela pourrait avoir sur lui. Va-t-il avoir la même réaction que ma mère ? Il faudra bien lui annoncer de toute façon, je n'ai pas d'autre choix.

Comment se caractérise l'ambiance à la maison depuis ? Je dirais électrique, glaciale... Ma mère ne m'adresse pratiquement plus la parole sauf pour me demander d'effectuer des tâches ménagères ou des courses. Quant à mon père, il travaille beaucoup, rentre tard et est très demandé le week-end. On se croise vite fait le soir lors du dîner. On échange quelques banalités mais ma mère est absente.

Une fois que Phil et Dorian sont rentrés, je leur ai annoncé. Ils ne m'ont rien dit de plus, à part que j'ai mis maman en colère et de mauvaise humeur. Merci du soutien les frères ! Ils sont très concentrés dans leurs études pour avoir un bon travail plus tard. Je ne suis pas leur préoccupation principale. Cela me rend d'autant plus perplexe.

Quelques jours plus tard, me voilà avec ma mère au rendez-vous chez le gynécologue de l'hôpital. Nous patientons très longtemps dans la salle d'attente. La pièce est très belle, lumineuse et chaleureuse. Il y a pas mal de monde, et surtout des femmes enceintes accompagnées de leur mari, ou sinon seules. Je ne les envie pas du tout ! Avec leur ventre tout rond et leur sourire aux lèvres. Cela m'agace, me donne tout simplement la nausée. *Si tu savais comme je te déteste maman ! Pourquoi tu souris comme ça, d'une manière rêveuse en les regardant elles, plutôt que ta propre fille ?*

Au bout d'un certain temps, elle prend la parole doucement pour qu'on n'entende pas notre conversation, qui est loin d'être aimable.

— Franchement, je suis déçue de toi Natacha, je ne m'attendais pas à ça venant de ta part. Pour l'instant, il faut bien que tu consultes pour en savoir davantage et si tu peux avorter. Tu es bien trop jeune, ma fille. J'ai une question qui me travaille ?

— Oui, et bien figure-toi que moi non plus je ne m'y attendais pas. J'ai fait ce test parce que j'avais des mois de retard et cela me semblait anormal... Sinon, c'est quoi ta question encore ? fais-je d'un air agacé.

— Est-ce que le père de cette chose en toi est au courant de ce qu'il se passe ? Ou tu lui mens ?

— Je ne lui ai rien dit du tout ! J'ai peur de ce qu'il pourrait me dire... Puis je voulais consulter avant de lui en toucher quelques mots de toute façon. Peut-être que je ne suis pas enceinte, après tout ?

— Eh bien, ma chère, il faudra bien lui dire si c'est le cas. Tu n'imagines même pas les dépenses ! On ne gagne pas suffisamment pour subvenir aux besoins de cet enfant, et tu le sais. Enfin, on verra bien... Comment il s'appelle déjà ton ami ?

— Julian, il s'appelle Julian. Et je n'en sais rien du tout ! C'est bon tu as fini tes questions, madame la Journaliste ?

Pas le temps de finir la conversation, surtout qu'elle commence à m'agacer avec son air de méchante : c'est à moi de passer.

— Bonjour Natacha, comment allez-vous aujourd'hui ?

— Bonjour Docteur, je vais bien merci.

— Je vois que vous êtes venue avec votre mère. Que puis-je faire pour vous ?

— Eh bien, voilà Docteur, intervient ma mère d'une manière pressée, ma fille a réalisé un test de grossesse et ce test s'avère positif. Nous voulions voir si c'est possible qu'elle avorte, si elle est enceinte ?

— Euh, en réalité, Docteur, je ne souhaite pas poursuivre ma grossesse dans le cas où ce soit positif.

— Je comprends, c'est une décision importante. Depuis combien de temps n'avez-vous pas eu vos règles Natacha ?

— Je ne suis pas vraiment certaine, mais je pense que ça fait environ trois mois.

— Trois mois sans règles ? C'est un signe qu'il faut prendre au sérieux, Natacha. Allons, passons à l'examen pour en savoir plus.

Je me lève doucement de ma chaise pour aller sur la table de consultation. Je me mets en position pour que le gynécologue puisse m'ausculter. Une fois que tout est prêt, le docteur prend place et commence l'examen. Au bout d'un certain temps, le verdict n'attend plus : il est sans appel.

— Natacha, d'après l'examen, je peux vous confirmer que vous êtes enceinte depuis environ six mois.

— Six mois ? Ah non c'est une blague ? Ce n'est pas possible ! Non, impossible ! Vous me faites marcher là ? dis-je choquée par la situation.

— Non. En général, je ne plaisante avec ce genre de situation. Natacha, c'est ce qu'on appelle un déni de grossesse, m'annonce-t-il avec sérieux.

À cet instant précis, j'avoue que je suis totalement perdue. En plus de ça, ma mère me foudroie du regard ! Je sens que Cruella va sortir de sa tanière.

Je ne sais quoi répondre. Quoi faire. Une chose est sûre : je ne peux plus avorter. Niet, nada ! Dans ma tête, un vrai bordel. Je n'ai pas la capacité de m'occuper d'un enfant. Encore moins avec le lycée, les études ! Grosse merde ! Le gynécologue me sort de mes pensées tourmentées.

— Voulez-vous connaître le sexe de votre bébé ? Ou alors garder le secret jusqu'à la date d'accouchement ? Prévu aux alentours du 13 juillet, si tout va bien !

— Heu… au point où nous en sommes, allez-y docteur, répond ma mère, outrée.

— Voyons voir cela… Vous allez avoir une fille. Je vous rassure, tout se passe bien. Elle est dans la norme. Je vais vous prescrire des analyses d'urines et de sang. Vous devrez également faire le test de glycémie pour savoir si vous avez du diabète gestationnel. Il se peut que certaines femmes en fassent ou non durant la grossesse.

Je reste sans voix face à toutes ces informations qui viennent taper dans mon cerveau. Je n'ose même pas lever les yeux vers ma mère qui est à quelques mètres à peine.

— Natacha, prenez le temps de réfléchir. Si besoin, je suis là pour vous guider et pour répondre à toutes vos questions, dit le docteur observant la détresse dans mon regard, mais aussi parce que je suis en train de triturer mes mains.

— Est-ce qu'il y aurait des alternatives autres que l'avortement si je ne souhaite pas garder cet enfant ?

— Oui, il existe l'adoption. Nous pouvons discuter plus en détail de cette alternative au cas où vous le souhaitez. Il faut prendre le temps de réfléchir, ce n'est pas quelque chose qu'il faut prendre à la légère !

— Docteur, quelles sont les prochaines étapes que je devrais envisager pour cette chose qui est dans mon corps ?

— Nous allons planifier des consultations régulières pour surveiller votre santé et celle du bébé. De plus, nous allons discuter des options de soutien médical et émotionnel disponibles pour vous pendant cette période difficile.

La panique m'envahit soudainement. Je cours précipitamment aux toilettes pour évacuer tout ce stress qui me tord l'estomac. Les informations du médecin et la confirmation de ma grossesse semblent avoir exacerbées toutes mes émotions. Nous remercions le docteur de nous avoir chaleureusement accueillies et de nous avoir autant éclaircies sur ma situation. Maintenant, nous avons des réponses à nos questions.

Sur le retour, qui se fait en bus, nous n'échangeons pas grand-chose avec ma mère. D'ailleurs, je n'ai même pas envie de parler. Ni de lui adresser un mot. Elle me dégoûte. Instinctivement, je pose mes mains sur mon ventre pour voir si je peux sentir quelque chose. Cet être est en moi ? Comment j'ai pu passer à côté de tout ça ? Comme je suis idiote de ne rien avoir remarqué ! Maintenant, tout semble plus clair ! Je vais devoir faire attention à tout. Surtout à ce que je consomme. C'est mal parti avec moi !

Quand je rentre à la maison, nous faisons un topo à mon père qui, lui aussi, est abasourdi. Je pense qu'à ce stade nous le sommes tous, moi la première.

Je me dirige dans ma chambre pour prendre quelques affaires avant de filer sous la douche. Ça me fera peut-être du bien, un peu de chaleur, de douceur. Face au miroir, je contemple mon reflet. Quelque chose prend forme en moi. Je devrais ressentir de la joie, de l'excitation, peut-être même verser quelques larmes, mais rien ne se manifeste. Mon visage demeure impassible. Un masque de tristesse s'affiche dans le reflet que me renvoie ce fichu miroir.

Et maintenant, que vais-je faire ?

CHAPITRE 7

Les jours passent et se ressemblent. J'ai revu brièvement mes amis, ils sont tous aussi abasourdis de cette avancée rapide de la grossesse. Plus de lycée : c'est le côté trop cool. De l'autre, mon ventre est devenu gros comme un ballon. Je ne pense pas reprendre de toute manière, je chercherai plus tard un travail pour subvenir aux besoins de la petite. Et aussi pour aider mes parents car, pour l'instant, c'est eux qui devront avancer toutes les dépenses.

Je me dirige donc vers la cuisine pour prendre mon café du matin avec du sucre, même si je dois éviter d'en prendre. J'essaie de me poser quelques instants, de prendre mes vitamines pour être en meilleure forme pour entamer une nouvelle journée. Mes parents sont installés dans la salle à manger. Mon père tient son journal du matin dans ses mains, ma mère regarde un catalogue de couture. Mes deux frères sont partis étudier. C'est très calme quand je pénètre dans la cuisine ouverte. Il a l'air de faire beau, la lumière passe au travers les rideaux.

— Bonjour, dis-je d'une toute petite voix, comme si j'étais en train de les déranger en pleine lecture instructive. Vous avez bien dormi ?

Ma mère prend le temps de lever sa tête de déterrée et de m'envoyer, malgré tout, un petit sourire.

— Oui, je vais bientôt partir au travail. Donc Natacha, si tu as besoin de quoi que ce soit, n'hésite pas, me lance ma mère en se levant de table tout en allant se préparer pour aller au travail.

— Heu, oui d'accord !

Je ne m'attendais pas à ce qu'elle me dise cette phrase, je suis même surprise venant de sa part. Peut-être qu'elle accepte finalement. De toute manière, elle n'a pas le choix.

Mon père me fait un grand sourire en portant un œil attentif sur mon ventre bien arrondi. Il me répond que tout va bien et que lui aussi va bientôt mettre son costume de représentation pour le théâtre. Il doit se rendre dans la salle des fêtes car il joue une scène importante. Je ne me rends jamais à ses représentations, ce sont des trucs de vieux et ce n'est pas du tout le style que j'ai envie de regarder.

Après la révélation, mon corps a commencé à se transformer, à changer. J'ai parfois du mal à me regarder dans le miroir. Je n'arrive pas à porter les mains à mon ventre pour sentir les petits pieds bouger quand elle décide de m'embêter pendant mon sommeil. Je n'ose même pas lui apporter de la tendresse comme le font les autres mères. Je n'ai pas encore ce petit truc qu'on appelle l'instinct maternel.

Parlons de Julian : je n'ose pas encore le voir et, en plus, il est très pris par le travail et par sa famille. Dans un sens, ça m'arrange pour une fois. Je ne lui en veux absolument pas, je l'ai souvent au bout du fil : on parle de tout et de rien, même s'il sent que quelque chose cloche rien que dans l'intonation de ma voix. Et surtout que je m'endors très tôt, à l'heure des poules. Oui, mon corps m'envoie des signaux de fatigue intense et je ne peux plus lutter. Ce n'est pas dans mes habitudes de m'endormir de bonne heure.

Dans le courant de la journée, je décide de rejoindre mes amis dans le centre-ville de Sylvereil. Cette balade permet de me bouger les fesses surtout, et de me faire du bien. Il faut que je sorte de cette maison qui me rend folle !

Le centre-ville déploie ses charmes avec une grâce intemporelle, capturant les âmes errantes dans son étreinte chaleureuse. Je marche dans une ruelle étroite : les façades aux couleurs pastel se dressent là comme des témoins silencieux, porteurs de secrets enfouis dans les murs. Les fenêtres, avec leurs volets à moitié ouverts, semblent chuchoter des histoires anciennes. Et les balcons, plein de fleurs, offrent un petit bout de ciel, tout doré par la lumière du soleil.

Le marché, véritable cœur palpitant de la ville, éveille les sens avec ses étals débordants de trésors culinaires et artisanaux. Les parfums enivrants des épices exotiques se mêlent aux fragrances sucrées des fruits mûrs, tandis que les voix des marchands résonnent dans l'air vibrant d'animation.

À chaque coin de rue, une surprise attend celui qui ose s'aventurer dans les méandres labyrinthiques du centre-ville. Les cafés animés débordent de convives assoiffés de conversation, tandis que les boutiques élégantes dévoilent des trésors insoupçonnés, attendant d'être découverts par les âmes en quête d'émerveillement. Les petites places ombragées sont comme des îlots de paix au milieu de tout le bruit de la ville, avec des bancs où tu peux juste t'installer et laisser ton esprit vagabonder. Les fontaines font un bruit apaisant, et les vieux arbres semblent surveiller tout ça, comme s'ils protégeaient ceux qui se perdent sous leur ombre.

Parmi les boutiques, il y a des magasins spécialisés dans les articles pour bébés, tels que *Le Petit Cocon* offrant une sélection délicate de vêtements et de jouets pour les tout-petits, ou *Au Berceau d'Amour* proposant une gamme complète de produits pour la puériculture. Ces échoppes chaleureuses répandent une atmosphère de douceur et d'attente, accueillant les futurs parents avec tendresse et bienveillance.

Je rentre dans ces magasins, je jette un œil attentif autour de moi. Je semble tellement perdue entre tous ces accessoires pour nourrisson. Une conseillère s'approche de moi en me demandant si j'ai besoin d'aide, ou de conseils. Je lui réponds d'un ton très froid que je n'ai besoin de personne. Je ne veux pas l'écouter et la remercie tout de même.

Je me dirige vers la sortie. Je ne me sens pas dans mon élément. Ce n'est pas fait pour moi ce genre de boutiques. Je ne me sens pas prête du tout. Et pourtant...

Mes amis me rejoignent peu de temps après. Ils savent très bien ce que je peux ressentir : je ne suis absolument pas prête à accueillir chaleureusement cette fille.

Mélaine prend alors ma main, la serre pour me dire qu'elle est là. Ce simple geste me calme de ma panique intérieure. Je la remercie d'un simple regard. Les deux garçons ne parlent pas non plus, ils me connaissent tellement.

On s'arrête dans notre bar car j'ai une de ces envies de faire pipi, et aussi parce que la fatigue commence à monter d'un niveau.

— Dis donc Nat', tu as vu Julian ces derniers temps ? demande Aubin en sirotant sa boisson.

Je ne sais pas quoi lui répondre : je n'ose pas lui avouer que je crains sa réaction.

— Non, il semble très pris par son boulot et sa famille, ça m'arrange un peu finalement...

— Pourtant, ma belle, il faudra bien que tu lui dises : c'est tout de même important qu'il le sache, tu ne trouves pas ? ajoute Gabin, pas très serein de la réponse que je vais lui envoyer.

— Je suis bien d'accord avec toi mais plus je recule, pire c'est. Je lui ai donné rendez-vous tout à l'heure pour lui révéler : on sera fixé ce soir, les amis.

— En tout cas, quoi qu'il se passe après la discussion, fais-nous signe, d'accord ? Ne reste pas seule dans ta bulle malgré ce qu'il dira. Parler te fera du bien, même si tu es en colère, ok Nat' ? propose Mélaine.

Je hoche la tête. Je ne suis pas de nature à me morfondre quand quelque chose de négatif arrive. Je suis une dure à cuire. Mélaine a raison. Je ne dois pas tout garder sur mes épaules, je dois vider mon sac quand ça ne va pas. Un exercice pas si simple à faire pour ma part.

Au fil des heures, qui passent trop vite à mon goût, mes amis quittent le bar car Julian ne va pas tarder à débarquer.

Je commence à regretter de lui avoir donné rendez-vous si rapidement mais il doit le savoir. Je ne peux pas l'ignorer plus longtemps. Il va croire que je le trompe alors que la raison est tout autre : c'est cette grossesse non voulue. Je vois qu'il arrive d'un pas chaleureux, je l'aperçois dans la vitrine. Julian met un pied dans le bar et se dirige vers moi. Il lève la tête et aperçoit mon ventre tout arrondi. Le regard qu'il pose sur moi est rempli de haine, de froideur. Il commence à opérer un demi-tour quand je le rattrape par le bras pour qu'il ne s'échappe pas. Il doit rester.

— Julian, s'il te plaît, ne part pas, il faut qu'on parle de ça, fais-je en désignant mon ventre.

C'est quitte ou double...

CHAPITRE 8

— S'il te plaît, asseyons-nous.

Il obéit en sentant le poids des mots se poser sur ses épaules. Un silence lourd tombe autour de la table, seulement interrompu par le murmure lointain de la musique et des conversations environnantes. Le regard surpris de Julian se pose sur moi, mélange de choc et d'incertitude.

— BORDEL, Nat' ! hurle-t-il. C'est tellement... c'est une grosse blague, je ne comprends pas, il y a deux semaines tu... Arch !

Je lève les yeux vers lui, cherchant désespérément un signe de soutien dans son regard. Ce que je vois me glace le sang. Le visage de Julian est pâle, ses yeux sont emplis d'une peur palpable et, surtout, je perçois et ressens énormément de colère en lui.

— Julian ? Je... je suis autant surprise que toi quand j'ai appris que j'étais enceinte... Je ne le vis pas bien du tout, vraiment. Je ne suis pas prête à faire face à tout ce qui va arriver, j'ai terriblement peur.

— Et moi donc alors, je ne comprends pas, Natacha. Je suis outré de la situation. Comment est-ce possible ? Non, en fait, je suis dans un rêve là, ohé...

Il se claque les deux joues pour voir si ce qu'il vit est bien réel.

— Putain, Natacha, tu fais chier ! Et enceinte de combien ?

— Je suis enceinte de six mois... fais-je en ayant les larmes aux yeux.

— Oh putain de merde, mais ce n'est pas possible, tu veux ma mort ? Tu te rends compte de la situation, enfin de notre situation à tous les deux ? Tu n'as pas le droit de me faire ça. On est tellement jeunes, comment ça se fait ? On fait pourtant attention non ?

Je ne réponds pas, je reste stoïque face à la situation. J'ai dû mal à garder mon calme, je sens une boule de feu énorme dans tout mon corps. Moi non plus je n'ai pas envie d'avoir un enfant si jeune mais je n'ai plus trop le choix au vu de l'avancée de la grossesse.

— Il m'arrivait parfois d'avoir des oublis de contraception… avoué-je avec regret. Je le sais très bien que je nous ai mis dans une galère. Je te rassure, moi non plus je ne m'attendais pas à cela. Mais je ne peux plus rien faire, même pas avorter. Je dois faire avec, tu comprends ?

Julian me pose tout un tas de questions. Alors, j'essaie tant bien que mal de lui expliquer : le test réalisé dans le bar, l'histoire des deux barres sur le test, le fait que j'en ai touché deux mots à mes amis. Que par la suite, j'en ai discuté avec mes parents. En expliquant tout, dans les moindres détails, notamment la fameuse gifle de ma mère. Je lui fais également un petit topo du rendez-vous chez le gynécologue sans lui révéler le sexe de notre futur enfant. J'ai comme l'impression qu'il ne m'écoute que d'une oreille.

Je prends une pause, je bois un verre d'eau puisque je commence à avoir la gorge nouée et toute pâteuse.

Julian me demande comment ont réagi mes parents. Alors, je me répète : je l'informe qu'ils sont en colère surtout ma mère, mon père un peu moins, et que mes deux frères m'en veulent aussi. Je tente de discerner dans son regard s'il n'a plus autant de haine que tout à l'heure. On dirait bien que je suis en train de le perdre, il est au bord de la crise de nerfs.

— Je peux les comprendre, Nat' ! Tu te rends compte de ce qu'il se passe ? Je suppose que les études, c'est terminé. Tu ne peux plus aller en cours vu ton état !

— Non, je ne m'y rends plus depuis que mon ventre a éclos. Je ne veux pas avoir des regards de travers ou encore entendre des messes basses. Je sais que je ne me laisserai pas marcher sur les pieds, tu dois le savoir depuis le temps. Alors pour éviter que les gens me mettent en rogne, je préfère rester cloîtrée chez moi !

— Excuse-moi, deux petites secondes ! J'ai encore du mal à digérer la nouvelle, ma gorge est nouée d'émotions intenses ! Il me faut de l'air, je n'arrive plus à respirer ! J'ai besoin de m'aérer l'esprit ! me lance-t-il en évitant mon regard.

J'essaie tout de même de le retenir pour qu'il ne me laisse pas seule, j'ai besoin d'avoir du soutien venant de sa part.

— Laisse-moi Nat', lâche-moi !

Je regarde le futur père de mon enfant dans les yeux. C'est peine perdue, Julian détourne le regard, il n'ose même plus dire quoi que ce soit. Il se lève soudainement de sa chaise en la faisant traîner sur le sol, un bruit strident arrive jusqu'à mes oreilles, ce qui provoque de l'agacement autour de nous. Car oui, il faut l'avouer, nous sommes peu discrets depuis le départ. Je sens déjà tous les regards se poser sur nous, et je m'en fiche royalement.

Après des minutes qui me paraissent être une éternité, Julian revient. Son teint est un peu plus coloré et son visage plus apaisé. L'orage est enfin terminé : je peux souffler l'air qui était resté bloqué dans mes poumons. Je lui souris avec chaleur pour lui communiquer mon soulagement de lui avoir enfin révélé cette nouvelle. Même si celle-ci n'est pas joyeuse. Je peux tout à fait le comprendre et l'entendre. Il me toise de son regard perçant quelques instants, avant de reprendre notre discussion.

— Écoute Nat', je suis totalement perdu, je ne sais même pas quoi dire, je suis en colère contre toi, contre nous, contre... arh ! Je n'arrive pas à être content. Je ne peux pas me permettre de l'être, m'avoue-t-il d'un ton plus calme mais gêné.

— Et que crois-tu, que moi, la fille qui ne voulait pas d'enfant et qui, au passage, n'avait pas songé encore à en avoir, se sent bien dans ses baskets ? Tu penses réellement que je suis joyeuse de cette chose qui est en moi ?

— Je ne dis pas le contraire, tu te mélanges les pinceaux... C'est que tu aurais dû venir m'en parler directement au lieu d'attendre et de penser qu'à ta petite personne ! Pourquoi je suis le dernier informé alors que ça doit être l'inverse ? Nous sommes un couple ! Et dans un couple, on se doit d'échanger entre nous.

— Mais je rêve, ça aurait changé quoi de plus que je te tienne informé le premier comme si tu étais le centre du monde ! Il fallait que je sache avant, que j'en parle autour de moi justement, être sûre avant de te l'apprendre. Rien n'est si facile quand on est prise au dépourvu. J'étais ailleurs ces derniers temps : le stress de savoir que j'étais en cloque, ma famille qui me prend le chou et qui me passe au-dessus de la cervelle. Alors tes préjugés, tu peux te les fourrer là où je pense mon coco ! m'exclamé-je en haussant le ton.

Je suis sur les nerfs, mon vase d'émotions déborde. Il ne faut pas que je garde en moi ma montée de rage. Il faut que laisse éclater l'explosion exaspérée de mon humeur.

— Nat', baisse d'un ton là, tu me fais honte ! Je ne veux pas de cet enfant, c'est clair ?

Impossible de me contrôler. Je commence à prendre mon verre et l'explose au sol. Je me moque des coups d'œil qui se braquent sur nous à ce moment-là. Que ça fait du bien ! J'ai envie de poursuivre, je prends le second et fais de même. Je me lève de ma chaise, celle-ci tombe avec fracas, je sens qu'à l'intérieur tout explose. Mais les mots sont bloqués dans ma gorge. Il ne peut pas me faire ça...

À l'intérieur, tout se bouscule. Mon cœur, mon âme se brisent à cet instant. Julian bondit de sa chaise, prend ses affaires et quitte le bar sans se retourner.

CHAPITRE 9

Je rêve ou Julian vient de me planter là, comme une grosse vieille chaussette puante qu'on a oubliée dans les fins fonds du panier à linge sale ? Il est parti comme il est venu : bredouille et furieux ! Je reste là, à le regarder prendre la fuite, et le pire dans toute cette scène : aucun mot ne daigne sortir de ma bouche. Pour une fois que quelqu'un ferme mon clapet ! Je lui tire mon chapeau.

Je n'arrive pas à y croire ! J'entends encore ses paroles résonner en boucle dans ma tête : *« JE NE VEUX PAS DE CET ENFANT »*. Comme si ces paroles ne voulaient pas me laisser prendre le dessus. Je ne me suis même pas levée pour lui courir après, je suis restée là, assise sur ma chaise, dans le bar qui commence petit à petit à se remplir au fil de la soirée.

Il n'a pas eu un seul regard pour moi. Il m'a juste parlé comme à une merde. Il faut l'avouer aussi, je n'ai pas été tendre avec lui, je l'accorde. Je me sens coupable et désemparée. Je reprends enfin conscience. Je prends le temps de regarder le monde qui m'entoure, de zieuter ce qu'il se passe à droite, à gauche. Il y a des gens heureux avec des sourires, parfois des rires, et d'autres qui viennent décompresser seuls. Il faut que je sorte d'ici. Je ne me sens plus dans mon élément.

Mon manteau en main, je me dirige vers la sortie. Je n'ai aucune envie de prendre le chemin de la maison, j'ai besoin de marcher dans la nuit, calme en cette saison. Alors je me balade dans les rues illuminées de Sylvereil. La nuit est très douce, apaisante, il n'y a pas l'ombre d'un chat. C'est calme, et à la fois flippant. Je n'ai pas peur de me promener seule, d'autant plus que dans certaines ruelles les lumières sont peu présentes. Cigarette en bouche, je dois faire redescendre toute cette adrénaline. Les effluves de la fumée détendent mes muscles et apaisent la douleur intense que je ressens. Je ne comprends pas un tel comportement chez Julian.

Je me retrouve sans m'en rendre compte sur le pont de ma ville, connu pour sa grandeur et sa beauté. Il est ressourçant et rempli de bonnes ondes. Enfin, sur moi, il a l'effet inverse. J'ai envie de passer au-dessus pour mettre fin à cette situation, mais je me sors ces idées noires de la tête. Je pense à cet être qui est en moi et je ne dois absolument pas sombrer dans le chaos, le désarroi.

Il se fait tard : je décide de prendre le chemin de la maison pour retrouver mon pyjama, la chaleur de mon lit, de ma couverture, pour essayer tant bien que mal de me réconforter, seule. Je rentre sans perdre de temps, et surtout sans faire le moindre bruit car tout le monde dort paisiblement. J'entends mon père ronfler comme un cochon.

Je quitte mes vêtements contre un bon pilou-pilou bien que dehors il fasse encore doux. Je ferme lentement les yeux, je caresse mon ventre pour avoir un tant soit peu de réconfort auprès de ma fille. Quand j'y repense, Julian n'a même pas été foutu de me demander le sexe de son enfant. J'éteins les pensées négatives dans ma cervelle, il faut que je reste calme. Ce n'est pas bon d'envoyer de mauvaises ondes à cet être qui grandit dans mon ventre. Extinction du ciboulot.

J'ai passé une nuit très difficile. On ne va pas se mentir : tout ça m'a retournée. Je tente tant bien que mal de me réveiller. Mon premier réflexe est de descendre jusqu'au téléphone fixe pour vérifier si quelqu'un a laissé un message. J'appuie sur le bouton du répondeur, mais il n'y a rien. Pas un mot de Julian.

À quoi je m'attendais de toute manière ? Il ne faut pas pousser mémé dans les orties. Je suis tout de même très déçue de son comportement. Lui qui est de nature à s'intéresser aux autres, à aider le premier venu, voire le monde entier s'il le pouvait. Au fond de lui, il cache une immense colère. Je ne me suis rendue compte de rien durant notre relation. Il cache bien son jeu. Il faut toujours se méfier des apparences. Car celles-ci sont parfois trompeuses...

Un vrai connard comme tous les autres que j'ai pu rencontrer sur mon chemin ! Un parcours semé d'embûches.

Une envie soudaine me fait lever rapidement mon fessier de mon lit encore tout chaud. Après avoir soulagé ma vessie, je me dirige dans la cuisine pour me servir une petite tasse de café et de quoi reprendre des forces pour entamer une nouvelle journée. Maintenant, c'est le « nous » qui l'emporte.

En sirotant mon café, je réfléchis à Julian. Une discussion claire, nette et précise s'impose. Il faut qu'il réponde à mes questions, celles qui m'ont tourmentée et trottée dans la tête toute la soirée. Je me dirige vers le téléphone fixe du salon, prends une grande inspiration et compose son numéro. Après plusieurs sonneries, je tombe sur son répondeur.

« Salut, c'est Natacha. Oui, je ne suis pas sûre que tu as gardé mon prénom en mémoire, vu la

situation. Mais il faut VRAIMENT qu'on se parle. C'est important. On doit discuter de la grossesse et je veux comprendre pourquoi tu refuses cet enfant avec moi. Je veux simplement démêler notre situation, à tous les deux… et demi. Retrouve-moi au bar cet après-midi. »

Je raccroche, un peu soulagée d'avoir laissé ce message. Voilà une bonne chose de faite. Maintenant, je n'ai plus qu'à attendre une réponse, en espérant qu'elle soit constructive et positive. Je n'y crois pas vraiment. L'espoir fait vivre, non ?

Mes deux frères sont partis étudier et mes parents se sont rendus à leur travail. Il ne reste plus que moi dans la maison, plongée dans ce silence pesant. Il faut absolument que je me bouge pour acheter quelque chose avec l'argent de mes parents, histoire de commencer à préparer l'arrivée de la petite. Pourtant, une partie de moi veut rester figée, comme si bouger rendait tout cela plus réel.

Je finis par repousser ces pensées et décide de ne pas perdre une seconde. Après avoir rapidement avalé mon petit déjeuner, je sors et commence à vagabonder dans le centre-ville. Le temps est maussade, mais reste tout de même très doux.

Je rentre et sors des diverses boutiques, proposant chacune mille et une choses pour bébé, des objets dont je ne comprends même pas l'utilité.

Tout cela m'effraie un peu. Je décide de me limiter au strict minimum : du lait, le nécessaire de toilette et quelques vêtements épais et léger. Pourquoi m'encombrer davantage ? Je n'ai pas envie de trop m'investir pour le moment, comme si cela était réversible.

En marchant, je me surprends à penser à l'avenir. Je suis reconnaissante de l'aide que mes parents peuvent m'apporter maintenant mais je sais, qu'à terme, il va falloir que j'assume mes responsabilités. Je vais devoir trouver un travail pour subvenir aux besoins de ma fille. Cette idée me tétanise : que puis-je bien faire ? Je n'ai aucune compétence particulière. Mes mains tremblent un peu à cette pensée, pourtant je me reprends. Je vais me battre. Je vais prouver à tout le monde, et surtout à moi-même, que je peux y arriver.

Une fois mes achats terminés, je rentre à la maison. En rangeant mes sacs, le téléphone fixe sonne, me tirant brusquement de mes pensées. Mon cœur s'emballe un instant. Je décroche, et la voix de Julian résonne à l'autre bout du fil.

— Ok, je te retrouve au bar de Sylvereil pour 17 h. Allez, à plus !

Il raccroche rapidement, sans s'attarder. Bon, le message aurait pu être meilleur, il aurait pu être bien pire. Au moins, il a accepté de venir. Je reste quelques secondes, le combiné encore dans la main, réfléchissant à ce que je vais lui dire. Une chose est sûre : je ne vais pas mâcher mes mots.

Je repose le combiné, me sers un verre d'eau et décide de manger un bout au coin de la rue. Mon estomac me rappelle à l'ordre. Je dois manger pour deux maintenant et cette faim de loup ne me laisse aucun répit. J'engloutis mon repas avec une voracité qui me surprend moi-même. Si on m'avait dit que la grossesse me donnerait de telles envies, je l'aurais cru. Ces jours-ci, je vide la totalité des placards de mes parents. Bonjour les kilos et la graisse... et merci la grossesse pour tous ces foutus changements sur mon corps !

En revenant, je m'assieds un instant pour reprendre mon souffle. L'après-midi s'annonce décisive. Mon esprit s'embrouille à l'idée de revoir Julian, mais une chose est certaine : je ne peux plus reculer.

CHAPITRE 10

L'heure approche. Ce rendez-vous au bar, cette confrontation avec Julian, devient une véritable obsession. Mon cœur tambourine comme si je m'apprêtais à passer un examen très difficile. Mon estomac se serre douloureusement, tel un avertissement de mon corps me dissuadant de m'y rendre. Vais-je péter un câble, une fois de plus ? Ou serais-je capable de garder mon calme ? Honnêtement, je sais qu'avec moi tout peut arriver. Avec mon tempérament explosif, la balance penche souvent du mauvais côté.

Julian ne connaît pas les parts les plus sombres, les plus profondément enfouies dans ma boîte à secrets. Je réalise que je ne connais pas tout de lui non plus. C'est ridicule, cette relation dans laquelle nous avons plongé tête baissée. Deux inconnus jouant à faire semblant d'être des âmes sœurs.

Nous avons construit quelque chose qui me paraissait stable, et maintenant tout se déchaine comme une mer qui sort de son lit quand le temps en décide autrement. Et voilà, il y a cet enfant. Une vie qui ne nous laisse pas le luxe de l'indécision. Un innocent qui n'a rien demandé à personne et qui est déjà au cœur de cette guerre. Cette pensée seule me donne envie de pleurer.

Je m'assois sur le canapé abimé du salon, le regard perdu dans le vide. Les ressorts grincent sous mon poids, un bruit familier qui me réconforte. Je reste là, figée, les mains crispées sur mes genoux, luttant pour ne pas céder à la panique. Avant d'affronter Julian, j'ai besoin de parler à quelqu'un. Mélaine. Elle est mon ancre, celle qui trouve toujours les mots justes même si, parfois, elle manque un peu de tact.

Je me lève et me dirige vers le téléphone fixe, ce vieil appareil au cadran usé. Son fil entortillé pendouille comme s'il reflétait ma propre confusion. Je tourne les chiffres avec une lenteur presque cérémonielle, chaque « clic-clic-clic » résonnant dans le silence oppressant de la pièce.

La ligne grésille, fidèle à son habitude, avant qu'une voix familière ne retentisse.

— Allô ?

Je reste silencieuse une seconde, le souffle suspendu.

— Eh bien, Natacha, t'en as mis du temps !

Je cligne des yeux, prise de court.

— Attends... comment tu sais que c'est moi ?

— Sérieusement ? Qui d'autre utilise encore un téléphone fixe en 1991 ? T'as pas entendu parler des répondeurs ?

Je ne peux m'empêcher de sourire, un vrai cette fois.

— OK, ne touche pas à mon téléphone. Il a son charme, d'accord ?

— Oui, comme ton lecteur de CD portable. Allez dis-moi, pourquoi tu m'appelles ? Je sais que ce n'est pas pour parler de la météo qu'il fait dehors.

Sa voix est légère, je sais qu'elle sent que quelque chose ne va pas. Je prends une grande inspiration, il faut que je lui raconte tout dans les moindres détails pour soulager ma conscience.

— Julian m'a annoncé qu'il ne voulait pas de cet enfant. Il est parti. Et là, je vais le retrouver dans un bar pour essayer de... je ne sais pas... comprendre ou alors ne serait-ce que trouver une solution.

Un silence. Un de ces silences lourds qui semblent durer une éternité. Puis Mélaine explose.

— Attends, quoi ? Julian ? Ton Julian ?

— Oui, mon Julian. Il m'a dit ça et il est parti comme un fantôme. Voilà !

— Il est sérieux, ce mec ? Et toi, tu comptes rester calme face à ça ? Parce que franchement, je te connais, et je porterais déjà un gilet pare-balles si j'étais lui !

— Je sais... Il faut que je garde mon sang-froid. Il faut que je me contrôle ! Je ne peux pas passer pour la méchante fille, tu vois ?

— Écoute-moi bien, Natacha. Tu fais ce que tu veux, mais si ce type te sort encore une connerie, je vais lui expliquer deux-trois trucs sur les responsabilités.

Je rigole, un rire un peu forcé, qui allège quand même la tension.

— Merci, Mélaine. Je dois gérer sa seule. Ne parle pas de responsabilité parce que la mienne est un tsunami.

— Promets-moi au moins de me rappeler après. Je veux tout savoir, et surtout pour connaître ton état après cette conversation avec lui, d'accord ?

— Promis.

Je raccroche en soupirant, le cœur plus léger. Mélaine a ce don de me faire sourire, même dans les pires moments. Le soulagement est de courte durée. L'appréhension revient vite, comme une ombre qui refuse de s'éloigner.

Je m'adosse au mur, le combiné encore dans la main. Je me rends compte que je tremble légèrement. Mon esprit s'emballe à nouveau, revivant les mots que Julian a jetés comme des pierres. Comment suis-je censée affronter tout cela ?

Une chose est sûre : je n'ai pas le choix.

Je jette un dernier coup d'œil au téléphone, comme si Mélaine pouvait encore m'entendre.

— Merci, murmuré-je dans un souffle, avant de me détourner.

Une demi-heure plus tard, je pousse la porte du bar. Une vague de chaleur mêlée à l'odeur de tabac froid et de bière tiède m'envahit immédiatement. Les rires étouffés, les conversations murmurées et le bruit d'un vieux jukebox, qui crache une chanson de *The Police,* créent une ambiance presque oppressante. J'ai l'impression que tous les regards sont braqués sur moi, même si ce n'est pas le cas.

Je balaie la salle du regard. Des groupes épars discutent autour de tables bancales, des verres à moitié vides devant eux. Je repère un coin isolé, loin des éclats de rire et du brouhaha ambiant. Je m'installe et j'attends.

Je commande un café, même si je sais que je ne vais pas y toucher. La tasse fume doucement devant moi, mais je suis trop occupée à jouer nerveusement avec la cuillère. Chaque seconde s'étire, chaque tic-tac de l'horloge au mur semble plus bruyant que le précédent.

Enfin, la porte du bar s'ouvre. Julian entre, et mon cœur se serre immédiatement.

Il porte un jean froissé et une veste en cuir qui semble avoir été volée à quelqu'un de plus grand.

Ses cheveux sont en bataille, mais ce n'est pas ce qui m'agace le plus. C'est cet air détaché, presque désinvolte, comme si tout ça ne le concernait pas vraiment. Comme si cette conversation n'aura aucune importance.

Il me repère rapidement et s'avance vers la table où je suis installée. Ses pas se font lents, il traîne presque des pieds. Quand il arrive à ma hauteur, il s'installe sans même me jeter un regard rassurant.

— Salut, Nat', dit-il finalement, d'un ton neutre.

Je croise les bras, prête à attaquer comme un doberman.

— Bonjour, Julian. Tu veux boire quelque chose ou on passe directement à l'orage ?

Il lève les yeux au ciel, exaspéré, et je sens déjà la colère monter.

— Écoute, je ne suis pas venu pour m'éterniser. Alors vas-y, crache le morceau.

— Crache le morceau ? Julian, tu es sérieux là ? On parle d'un enfant. Pas d'un objet banal que l'on peut chiner dans un marché aux puces.

— Et justement. C'est ton choix, et non le mien.

Sa réponse me fait l'effet du tonnerre ! Non mais c'est quoi ce mec ?

— Mon choix ?! Tu fais comme si tu n'avais rien à voir avec cette grossesse, comme si ça ne te concernait pas.

Il hausse les épaules, un geste nonchalant qui me donne envie de lui tirer sa tignasse.

— Tu sais très bien que je ne veux pas d'enfant, Nat'. Tu aurais pu être plus prudente.

Je sens mes mains trembler sous la table, je les serre pour ne pas perdre le contrôle.

— Prudente ?! Tu crois que c'est facile de tout contrôler à chaque instant ? Et toi, tu crois que tu n'as aucune responsabilité dans cette histoire ?

Il contracte les poings sur la table, visiblement agacé.

— Tu crois que j'ai envie d'être coincé, Natacha ? Tu crois que j'ai envie de finir comme ces types qui passent leur vie à courir après des factures et des couches ?

— Et tu crois que moi, je l'ai choisi ce bordel ? Tu crois que je m'amuse, Julian ?

Son regard devient plus dur, presque glacial. Il se penche vers moi, baissant légèrement la voix, mais son ton reste acéré.

— Je ne voulais pas d'enfant. Et je ne veux toujours pas. Ça ne fait pas de moi un monstre. Ça fait de moi quelqu'un d'honnête.

Je le fixe, bouche bée. Pour la première fois, je vois autre chose que de l'arrogance dans ses yeux. Je vois la peur. La peur de perdre sa liberté, de devenir quelqu'un qu'il ne veut pas être. Cette peur me met encore plus en colère.

— Honnête ? Tu oses te dire honnête ? Julian, tu as été tout sauf honnête. Parce que si tu l'avais été, tu m'aurais dit dès le début que tu es incapable d'assumer quoi que ce soit.

Il détourne les yeux, je continue.

— Tu sais ce que tu es, Julian ? Un lâche. Un putain de lâche qui préfère fuir plutôt que d'affronter les conséquences de ses actes.

Il se redresse, comme si mes mots l'avaient piqué au vif.

— Et toi, tu crois que c'est mieux de forcer quelqu'un à devenir parent quand il n'en a pas envie ? Tu crois que c'est mieux de faire semblant, de jouer la famille parfaite alors que tu sais que ça finira mal ?

Je prends une grande inspiration, sentant les larmes monter, je refuse de céder.

— Très bien, Julian. Si c'est ce que tu veux, alors reste en dehors de cette histoire. Ne viens pas pleurer dans quelques années si, je dis bien si, tu te réveilles un jour avec des regrets.

Il détourne à nouveau le regard, incapable de soutenir le mien. Un silence s'installe entre nous, lourd et pesant. Autour, la vie continue : les rires, les murmures, le tintement des verres. À notre table, c'est le vide, un gouffre qui semble s'agrandir à chaque seconde.

Je me lève lentement, les jambes tremblantes sous le poids de la confrontation.

— Je vais y arriver sans toi, Julian. Tu n'es qu'un chapitre dans ma vie.

Je le laisse là, assis, figé, ses poings toujours crispés sur la table. Je ne sais pas ce qu'il pense. Peut-être qu'il ne pense rien. Moi, je sais : je mérite mieux.

Je quitte le bar, la gorge serrée, le cœur en miettes. Les larmes, brûlantes, menacent de couler à tout instant, je refuse de leur donner ce pouvoir. L'air frais me frappe en plein visage, un contraste saisissant avec la chaleur étouffante et l'odeur rance du bar. Cela me secoue légèrement, comme un rappel brutal que la vie continue, quoi qu'il arrive.

Les rues sont désertes, baignées d'une lumière jaune et vacillante projetée par les réverbères. La nuit semble figée, comme si elle attendait que je reprenne mon souffle avant de me remettre en marche. Mes pas résonnent faiblement sur le trottoir, chacun d'eux me paraît incroyablement lourd. Ce n'est pas seulement le poids de la fatigue physique, c'est celui d'une déception écrasante, celui d'une réalité que je dois accepter.

Julian ne reviendra pas. Julian ne verra pas son enfant !

Je serre les poings, plante mes ongles dans mes paumes pour tenter de refouler les sanglots qui montent. Une colère sourde commence à se mêler à ma tristesse. Pas seulement contre lui, contre moi-même aussi. Comment ai-je pu croire, même une seconde, qu'il changerait d'avis ? Comment ai-je pu espérer qu'il serait là, qu'il ferait un pas vers cette vie que nous avons créée ensemble ?

Je m'arrête soudain, incapable d'avancer davantage. Le silence de la rue n'est interrompu que par le grésillement d'une ampoule au loin. Je lève les yeux vers le ciel, cherchant une réponse, un signe, quelque chose qui pourrait m'apporter un semblant de paix. Les étoiles sont voilées par une fine couche de nuages, la lune est là, lumineuse, imposante.

Je pense à cet enfant. À ce qu'il représente déjà pour moi. Ce petit être qui grandit en moi est une force. Une raison de continuer, malgré tout. Malgré la peur, malgré la solitude, malgré l'injustice de devoir affronter cela seule.

— Je vais y arriver, murmuré-je dans un souffle presque imperceptible.

Ces mots s'envolent dans la nuit, ils restent gravés en moi.

— Je vais y arriver. Je n'ai pas besoin de lui, répété-je encore et encore, comme un mantra.

Un frisson parcourt mon corps, ce n'est pas à cause du froid. C'est comme si ces mots, pour la première fois, prenaient tout leur sens. Je n'ai pas besoin de Julian pour avancer. Cet enfant mérite mieux qu'un père à moitié présent, incapable d'aimer ou de s'investir. Et moi, je mérite mieux qu'un homme qui fuit à la première difficulté.

Je reprends ma marche, plus lente, un peu plus assurée. Chaque pas est une déclaration silencieuse, un engagement envers moi-même et cet enfant. Oui, le chemin sera long, difficile. Oui, il y aura des jours où je douterai de mes forces. Ce soir, je décide de me relever. Ce soir, je choisis de me battre.

Au détour d'une rue, je croise mon reflet dans la vitrine d'une boutique fermée. Je m'arrête pour me regarder, avec indulgence cette fois. Mon visage est fatigué, marqué par la tristesse, il y a une lueur dans mes yeux. Une étincelle qui n'était pas là il y a encore quelques heures.

Cet enfant est en ce moment en train de me changer. Il m'a donné une raison de me battre, une raison de croire en un futur, même incertain.

— Tu vas y arriver, murmuré-je à mon reflet, cette fois avec une pointe de défi.

La nuit est encore douce et les rues sont toujours calmes. Quelque chose en moi a changé. Je ne marche plus pour fuir ou pour échapper à ma douleur. Je marche vers un avenir que je vais construire, seule s'il le faut, avec dignité.

Julian a peut-être décidé de fuir : moi, je reste. Et cette fois, je ne me contente pas de survivre. Je vis.

CHAPITRE 11

Il faut que je me rende à l'évidence, je serai seule pour élever mon enfant malgré la présence ponctuelle de mes parents, et c'est mieux que rien.

Ma grossesse avance, et chaque jour qui passe s'ancre un peu plus dans une réalité que j'ai du mal à accepter : je vais élever cet enfant seule. Julian a disparu comme par magie. Un vrai Houdini. Un matin, plus de messages, plus d'appels, plus rien. Il s'est évaporé. Parfois, je me demande s'il n'a pas déménagé sur une autre planète, refait sa vie, ou changé d'identité. Peut-être qu'il s'appelle désormais Jean-Michel et qu'il cultive des tomates dans une campagne lointaine. Ridicule, n'est-ce pas ? Tant pis pour lui.

Je n'ai ni le temps ni l'énergie de courir après un homme qui fuit ses responsabilités. Chaque jour, je répète cette phrase comme un mantra, elle ne chasse pas totalement le sentiment d'abandon qui plane au-dessus de moi.

Ma vie, en ce moment, est une succession de journées lentes et monotones. Une routine où chaque heure semble s'étirer indéfiniment. Sortir ? Très peu pour moi. Avec ce ventre qui me déséquilibre et mes sautes d'humeur imprévisibles, mieux vaut éviter la foule et le tumulte de l'extérieur. Mon monde se limite désormais au jardin familial.

Je passe des heures à m'asseoir sur le vieux banc en bois sous le grand cerisier. Le bruit des feuilles qui bruissent au vent, le gazouillis des oiseaux et, parfois, le miaulement d'un chat du voisinage me suffisent. J'observe les fleurs qui poussent, les abeilles qui bourdonnent, comme si j'avais tout le temps du monde. Une routine ennuyeuse, étrangement apaisante. C'est dans ce jardin que je prends le temps de parler à mon bébé, de poser mes mains sur mon ventre arrondi et de lui promettre des choses que je ne suis même pas sûre de pouvoir faire.

Mes parents, de leur côté, font ce qu'ils peuvent. Le travail les accapare presque entièrement, même s'ils s'efforcent d'être là, de temps à autre, pour me montrer qu'ils tiennent encore à moi. Leur présence est rare, je m'en contente. Je me raccroche à ces instants comme à des bouées dans une mer agitée.

Mes frères, en revanche, c'est une tout autre histoire. Ils m'ignorent complètement. Leur silence est assourdissant. Chaque fois que nous nous croisons dans le couloir ou à table, c'est comme s'ils m'accusaient en silence d'un crime que je ne comprends pas. Pour eux, j'ai brisé la famille. Pourquoi ? Mystère. Peut-être parce que je suis tombée enceinte sans être mariée. Peut-être parce qu'ils pensent que j'ai terni notre réputation. Ou peut-être parce qu'ils croient, à tort, que j'ai volontairement choisi cette situation.

Leurs regards froids et accusateurs me transpercent : je refuse de flancher. Ils peuvent bien penser ce qu'ils veulent. Moi, je sais que je fais de mon mieux. Pourtant, parfois, ces jugements silencieux me touchent plus que je ne voudrais l'admettre.

Il y a des jours où je me demande ce que j'aurais pu faire différemment. Des jours où la solitude me pèse, où le poids des responsabilités qui m'attendent me coupe le souffle. Ces moments ne durent jamais longtemps.

Avance, Natacha. Tu n'as pas besoin d'eux, finit toujours par me murmurer une petite voix.

Alors je me relève, je mets un pied devant l'autre et je continue. Même si, entre nous, ce n'est pas facile tous les jours.

Un après-midi comme les autres, je suis affalée sur le canapé du salon, complètement épuisée par ma grossesse. Mon ventre énorme me donne l'impression d'être une baleine échouée. La télévision est allumée et diffuse un documentaire sur la migration des oiseaux, que je ne regarde pas vraiment. Mon esprit vagabonde, se perdant entre des pensées sur l'avenir et des promesses silencieuses à cet enfant qui va bientôt arriver.

Puis soudain, une douleur vive me saisit en bas du ventre. Je sursaute, les yeux écarquillés.

— Oh non... murmuré-je en sentant une humidité inhabituelle sous moi.

Le canapé est trempé. Super, ma mère va adorer.

— BORDEL ! MERDE ! Non, non, pas maintenant !

C'est la panique totale. Je suis seule à la maison et je n'ai aucune idée de ce que je suis censée faire. J'essaie de me lever mais, avec ce ventre énorme, chaque mouvement est une épreuve. Une fois debout, j'attrape le téléphone fixe sur le buffet et, évidemment, le combiné décide de se détacher de la base et tombe au sol.

— Tu te fous de moi, là ?

Je me baisse pour le ramasser, ce qui s'avère être une mission presque impossible avec mon ventre qui me gêne. Après plusieurs tentatives maladroites, des jurons bien sentis et une gymnastique digne d'un cirque, je parviens enfin à recomposer le numéro de mes parents.

Ma mère décroche à la première sonnerie, sa voix trahissant une certaine nervosité.

— Allô ?

— Maman ! J'ai perdu les eaux !

Un silence. Puis sa voix monte d'un cran.

— QUOI ?! Oh mon Dieu ! Tu vas bien ? Tu as des contractions ?

— Oui, elles ne sont pas encore trop rapprochées. Qu'est-ce que je dois faire ?

— Respire, Natacha, respire. Fais comme lors des cours avec la sage-femme. Allonge-toi et compte les intervalles entre les contractions. Je vais prévenir ton père.

Je m'assois sur le canapé (enfin, sur une partie encore sèche) et commence à suivre ses instructions. Je prends une profonde inspiration, puis une autre. Au début, ça va. Les contractions sont espacées, me laissant juste assez de répit pour essayer de me calmer.

Les minutes passent et la douleur devient plus intense, plus insupportable. Chaque contraction est une vague qui me submerge, et mon souffle se fait court. Je serre les dents mais, à chaque montée de douleur, je finis par crier des injures à en faire mal aux oreilles.

— PUTAIN DE MERDE, ÇA FAIT MAL !

Ma mère, toujours au téléphone, essaie de garder son calme.

— Continue de respirer, chérie. Ça va aller.

— TU TE FOUS DE MOI ? COMMENT ÇA, *ÇA VA ALLER ?*

Je l'entends soupirer, elle reste patiente.

— Bon, très bien, je te laisse te concentrer. N'oublie pas : inspire, expire. On arrive bientôt.

Elle raccroche. Merci pour le soutien, maman.

Le temps passe, il semble s'étirer à l'infini. Je regarde l'horloge au mur : chaque minute paraît durer une éternité. Les contractions deviennent plus rapprochées, plus féroces. Je commence à perdre toute notion du temps. La douleur, vive et implacable, m'enferme dans une bulle où tout ce qui existe, c'est ce ventre qui se contracte, encore et encore.

Je m'accroche au bord du canapé, mes ongles s'enfonçant dans le tissu, et je crie à pleins poumons.

— ARRÊTEZ, ÇA SUFFIT !

Bien sûr, personne ne m'écoute. Mon bébé a décidé qu'il allait prendre tout son temps pour arriver.

Je tente de reprendre les exercices appris avec la sage-femme. Entre la douleur et la panique, tout s'emmêle dans ma tête. *Inspire, expire... Non, ce n'est pas ça...* Comment on fait déjà ?

Les minutes s'écoulent, puis une heure. Mon corps est en feu, et je sens mes forces me quitter petit à petit. J'essaie de me lever pour aller chercher un verre d'eau, une nouvelle contraction me fait retomber sur le canapé.

— TU PLAISANTES, CE N'EST PAS POSSIBLE !

Je m'écrase à nouveau, les larmes coulant sur mes joues. Je suis seule, terrifiée et épuisée. Au fond de moi, une petite voix me répète que je dois tenir bon. Pour elle. Pour cet enfant.

Finalement, j'entends la porte d'entrée s'ouvrir. Mes parents entrent précipitamment, essoufflés et paniqués. Ma mère se précipite vers moi, posant une main tremblante sur mon front.

— Ça va, chérie ?

— TU TROUVES QUE J'AI L'AIR D'ALLER, TOI ?!

Elle recule d'un pas, surprise par mon ton. Mon père, lui, essaie de garder son calme.

— On va appeler les secours, dit-il en sortant son téléphone portable (oui, un gros modèle des années 90).

Ils passent les prochaines minutes à me soutenir, à m'encourager. Malgré leur présence, la douleur est toujours là, implacable. Chaque contraction me donne l'impression que mon corps va se briser en deux.

Les minutes passent, la douleur devient insoutenable. Chaque contraction est une vague qui m'emporte, me broie, puis me laisse vidée, comme une coquille abandonnée sur une plage. Le silence de la maison rend chaque gémissement, chaque cri, presque assourdissant.

— Essaie de respirer calmement en attendant.

— Facile à dire, grogné-je entre deux contractions.

Elle ne répond pas, je crois entendre un petit rire étouffé.

L'attente me semble interminable. Les contractions se rapprochent, de plus en plus fortes, de plus en plus féroces. J'essaie de suivre les exercices appris avec la sage-femme mais, à ce stade, toute logique s'est envolée. Je finis par hurler dans la pièce, lançant des insultes au hasard, comme si cela allait aider.

— PUTAIN, J'AVAIS DIT QUE JE NE VOULAIS PAS D'ENFANTS ! hurlé-je, même si c'est totalement faux.

À cet instant précis, une nouvelle contraction me plie en deux. Je m'agrippe au bord de la table basse et me retrouve presque à quatre pattes, gémissant comme un animal blessé.

— Seigneur, faites que ça s'arrête !

Et enfin, après ce qui semble être une éternité, les secours arrivent. Une lumière bleue clignote à travers les fenêtres du salon.

Quand la porte s'ouvre, une équipe médicale entre précipitamment. Un infirmier grand et mince, une femme au sourire chaleureux, et un médecin qui semble légèrement dépassé par l'urgence de la situation.

— Bonjour, Madame ! On va s'occuper de vous, ne vous inquiétez pas, dit l'infirmière avec un calme déconcertant.

— Facile à dire ! gémis-je en me tordant de douleur.

— Vous êtes très courageuse, ajoute-t-elle en s'agenouillant à mes côtés.

— Ah oui ? J'aimerais bien vous y voir ! rétorqué-je entre deux gémissements.

L'infirmière rit doucement, tandis que le médecin me jette un regard à la fois amusé et inquiet.

— On n'a pas le temps de vous transporter à l'hôpital, Madame. On va devoir procéder ici.

— QUOI ?! ICI ?! Je ne veux pas accoucher dans mon salon ! Vous avez vu l'état du canapé ?!

Ils échangent un regard complice puis commencent à installer une civière improvisée sur le sol. Je n'ai pas d'autre choix que de me laisser faire, même si je continue à râler entre deux respirations forcées.

Le travail avance vite, beaucoup plus vite que je ne l'avais imaginé. La douleur est indescriptible, les encouragements constants de l'équipe me permettent de tenir.

— Poussez, Madame, poussez ! Vous y êtes presque !

— Presque ?! Ça fait plus d'une heure que vous me dites ça !

Une dernière poussée, une douleur qui me fait voir des étoiles et, soudain, le cri d'un bébé résonne dans la pièce. Tout s'arrête. Le temps semble suspendu.

— C'est une fille, Madame, annonce l'infirmière en me tendant une petite créature minuscule et parfaite, enveloppée dans un drap.

Je la prends dans mes bras, les larmes coulant sur mes joues. Elle est si petite, si fragile, mais elle est là. Elle est réelle.

— Vous avez choisi un prénom ? demande l'infirmière avec douceur.

Je cherche dans ma mémoire, paniquée à l'idée de ne rien avoir préparé. Les mots me viennent presque instinctivement, comme une évidence.

— Éléna. Elle s'appelle Éléna.

Les secouristes sourient.

— Bienvenue dans le monde, Éléna, dit l'infirmière en caressant doucement la tête du bébé.

Je suis épuisée, vidée, mais un sourire se dessine sur mon visage. Dans ce chaos, dans cette douleur, elle est ma lumière.

Une fois arrivée à l'hôpital, je suis prise en charge comme il se doit. Les lumières blanches des couloirs m'éblouissent, et les voix des soignants se mêlent en un bourdonnement indistinct. Je suis épuisée, vidée. Je sens que je tiens bon grâce à cette petite vie blottie contre moi.

Les sages-femmes prennent Éléna dans leurs bras pour l'ausculter. Je reste allongée, les yeux mi-clos, observant leurs gestes méticuleux. Elles la pèsent, la mesurent, vérifient chaque détail de son petit corps. Quand elles m'annoncent qu'elle pèse 3,090 kg et mesure 50 cm, je souris faiblement. Elle est parfaite. Éléna est née le 13 juillet 1991. L'heure ? Je ne l'ai même pas retenue, sans importance.

Pendant ce temps, d'autres soignants s'occupent de moi. On me pose des questions. Mes réponses sont courtes, presque mécaniques. Tout ce que je veux, c'est récupérer ma fille. L'attente me paraît interminable. Chaque minute sans elle dans mes bras est une éternité.

Enfin, une sage-femme revient, Éléna dans les bras.

— Tout va bien, Madame. Son cœur est en pleine forme, et elle est en excellente santé, dit-elle avec un sourire chaleureux.

Je ressens une vague de soulagement m'envahir. La fatigue s'évapore presque à cet instant.

— Vous souhaitez allaiter ?

Je secoue doucement la tête.

— Non, je préfère lui donner le biberon.

Elle n'insiste pas, ce qui m'étonne. Cela me soulage aussi.

— Dans ce cas, je vais vous montrer comment lui donner son premier biberon. Gardez-la contre votre peau, c'est important pour elle de ressentir votre chaleur.

Éléna est placée contre ma poitrine et je prends le biberon que la sage-femme me tend. Mes mains tremblent légèrement je parviens à lui donner à boire. Je la regarde avec émerveillement. Sa peau est douce comme du velours, et ses traits sont si délicats qu'ils semblent irréels. Ses yeux d'un bleu profond captent chaque éclat de lumière. Quand elle attrape mon doigt avec sa petite main, mon cœur fond complètement.

Pour la première fois, je ressens une émotion que je n'ai jamais connue auparavant : un amour pur et absolu, mêlé à une peur profonde de ne pas être à la hauteur.

— Je vais faire de mon mieux, murmuré-je, plus pour moi-même que pour elle.

On me demande ensuite si le père va venir pour déclarer la naissance. Je réponds simplement.

— Non.

Je n'ajoute rien et ils ne posent pas de questions. À vrai dire, leur absence de jugement me surprend.

Je m'attendais à des regards accusateurs, peut-être même des reproches. Il n'y a rien de tout cela.

En fin d'après-midi, je me réveille en sursaut. Éléna réclame son biberon et son petit cri remplit la pièce. Je l'attrape doucement et lui donne à manger, savourant ce moment d'intimité.

Mes parents ne m'ont pas suivie après l'accouchement à la maison, ils devaient nous ramener quelques affaires. Oui parce que je n'avais rien prévu. Ils vont arriver bientôt. Une vague de soulagement me traverse : je vais enfin pouvoir souffler un peu.

Quand ils débarquent, ils sont tout sourire. Ma mère, habituellement réservée, a les yeux brillants en regardant Éléna.

— Elle est magnifique, murmure-t-elle en caressant doucement sa joue.

Mon père, lui, reste silencieux, Pourtant, je vois dans ses gestes une tendresse qu'il ne montre pas souvent.

Plus tard, mes frères débarquent à leur tour, un peu mal à l'aise. Quand ils voient Éléna, leur froideur habituelle s'efface.

— Elle est vraiment mignonne, finit par dire l'un d'eux, un sourire timide sur les lèvres.

Je suis surprise par leur réaction. Pendant des mois, ils m'ont ignorée et jugée mais, à cet instant, tout cela semble s'effacer. Leur présence me réchauffe le cœur, même si une petite voix au fond de moi reste méfiante.

Pendant qu'ils passent du temps avec Éléna, j'en profite pour filer sous la douche. L'eau chaude qui coule sur ma peau m'apporte un soulagement immédiat. C'est comme si elle emportait non seulement la sueur et la fatigue, mais aussi une partie du poids émotionnel que je porte depuis si longtemps.

En sortant de la salle de bain, je retrouve Éléna dans les bras de ma mère. Elle sourit en regardant sa petite-fille et, pour une fois, son visage est doux, presque apaisé.

Je m'assieds sur le bord du lit, encore épuisée, quand une pensée m'envahit : je ne suis peut-être pas seule finalement.

Alors que la nuit tombe, mes parents et mes frères quittent la chambre, me laissant avec ma fille. Je la regarde dormir dans son petit berceau. Sa respiration régulière, presque imperceptible, emplit le silence de la pièce. Je devrais me sentir en paix, soulagée, mais une étrange tension persiste.

Je m'allonge sur le lit, épuisée, incapable de trouver le sommeil. Les pensées tournent en boucle dans ma tête. Julian. Mon avenir. Celui d'Éléna. Est-ce que je suis capable de tout gérer seule ? Est-ce que je vais réussir à être une bonne mère ? Mieux que la mienne ?

Je ferme les yeux, tentant de calmer les battements affolés de mon cœur. Et c'est à cet instant que je l'entends. Un bruit. Un grincement léger dans le couloir.

Je me redresse d'un coup, tendant l'oreille. Rien. Peut-être que ce n'est rien. Peut-être un soignant qui passe, ou un patient. Une étrange sensation monte en moi, comme une alarme silencieuse.

Je me lève lentement, m'approchant de la porte. Je jette un coup d'œil dans le couloir : il est désert, baigné dans la lumière tamisée des veilleuses. Pourtant, une impression étrange me colle à la peau, comme si quelqu'un était là, tout près.

Je referme doucement la porte, le cœur battant un peu plus vite. Je retourne près du berceau d'Éléna et caresse doucement sa joue.

— Ce n'est rien, murmuré-je. Ce n'est rien du tout.

Alors que je m'assois sur le lit, mes yeux tombent sur une enveloppe glissée sous la porte. Mon souffle se coupe. Je reste immobile, incapable de bouger, incapable de détourner le regard.

Après un moment qui me semble une éternité, je me lève et attrape l'enveloppe. Elle est légère, presque banale. En la retournant, je vois un nom écrit dessus. Un nom qui me donne l'impression que le sol se dérobe sous mes pieds.

« Julian »

CHAPITRE 12

Le retour à la maison est une chose que j'appréhendais énormément. La peur d'être seule, de ne pas avoir les bons gestes, la peur de ne pas savoir comment réagir quand Éléna pleure, de ne pas bien déchiffrer ses besoins.

À la clinique, c'était tout un autre monde. J'étais épaulée, encadrée par tout le personnel soignant. Franchement, on peut dire qu'ils m'ont tout appris : les bonnes prises pour prendre ma fille, comment faire le change et prendre le bain. Les techniques pour l'habillage, l'endormir et j'en passe sinon je pourrais écrire des tonnes de lignes concernant ce sujet. Je les remercie pour leur aide précieuse ainsi que leur patience en sachant que j'étais chiante, arrogante et nerveuse quand je n'avais pas la main ou, pire, quand je n'en avais pas l'envie.

Je n'ai pas eu énormément de visites, j'ai tenté d'appeler Julian pour lui dire que sa fille est née, lui détailler mon accouchement, mais je me suis ravisée. Pourquoi je prendrais la peine de faire un geste alors qu'il n'a donné aucune nouvelle depuis notre dernière conversation ? Il a été clair sur le sujet. Je dois faire preuve de force, ne pas extérioriser ma colère et ma haine devant Éléna. Je ne veux pas qu'elle ressente ma douleur, même si parfois je fulmine sans complaisance. Il y a des jours où je peux y parvenir, et d'autres non ! C'est la vie. Je ne vais pas pouvoir changer de comportement du jour au lendemain. Il me faut un temps d'adaptation, une période d'essai, comme si j'avais obtenu un emploi et qu'il fallait que je fasse mes preuves.

J'ai été très surprise de l'aide que mes parents m'apportent au quotidien, surtout venant de la part de ma mère. Je pensais qu'elle allait me laisser seule dans mon coin, sans recevoir de charité. Pour l'instant je n'ai rien à lui reprocher, elle prend tellement son rôle de grand-mère à cœur, avec tant d'amour. Et je peux voir dans son regard, qu'elle est tout de même touchée.

Mes deux frères sont heureux également, mais ne prennent pas le temps de s'occuper de ma fille. Ils la regardent, la prennent parfois dans leurs bras, pourtant je vois bien qu'ils ne sont pas à l'aise avec les tout-petits. Ils ont d'autres chats à fouetter de toute manière, ce que je peux tout à fait comprendre. Je ne suis pas celle qui va leur faire des remarques alors qu'ils ne sont pas responsables de ce qui est en train de m'arriver. Le retour à la maison est une épreuve que je redoute depuis mon accouchement.

Ici, tout est différent. Les murs de ma chambre d'adolescente, d'un jaune pâle fané, semblent me renvoyer une version figée de moi-même, bien avant que je ne devienne mère. Les posters d'anciens groupes des années 80, délavés par le temps, sont toujours là, comme les fantômes d'une époque où mes seules préoccupations étaient de terminer mes devoirs ou de savoir si ce garçon allait me sourire dans les couloirs du lycée. Maintenant, ma vie est tout autre. Et ce contraste me frappe de plein fouet.

Dans cette maison, il n'y a plus de sages-femmes pour me guider, juste le regard attentif et parfois incisif de ma mère.

— Tu ne peux pas la laisser pleurer comme ça, Natacha, dit-elle en entrant dans ma chambre, Éléna hurlant à pleins poumons.

— Qu'est-ce que tu crois que je fais, là ? Je suis debout depuis des heures !

Je sais que je ne dois pas lui parler ainsi, la fatigue et l'irritation me poussent constamment à bout. Ma mère hausse un sourcil, clairement agacée, elle ne dit rien. Elle s'approche du berceau, prend Éléna dans ses bras et commence à lui fredonner une de ces chansons qu'elle chantait quand j'étais petite.

— Voilà, chuchote-t-elle en berçant ma fille. C'est une question de patience, ma chérie. Les bébés ressentent tout. Si tu es tendue, elle l'est aussi.

Patience. Ce mot me donne envie de hurler. Patience quand mes nuits sont clairement un enchaînement de réveils, patience quand Julian m'a lâchement abandonnée, patience quand je dois supporter cette maison étouffante où tous semblent me juger.

— Oui, c'est facile à dire quand ce n'est pas toi qui dois tout gérer ! riposté-je en lançant un oreiller sur le lit.

Ma mère se retourne Éléna dans les bras. Son regard est à la fois fatigué et triste.

— Ce n'est pas contre toi que je m'énerve, soufflé-je en m'effondrant sur le lit.

Elle pose une main sur mon épaule et, pendant un instant, je ressens cette vieille tendresse maternelle que j'ai toujours un tant soit peu connue, que je rejette parfois.

— Je sais, répond-elle simplement.

Les nuits sont les pires. Mon père, d'un naturel discret, fait ce qu'il peut. Je l'entends parfois se lever au milieu de la nuit pour calmer Éléna, ses pas lourds résonnant sur le parquet. Parfois, il toque doucement à ma porte.

— Ça va, ma grande ? murmure-il en entrant.

Je hoche la tête, je sais qu'il remarque les cernes sur mon visage, mon épuisement. Il s'approche alors du berceau, regarde Éléna dormir, et soupire doucement.

— Elle est vraiment belle, tu sais, dit-il une fois. Tu as fait du bon boulot.

Ces mots m'apportent un peu de réconfort, mais pas assez pour apaiser la tempête dans ma tête.

Mes frères, eux, sont totalement inutiles. Toujours dans leur monde, ils préfèrent ignorer la situation. Un jour, alors qu'Éléna hurlait dans la pièce voisine, l'un d'eux s'est plaint depuis le salon.

— Elle ne pourrait pas aller pleurer ailleurs ? J'essaie de regarder la télé, là !

La goutte d'eau qui déborde du vase. Je me suis précipitée dans le salon, les mains tremblantes de colère.

— Si ça te dérange tellement, tu n'as qu'à t'occuper d'elle ! ai-je lancé, ma voix montant d'un cran à chaque mot.

— Calme-toi, Natacha ! a-t-il répondu en levant les mains. Ce n'est pas ma fille, c'est la tienne.

Je suis restée figée, dévastée par l'ampleur de ses mots.

— Quelle famille de merde, ai-je murmuré en quittant la pièce.

Les jours s'enchainent et chaque cri d'Éléna me rappelle l'absence de Julian. Parfois, je m'assois seule dans la cuisine, une tasse de thé refroidie entre les mains, et j'imagine ce qu'aurait été ma vie s'il était resté.

— Tu penses encore à lui, hein ? demande ma mère un soir en entrant dans la pièce.

Je ne réponds pas.

— Natacha, ce garçon n'en valait pas la peine. Tu le sais aussi bien que moi.

— Peut-être qu'il aurait changé, murmuré-je, plus pour moi-même que pour elle. Peut-être que...

— Non, coupe-t-elle. S'il t'aimait et tenait à toi, il serait là. Point final.

Ces mots brutaux finissent par me faire craquer.

— Ce n'est pas si simple ! hurlé-je en me levant brusquement. Tu ne comprends pas, maman ! J'ai tout donné pour lui, et regarde où ça m'a menée ! Tu crois que c'est facile pour moi d'être ici, chez vous. Tu crois que ça m'amuse ?

Ma mère reste silencieuse. Je vois ses yeux briller, elle refuse de pleurer.

— Non, ce n'est pas facile, répond-elle enfin. Mais maintenant, tu es une mère, Natacha. Tu n'as plus le luxe de t'apitoyer sur ton sort.

Je ne réponds pas. Je décide de retourner dans ma chambre, refermant la porte derrière moi, et pleure encore et encore...

L'enveloppe est toujours là, intacte, comme un poids dans mon sac. Chaque fois que je pose les yeux dessus, mon cœur tambourine. Elle semble me narguer cette enveloppe. Julian a toujours eu le don de me laisser suspendue entre l'espoir et le doute. Même absent, il continue d'avoir ce pouvoir sur moi.

Le soir où je décide enfin de l'ouvrir, Éléna s'est endormie après une énième crise de pleurs. Sa respiration régulière remplit la chambre d'une mélodie fragile. Je m'assois au bord du lit, le sac posé à mes pieds, et sors la lettre avec précaution, comme si elle pouvait exploser entre mes doigts.

L'enveloppe est très légèrement froissée, signe qu'elle a été glissée avec empressement sous la porte de ma chambre à l'hôpital. Je me demande s'il a hésité, s'il a failli renoncer à ce geste.

Mes mains tremblent tandis que je déchire l'enveloppe. Le bruit du papier résonne dans le silence, amplifié par la tension qui me comprime la poitrine. À l'intérieur, une feuille pliée en deux, ordinaire, mais qui contient probablement tout ce que je redoute d'entendre.

Une vague odeur familière me parvient. Le parfum de Julian, mêlé à quelque chose de plus amer, comme l'écho d'un amour qui s'est éteint. Je déplie lentement la feuille, chaque geste chargé d'appréhension. Les mots s'impriment immédiatement dans mon esprit, leur brutalité me frappant de plein fouet.

« Natacha,

J'ai longtemps réfléchi avant de t'écrire, je pense qu'il est temps de mettre les choses au clair. Je ne reviendrai pas. Pas parce que je ne me soucie pas de toi ou de notre fille, parce que je sais que je ne suis pas fait pour ça. Je suis lâche, et je le sais. Tu es bien plus forte que moi. Ta fille mérite mieux qu'un père incapable d'assumer ses responsabilités.

Je te souhaite tout le courage du monde. Prends soin d'elle, prends soin de toi. Un jour, peut-être, je trouverai la force de faire face. Ce jour n'est pas encore arrivé.

Julian. »

Chaque mot est une lame qui s'enfonce un peu plus dans ma chair. Les phrases se succèdent avec une froideur calculée, comme si elles avaient été choisies pour blesser, tout en feignant la sincérité.

Je relis la lettre une fois, puis une deuxième, mes yeux glissant sur les lignes dans l'espoir absurde qu'un mot, une nuance, m'échappe. Peut-être qu'il y a un sous-entendu, un appel à l'aide, un

« reviens-moi » caché quelque part. Il n'y a rien. Juste l'évidence : Julian a fait son choix. Et ce choix ne nous inclut pas, Éléna et moi.

La colère monte en moi comme une marée noire, envahissant chaque recoin de mon être. Je serre les poings, le papier froissé dans ma main.

— Comment il ose ? soufflé-je, ma voix tremblante de rage.

Je me lève brusquement, mes pieds nus rencontrant le sol froid. Je fais quelques pas dans la chambre, tournant en rond comme une lionne en cage.

— Lâche ! C'est ça qu'il est. Un putain de lâche !

Ma voix, bien que basse, trahit un mélange de désespoir et de haine. Je veux hurler, pleurer, briser quelque chose. Tout ce que je peux faire, c'est me mordre la lèvre jusqu'au sang pour ne pas réveiller Éléna.

Je finis par jeter la lettre sur le lit comme si elle me brûlait les doigts. Mes jambes me lâchent, et je m'effondre comme une grosse masse sur le sol.

Un mélange d'émotions m'envahit alors : colère, tristesse, humiliation. Au milieu de tout cela, une douleur sourde, tenace, celle qui m'étreint chaque fois que je pense à lui.

Je remonte les genoux contre ma poitrine, m'enroulant dans mes bras comme pour contenir la tempête qui fait rage en moi. Les larmes viennent, chaudes et incontrôlables, roulant sur mes joues pour former des gouttes sur le parquet.

Ce n'est pas seulement pour moi que je pleure, c'est aussi pour Éléna. Elle mérite tellement mieux. Elle mérite un père qui l'aime, qui la soutienne, qui soit là pour elle. Pas un homme qui se dérobe, qui laisse derrière lui une lettre au lieu de ses bras pour l'accueillir.

Je ne sais pas combien de temps je reste là, repliée sur moi-même, brisée. Tout ce que je sais, c'est que cette lettre a marqué une fin. La fin de Julian dans nos vies.

Et la certitude déchirante que je dois affronter le reste seule.

Le lendemain matin, ma mère entre dans ma chambre, un panier de linge propre sous le bras. La lumière du jour filtre à travers les rideaux mal tirés, illuminant les contours du désordre ambiant : une pile de vêtements froissés au pied du lit, un biberon vide sur la commode, et moi, assise par terre, le regard vide, la lettre entre mes doigts.

Elle s'arrête net en me voyant. Ses yeux glissent de mon visage ravagé par les larmes séchées à la lettre chiffonnée que je tiens encore. Pendant une seconde, elle reste silencieuse, comme si elle hésitait à briser le peu de calme qui règne dans la pièce. Puis, elle pose doucement le panier sur le lit.

— Qu'est-ce que c'est ? demande-t-elle, sa voix plus basse qu'à l'accoutumée.

Je ne réponds pas. Mon regard fixe obstinément le sol, incapable de croiser le sien. Je connais déjà la suite : les questions, les reproches déguisés, les tentatives d'apaisement.

Elle s'approche lentement, s'agenouillant devant moi, et pose une main sur mon bras. Sa paume est froide, mais son geste, lui, est empreint d'une tendresse que je ne peux pas rejeter, même si tout en moi crie de la repousser.

— Julian ? murmure-t-elle, presque comme une évidence.

Je hoche la tête, incapable de parler. Un poids invisible me compresse la poitrine, rendant chaque mot, chaque souffle, douloureux.

Elle tend la main, hésite un instant, puis prend délicatement la lettre froissée entre mes doigts. Ses yeux parcourent rapidement les lignes et son expression change. D'abord l'incrédulité, puis une colère froide et maîtrisée, se lisent sur son visage. Lorsqu'elle repose enfin la lettre sur mes genoux, son regard est dur, sa voix reste douce, comme si elle mesurait chaque mot.

— Tu veux que je te dise ce que je pense ? demande-t-elle, la mâchoire serrée.

Je relève les yeux vers elle, mes lèvres tremblant légèrement.

— Non, réponds-je sèchement.

Son regard ne cille pas.

— Tant pis, déclare-t-elle simplement. Tu ne mérites pas ça. Ni toi, ni Éléna. Il n'a aucun droit de te faire ça.

Sa voix, bien qu'apaisante, contient une colère sous-jacente, presque palpable. Au lieu de m'apaiser, ces mots déclenchent quelque chose en moi. Un rire nerveux, incontrôlé, s'échappe de mes lèvres.

— *Aucun droit* ? répété-je, presque en écho, un sourire amer déformant mon visage. Et pourtant, il l'a fait. Qu'est-ce que je peux y changer ? Tu crois que ça me soulage d'entendre ça ?

Ma voix monte d'un cran, se chargeant d'une colère qui grondait en moi depuis trop longtemps.

— Natacha... commence-t-elle, mais je ne lui laisse pas le temps de continuer.

— Non ! hurlé-je, ma voix tremblante de rage. Arrête de vouloir tout arranger avec des mots ! Julian est parti, il m'a laissée seule avec un bébé, et toi tu crois que tes petites phrases vont m'aider ? Eh bien, elles ne m'aident pas !

Ma mère, d'habitude si prompte à répliquer, reste immobile, ses yeux fixant les miens avec une intensité que je ne peux soutenir. Je la vois cligner des paupières, une fois, puis deux, comme si elle cherchait à contenir une réponse qu'elle sait inutile.

Dans la pièce voisine, un cri perçant retentit. Éléna vient de se réveiller. Je ferme un instant les yeux, frustrée par l'interruption, ma mère, elle, ne bouge pas immédiatement.

— Tu as raison, dit-elle enfin, sa voix plus basse pourtant toujours aussi ferme. Mes mots ne changeront rien. Toi non plus, tu ne peux pas rester comme ça.

Elle se relève lentement, prenant le temps de lisser sa jupe d'un geste nerveux, et se dirige vers la chambre d'Éléna. Juste avant de sortir, elle se retourne, ses traits marqués par une tristesse que je n'ai jamais vue chez elle.

— On ne choisit pas toujours ce qu'on traverse, Natacha. Tu peux choisir comment tu y fais face.

Ses mots résonnent dans le silence qui suit son départ. J'entends le bruit de ses pas dans le couloir, suivis par les pleurs d'Éléna qui s'atténuent progressivement.

Je reste seule, la lettre toujours entre mes mains. Le papier, froissé et usé, semble brûler mes doigts. Je regarde les mots une dernière fois avant de replier la feuille et de la glisser sous mon oreiller.

Je ne sais pas encore comment, ni quand, mais ces mots doivent cesser de me définir.

Chaque jour, je me lève avec le sourire pour voir ma fille. Ses yeux, d'un bleu perçant, captent immédiatement mon attention. Ce sont ceux de son père. Et ça me fait un mal de chien. Elle lui ressemble tellement. Moi, je suis coincée avec mes yeux marron foncé, des yeux de noisette, ternes et lourds, comme deux boulets accrochés à mon visage. Je les déteste. Des yeux de cochons, dis-je parfois avec amertume, dans mes moments de doute.

C'est un regard pur, propre, qui n'a pas encore été terni par les désillusions de la vie. C'est étrange de dire ça, mais sa lumière éclaire aussi mes ténèbres. Ses petits yeux, si innocents, ont le pouvoir de balayer, l'espace d'un instant, l'amertume et la noirceur qui m'habitent depuis trop longtemps.

Je n'ai jamais été le genre de fille à idéaliser le monde ou à me perdre dans des rêves éveillés, mais, elle, elle me fascine. Je suis sous son emprise. Elle est ma raison, mon moteur, celle qui m'oblige à aller de l'avant, même quand je veux tout laisser tomber. Je me dois de l'aider, de lui apporter ce que la vie n'a pas toujours été capable de m'offrir : de la stabilité, de l'amour sain, des souvenirs heureux. Je veux qu'elle grandisse en se sentant aimée, vraiment aimée. Du moins, je vais tout tenter pour lui transmettre ça, même si parfois je me demande si je suis capable de tenir cette promesse.

Je suis encore jeune, perdue, et je vis chez mes parents. Dieu merci. Je ne sais pas si, seule, j'aurais gardé autant de patience, autant de calme. Il y a des nuits où je suis incapable de sortir du lit, même quand Éléna pleure pour que je lui change sa couche ou que je lui prépare un biberon. Parfois, je ne l'entends même pas. Ces moments me rongent. Suis-je une mauvaise mère ? Je ne sais pas. Je ne le ressens pas comme tel, mais je sais que mes efforts sont loin d'être suffisants.

Je n'ai pas encore cet instinct maternel dont tout le monde parle. Ça viendra peut-être. Je fais des efforts, j'essaie, mais il y a des jours où tout me semble insurmontable. Parfois, j'échoue. Pourtant, je refuse de croire que je suis en train de faire un rejet. J'aime ma fille, profondément. Il m'arrive de penser à moi, de rêver de temps pour respirer, pour me retrouver. Est-ce égoïste ? Peut-être. C'est vital.

Je ne compte plus les fois où j'ai pris le téléphone fixe de la maison pour composer le numéro de Julian. Je connais les chiffres par cœur. Mes doigts glissent sur le cadran rotatif, l'un après l'autre, lentement, comme si j'espérais que le temps s'arrête entre chaque mouvement. Quand le dernier chiffre tourne, j'entends la tonalité et mon cœur s'emballe.

Au lieu d'attendre qu'il décroche, je repose le combiné brusquement, le claquement résonnant dans la maison silencieuse. À quoi bon ? À quoi bon lui parler, entendre sa voix, si c'est pour qu'il me répète ce qu'il m'a écrit dans cette lettre maudite ?

Une fois, ma mère m'a surprise, le téléphone à la main, les yeux dans le vide.

— Tu ne crois pas que c'est une perte de temps ? m'a-t-elle lancé en traversant le salon avec son panier à linge.

Je n'ai pas répondu. Ses mots, aussi pragmatiques soient-ils, m'ont piquée au vif.

Je crois que je dois arrêter. Je dois lâcher prise.

Aujourd'hui, je décide de supprimer Julian. Pas de mon cœur, pas de ma mémoire : de mon quotidien. C'est une rupture symbolique, presque stupide, mais nécessaire. Je prends son numéro inscrit sur un bout de papier rangé dans mon tiroir, et je le déchire en petits morceaux. Chaque déchirure est un effort, une victoire sur moi-même.

Je rassemble ensuite les quelques photos que j'avais gardées de nous. Une image de lui, accoudé à la table de ce café où il aimait tant m'emmener, un sourire en coin. Une autre, où il pose avec un air faussement sérieux, les bras croisés, dans un parc près de chez moi. Je les regarde une dernière fois, puis je les range dans une boîte que je décide de confier au grenier. Hors de vue, hors de portée.

C'est dur.

Aujourd'hui, je décide de sortir. Le soleil tape fort sur Sylvereil, et je ne veux pas prendre de risques avec Éléna. Je prépare tout : lunettes de soleil, chapeau, crème solaire et bouteille d'eau. Merci à mes parents pour ces conseils. Ils me rappellent souvent que ses yeux clairs sont plus sensibles à la lumière. Encore une chose que je n'aurais jamais su si je n'avais pas leur aide.

Malgré tout, il reste une distance entre ma mère, et moi. Elle fait tout pour Éléna, c'est indéniable. Je vois qu'elle est heureuse de s'occuper de sa petite-fille mais, parfois, son regard la trahit. Il y a encore de la rancœur. Elle n'a pas oublié. Elle ne le dit pas mais je le sens.

Je range tout dans mon sac, sors la poussette moyenne gamme que j'ai pu me permettre, et file rejoindre mes amis au bar. On ne change pas les bonnes habitudes. Depuis mon accouchement, ils ne m'ont pas lâchée. Ils sont toujours là, à prendre des nouvelles, à m'inviter à sortir, à me faire rire quand j'en ai le plus besoin.

Julian me manque encore. Une part de moi se demande si je suis prête à réellement tourner la page. Je dois essayer.

Rien ne se passe jamais comme prévu dans la vie. Ce n'est que le début de la mienne, et je ne sais pas ce que l'avenir me réserve. Une chose est sûre : je ne suis plus la jeune fille insouciante qui passait ses journées à sortir voir ses amis, traîner dans les rues, rentrer tard le soir... Je suis maman maintenant. Il est temps de prouver que je peux être une femme forte, une battante.

Certains jours, je me sens invincible, prête à affronter le monde entier. D'autres jours, j'ai envie de fuir, de m'échapper. Je tiens bon. Parce que mon but, c'est de prouver à tous, et à moi-même, que je suis capable d'être cette mère, cette femme que je veux être.

Et quoi qu'il arrive, je sais qu'Éléna est ma lumière. Avec elle, je ne reculerai devant rien.

Partie 2

Les dés sont jetés !

CHAPITRE 1

Depuis que je suis revenue chez mes parents après la naissance d'Éléna, j'essaie de m'en sortir. Ce n'est pas parfait, loin de là. Certains jours, je me donne à fond : je nourris Éléna, je la change, je joue avec elle, je m'occupe du linge. Et puis, il y a ces jours où je fais le strict minimum. Ces jours où je me lève, je la nourris, et je reste en pilote automatique. C'est comme si ma vie tournait en boucle, sans direction.

Je prends des petits boulots. Serveuse dans un café, quelques heures de ménage chez des voisins. Rien de stable, rien qui me passionne. J'accepte tout ce qui peut payer quelques broutilles et remplir le réfrigérateur. Pourtant, chaque fois que je rentre avec un billet froissé dans la poche, je me dis que ce n'est pas une vie. Pas celle que j'ai imaginée en tout cas.

Et puis, il y a ma mère, Judith. Elle est partout. Dans la maison, dans mes pensées. Toujours avec ce regard perçant, comme si elle pouvait voir à travers moi. Elle a ce talent particulier pour pointer du doigt tout ce qui ne va pas, tout ce que je fais mal. Elle a raison, bien sûr. Parfois, j'ai l'impression qu'elle ne sait dire que ça. Et je suis à un point de non-retour, je ne peux plus me la voir en peinture, ni en couleur.

— Natacha, tu ne vas pas rester ici éternellement ? Il faut que tu construises quelque chose pour toi et pour ta fille.

Ses mots tombent comme des grosses pierres. Son ton est sec, autoritaire, même si son regard trahit une inquiétude qu'elle ne prononcera jamais.

Judith a une manière bien à elle de s'adresser à moi. On dirait une prof qui donne un cours magistral, une leçon que j'aurais déjà entendue cent fois. Dans ma tête, il m'arrive même de l'imiter.

Natacha, il est temps que tu grandisses. Natacha, tu ne peux pas continuer ainsi. Natacha, range ta chambre. Natacha nia nia nia.

Ça me fait bien sourire sur le moment mais, au fond de moi, ça m'étouffe.

Ce matin encore, alors que je donnais un petit pot à Éléna dans la cuisine, Judith est entrée, les sourcils froncés.

— Tu crois que c'est bien, ça ? m'a-t-elle lancé.

Je n'ai même pas levé les yeux.

— Quoi encore ? Je la nourris, non ?

— Pas avec une cuillère en métal ! Ça lui abîme les gencives.

— Ah oui, excuse-moi, maman parfaite. Tu veux que je chante une berceuse en latin pendant que j'y suis ?

Elle a soupiré bruyamment avant de retourner à sa vaisselle.

— Franchement, Natacha, parfois je me demande comment tu comptes t'en sortir seule !

Cette phrase m'a heurtée. Je n'ai rien dit. J'ai continué de donner à manger à Éléna, en silence. Même si, au fond, j'étais bouillante !

Judith a un talent pour transformer chaque instant ordinaire en une épreuve sportive. Même quand elle ne dit rien, son regard en dit long ! Hier encore, alors que je m'apprêtais à sortir pour travailler, elle m'a arrêtée net dans le couloir.

— Tu vas vraiment porter ça ? a-t-elle demandé en désignant mon t-shirt froissé et mes baskets un peu trop usées.

— Ben si, pourquoi ?

— Non, rien. Mais ça ne donne pas une très bonne image tu vois.

Un mélange d'ironie et de colère m'a échappé.

— T'inquiète pas, Judith, je ne vais pas postuler pour être ministre.

Malgré mes réponses cinglantes, ses remarques incessantes m'usent. Je ne peux plus supporter cette sensation d'être constamment jugée. Chaque pièce de cette maison, et chaque silence, semblent chargés de reproches.

Heureusement, Éléna est là pour me rappeler pourquoi je continue. Avec elle, même les journées les plus lourdes paraissent un peu moins sombres.

Ce matin, alors que je suis à bout après une énième discussion tendue avec Judith, Éléna éclate de rire en plein milieu de son petit pot.

— Qu'est-ce qui te fait rire, toi ? lui demandé-je en souriant malgré moi.

Elle tend une main potelée et renverse un peu de compote sur mon pantalon.

— Génial. Merci, Éléna, vraiment. Tu ne veux pas m'aider à nettoyer aussi ?

Elle me répond par un éclat de rire encore plus fort, et je ne peux m'empêcher de rire avec elle.

Même ces moments de bonheur ne suffisent plus à étouffer cette voix. Judith a raison sur un point : je ne peux pas continuer ainsi.

Hier soir, elle me l'a encore rappelé, après une dispute où les mots ont fusé comme des flèches.

— Natacha, tu ne peux pas traîner ici comme si tu étais encore une adolescente. Tu as une fille maintenant ! Quand est-ce que tu vas te réveiller ?

— Je me réveille tous les matins, merci, ai-je répondu sèchement. Tu veux que je chante ma routine ? « *Bonjour Judith, je donne le biberon, je change une couche, et ensuite je vais me faire juger dans la cuisine.* » Ça te va ?

Elle a fermé les yeux un instant, comme pour calmer ses nerfs.

— Ce n'est pas contre toi, Natacha. Tu ne grandiras jamais si tu restes ici, a-t-elle murmuré.

Ses mots résonnent, comme toujours, au fond de mon âme. Je ne veux pas admettre qu'elle ait raison. Être sous ce toit est devenu insupportable. Pas seulement pour moi, pour elle aussi.

Je ne sais pas encore comment je vais m'y prendre. Une chose est sûre : je dois partir.

C'est une journée ordinaire à Sylvereil. Le genre de journée où tout semble plat, sans relief. La lumière est grise, le vent glacé. Je me suis arrêtée à une petite terrasse, attirée par l'idée d'un café bien chaud. Un moment pour souffler, pour me sentir seule, libre. Éléna dort paisiblement dans sa poussette à côté de moi, son visage se détend, ses petits bras potelés relâchés. Je feuillette un magazine abandonné sur la table. Mes pensées sont ailleurs, perdues dans cette routine qui m'épuise.

Et puis, je le remarque.

Il est là, à une autre table, plongé dans un livre. Rien chez lui ne frappe au premier regard. Petit, mince, des cheveux bruns légèrement ondulés. Il pourrait se fondre dans la foule, pourtant il y a quelque chose de différent : une manière de tenir son livre, concentrée mais décontractée, un calme presque contagieux qui contraste avec l'agitation du café autour de nous.

Je détourne les yeux, gênée. Pourquoi est-ce que je le regarde ? Ce n'est pas dans mes habitudes. Pourtant, je ne peux m'empêcher de voler un coup d'œil de temps à autre. Ses gestes sont mesurés, précis. Ses traits sont doux, presque enfantins, son regard... Un regard brun noisette, profond, comme s'il pouvait voir au-delà des apparences.

Nos salutations se croisent. Mon cœur fait un boum idiot. Je baisse immédiatement les yeux, faisant semblant de m'intéresser au magazine. En réalité, je ne lis pas un mot. Je déteste les livres.

Quelques minutes passent. Par curiosité, ou peut-être par impulsion, je relève discrètement la tête. Il est toujours là mais, cette fois, il me sourit. Un sourire timide, presque hésitant, qui semble dire : je sais que tu m'observes, et c'est d'accord. Je ne sais pas pourquoi : je le lui rends. Peut-être parce que, pour la première fois depuis longtemps, j'ai l'impression que quelqu'un me voit. Pas juste en tant que mère débordée ou une fille en conflit avec sa mère. Juste moi, Natacha.

Le lendemain, je décide de retourner à cette même terrasse. Pourquoi ? Je n'en suis pas sûre. Une part de moi veut échapper à Judith et à cette maison qui m'étouffe. Une autre partie espère secrètement le revoir.

Je m'installe, commande un café, et je fais semblant d'être absorbée par le menu. Mes yeux le cherchent instinctivement. Il est là, assis à la même table que la veille, son livre posé devant lui. Cette fois, c'est lui qui brise le silence.

— Vous aimez le café de cet endroit ? demande-t-il.

Sa voix est douce, posée, comme une caresse. Ce n'est pas une question originale, il y a dans son ton une sincérité désarmante.

— Il est correct, dis-je en haussant les épaules. Pas de quoi écrire un poème, cela fait le travail.

Il sourit, et je remarque une petite fossette sur sa joue gauche.

— Vous êtes plutôt difficile ou plutôt honnête ?

— Les deux, je crois, réponds-je en souriant à mon tour.

Petit à petit, ce café devient notre point de rencontre. Chaque jour, il est là, avec son livre. Moi, j'emmène Éléna dans sa poussette avec une envie grandiose de m'échapper du quotidien. Nos conversations commencent par de simples banalités : le temps, le café, les livres. Rapidement, elles deviennent plus personnelles.

— Vous venez souvent ici ?

— On va dire que c'est mon refuge. Je viens ici pour fuir un peu la maison.

— Fuir ? répète-t-il, intrigué.

Je hoche la tête, j'essaie de garder un ton léger.

— Parfois, on a juste besoin de respirer, vous savez ?

Il ne répond pas tout de suite, mais je vois dans son regard qu'il comprend. Pas besoin d'en dire plus.

Petit à petit, je découvre des choses sur lui. Il travaille comme assistant administratif, un métier qu'il décrit avec une certaine fierté.

— J'aime organiser, me dit-il un jour. Faire en sorte que tout soit à sa place, que les choses fonctionnent.

Cette stabilité qu'il incarne m'attire. Il est tout ce que je ne suis pas : ordonné, méthodique, constant. Peut-être est-ce pour ça que je reviens sans cesse à cette terrasse.

Ce qui me frappe le plus, c'est sa manière d'écouter. Elle n'est pas comme les autres, qui hochent tout simplement la tête en attendant leur tour pour parler. Lui, il écoute vraiment. Ses yeux me fixent avec une intensité presque déconcertante, comme s'il cherchait à comprendre chaque mot, chaque nuance.

— Et votre fille ?

Je me fige un instant. Éléna est toujours à côté de moi, dans sa poussette, je n'en parle pas pour le moment.

— Elle s'appelle Éléna, finis-je par dire.

Il sourit avec plaisir.

— C'est un joli prénom.

Sa simplicité me désarme. Pas de jugement, pas de question inutile. Juste une acceptation naturelle.

Avec Davy, je n'ai pas à jouer un rôle. Il ne cherche pas à me changer, ni à me prouver quoi que ce soit. Il est là, patient, constant, prêt à m'écouter. Après tout ce temps, je sens que je peux être moi-même.

Davy ne tarde pas à devenir une constante dans ma vie.

Il n'a rien de spectaculaire, c'est justement ça qui me rassure. Il est là, présent, attentif, sans chercher à m'étouffer. Et pour quelqu'un comme moi, qui a toujours eu du mal à faire confiance, c'est une sensation nouvelle.

Depuis le début, Davy a su inclure Éléna sans forcer les choses. Il a croisé son regard pour la première fois sur cette terrasse où tout a commencé. À ce moment-là, il n'a rien dit, se contentant d'un sourire discret dans sa direction. C'était suffisant pour qu'elle s'ouvre à lui, sans méfiance.

Les premières interactions entre eux ont été maladroites, touchantes. Davy, pourtant, ne prétend pas être un expert en enfants. Il invente des chansons ridicules pour la faire rire ou encore tire des grimaces si absurdes qu'Éléna finit par éclater de rire. Moi, en retrait, je les observe, partagée entre la joie de les voir complices et l'inquiétude que tout cela puisse être trop beau pour durer.

Petit à petit, Davy s'intègre à notre quotidien. Ce n'est pas parfait,mais tout semble si sincère.

Éléna l'appelle parfois « *tonton Davy* » et, même si le surnom sonne étrange à mes oreilles, il semble l'accepter avec une certaine fierté. Elle le suit partout, toujours curieuse de ce qu'il peut faire. Et lui, avec sa patience légendaire, trouve toujours un moyen de la divertir.

Un jour, je rentrais d'une course, je les ai retrouvés dans le salon. Davy était allongé sur le tapis, avec une chaussette sur la tête, et imitait un pirate. Éléna riait si fort qu'elle en avait les larmes aux yeux.

— Sérieusement ? Une chaussette ? lui ai-je lancé en m'appuyant contre le cadre de la porte.

— Les pirates modernes savent s'adapter, a-t-il rétorqué avec un sérieux comique.

C'est ce genre de moments qui me fait encore croire que, peut-être, nous sommes sur la bonne voie. Pour autant, tout n'est pas simple.

Davy a ses petites habitudes, comme laisser traîner ses chaussettes n'importe où, ou oublier de racheter du lait. C'est Éléna qui met notre patience à l'épreuve. Elle a du mal à partager son espace, son quotidien.

Un soir, elle pleure sans s'arrêter. Je me tiens au bord du lit, épuisée, les nerfs à vif. Davy entre dans la chambre, un biberon à la main.

— Laisse-moi faire, dit-il doucement en prenant Éléna dans ses bras.

Je m'effondre sur le lit, trop fatiguée pour protester. Davy marche dans la pièce, berce Éléna doucement tout en murmurant.

— Tu sais, Éléna, ta maman est une guerrière. Elle fait tout pour toi. Mais là, elle est KO. Alors, tu vas m'écouter et arrêter de pleurer, d'accord ?

Je le regarde, un sourire fatigué sur les lèvres.

— Tu crois vraiment qu'elle va comprendre ? murmuré-je, les yeux mi-clos.

— Laisse-moi avec mes illusions, répond-il avec un sourire tendre.

Même dans les moments difficiles, Davy a toujours cette capacité à alléger le poids de la situation.

C'est en février 1994, quelques mois après le début de notre relation, que Davy me propose de m'installer chez lui.

— Pourquoi tu ne viendrais pas ? me demande-t-il un soir, lorsque que je lui raconte une énième dispute avec Judith.

— Chez toi ? Ton appart est minuscule, Davy. Il y a à peine de la place pour toi ! Alors pour deux de plus...

— Et pourtant, il reste assez grand pour toi et Éléna, tu sais ?

Ses mots me surprennent. Pendant un instant, j'envisage la possibilité. Est-ce ce vraiment faisable ? Pouvons-nous réellement construire quelque chose ensemble ?

Et puis, nous n'avons qu'une seule vie, alors je prends la décision : partir et vivre avec lui.

Le jour du déménagement, je ressens un mélange d'excitation et de peur. Judith, fidèle à elle-même, reste plantée dans le salon, les bras croisés.

— Alors, c'est vraiment ça ? Tu pars ? me demande-t-elle d'un ton froid.

Je me contente d'un hochement de tête, incapable de répondre.

— J'espère que tu sais ce que tu fais, Natacha. Avec un bébé, ce n'est pas aussi simple que de tout jeter dans des cartons et de recommencer ailleurs.

Il faudrait savoir aussi ce qu'elle veut cette mère ! Elle souhaite que je prenne des responsabilités et là elle me fait tout un *speech* !

Ces mots me travaillent pendant tout le chemin vers ma nouvelle vie. Merci la mère !

L'appartement de Davy est loin d'être parfait. Les murs beige-jaune, les meubles datés et cette lampe halogène vacillante pourraient me faire fuir. Étrangement, je m'y sens bien.

— Tu pourrais penser à repeindre, tu sais, lui dis-je un jour en observant les murs.

— Pourquoi ? J'aime bien ce style « couloir d'hôpital des années 80 ».

Je ne peux pas m'empêcher de rire.

— Sérieusement, Davy, je t'offre un pot de peinture pour ton anniversaire.

— Seulement si tu viens m'aider à l'appliquer, rétorque-t-il.

Petit à petit, nous trouvons un équilibre. Les premiers jours sont bien évidemment chaotiques, mais il y a aussi des moments de simplicité qui rendent tout ça supportable.

Un soir, nous dansons maladroitement dans le salon avec Éléna, je m'arrête un instant pour les regarder : il sourit en tenant Éléna par la main et elle éclate de rire à chaque faux pas.

À cet instant, je prends conscience que cela fait bien longtemps que je ne m'étais pas sentie aussi à ma place.

CHAPITRE 2

Vivre avec Davy est à la fois un soulagement et un défi. Loin de l'agitation et des jugements constants de Judith, je peux enfin respirer. Cette liberté, pourtant, ne va pas sans incertitudes.

Son appartement, bien que petit, dégage une ambiance chaleureuse, presque apaisante. Davy a cette capacité à transformer les jours les plus banals en instants doux et précieux. Nos journées sont simples. Il part travailler tôt le matin, me laissant seule avec Éléna. J'essaie d'instaurer une routine, mais ce n'est pas mon fort. Souvent, je laisse Éléna jouer sur le tapis pendant que je regarde par la fenêtre, perdue dans mes pensées.

Le soir, Davy rentre avec une énergie tranquille, apportant un équilibre que je n'ai pas connu jusqu'à aujourd'hui. Il raconte sa journée, écoute la mienne et, surtout, il fait rire Éléna. Cela me va droit au cœur. Leur complicité s'est construite naturellement. Elle l'appelle toujours « *tonton Davy* » et lui, loin de s'en offusquer, semble porter ce surnom comme une médaille.

Un soir, nous dînons tous les trois, il prend soudainement la parole.

— Je ne te l'ai jamais dit, mais je suis content que tu sois là.

Ses mots me surprennent. Je lève les yeux, cherchant à lire entre les lignes de son sourire sincère.

— Nous aussi, on est contentes d'être là, réponds-je doucement.

Même en prononçant ces mots, une part de moi doute. Est-ce vraiment ma place ? Sommes-nous en train de construire quelque chose, ou est-ce une illusion à laquelle je m'accroche désespérément ?

Pour Éléna, tout semble plus simple. Elle a trouvé en Davy un complice, un allié. Il a une patience infinie avec elle, inventant à chaque fois de nouveaux jeux absurdes et des chansons qui la font glousser. Je n'ai pas encore cette fibre, cette connexion. Cela viendra peut-être avec le temps.

Davy semble déterminé à prouver qu'il est l'homme parfait. Il ne se contente pas de jouer avec Éléna : il s'intéresse sincèrement à elle. Il pose des questions sur ses habitudes, ce qui la fait sourire. Il prend soin de ne jamais s'imposer comme une figure paternelle mais il est là, présent, attentif.

Un soir, il lit une histoire à Éléna, elle se blottit contre lui.

— Tonton Davy, tu resteras avec nous pour toujours ?, murmure-t-elle.

Il pose le livre, visiblement surpris, et me jette un regard hésitant. Je retiens mon souffle.

— Tant que ta maman voudra bien de moi, oui, répond-il.

Ces mots m'émeuvent plus que je ne l'aurais imaginé. Et, pour la première fois, peut-être que je peux envisager un futur sans craindre qu'il ne s'effondre, qu'il s'échappe.

Malgré tout, je n'arrive pas à lâcher prise. Mon passé me hante encore. Ma petite voix intérieure me répète que je ne mérite pas cette stabilité, que ce bonheur est trop fragile pour durer. Pourtant, je ne suis pas du genre à trop penser depuis la naissance d'Éléna, les choses ont pris un autre tournant.

Une nuit, Éléna dort paisiblement et Davy regarde la télévision. Je m'assois à ses côtés.

— Tu crois qu'on va y arriver ?

Il tourne la tête vers moi, surpris.

— Pourquoi tu me demandes ça ?

— Je ne sais pas... Je crains juste que tout ça soit... trop beau pour être vrai.

Il prend ma main dans la sienne, le regard sérieux empreint de tendresse.

— Rien n'est jamais parfait, Natacha. Je veux qu'on essaie, toi et moi. On le doit à Éléna. Et puis, à nous aussi.

Ses mots m'apaisent, mes doutes ne disparaîtront pas en une nuit. J'ai encore besoin de temps pour assimiler cette nouvelle vie qui se construit lentement, prudemment.

Pourtant, je veux y croire. Je veux penser que ce foyer que nous bâtissons ensemble, main dans la main, peut devenir un véritable refuge. Davy m'impressionne par sa force, sa patience, et sa détermination. Peut-être que, malgré tout, Judith avait raison en me poussant à aller de l'avant. Pour une fois qu'elle semble faire quelque chose de bien dans ma vie !

Je commence à voir une lumière au bout du tunnel, et c'est une nouvelle sensation.

Nous sommes déjà fin mars 1994, les mois passent, quelque chose en moi est différent. J'ai du mal à l'expliquer. Une fatigue inhabituelle, des nausées matinales qui m'assaillent sans prévenir, et cette étrange intuition que mon corps m'échappe. Au fond, je connais la réponse, j'essaie de l'oublier, comme si l'ignorer pouvait retarder l'inévitable.

Davy, lui, remarque tout. Il est attentif à mes moindres gestes et mes silences. Un soir, alors qu'Éléna est couchée, il me lance un regard qui me met mal à l'aise.

— Tu ne vas pas bien toi, dit-il.

Je détourne les yeux, mal à l'aise.

— Ce n'est rien, juste un peu de fatigue.

Il ne se contente pas de cette réponse très brève. Il pose sa main sur la mienne et attend que je parle. Finalement, les mots sortent, presque malgré moi.

— Je pense que je pourrais... être enceinte.

Son visage se fige. Je n'arrive pas à lire ses pensées, ce qui me fait paniquer encore plus. Au bout de quelques secondes, il souffle un léger rire, comme pour détendre l'atmosphère.

— Tu veux qu'on fasse un test ? Enfin, c'est toi qui le feras je veux dire !

Nous finissons notre soirée à parler de tout et de rien à la foi jusqu'à ce que le sommeil nous emporte tous les deux.

Le lendemain, nous nous retrouvons dans la salle de bain, tous les deux en silence, le test de grossesse posé sur le bord du lavabo. Les deux barres apparaissent presque immédiatement. Je fixe le résultat, incapable de bouger.

— Et voilà, murmuré-je, plus pour moi-même que pour lui.

Davy pose une main sur mon épaule.

— On va y arriver, Natacha.

Ces mots devraient me rassurer. Au lieu de cela, ils soulèvent mille questions. Comment vais-je gérer une nouvelle grossesse alors que ma vie semble à peine commencer à se stabiliser ? Éléna est encore si petite ! Et Davy... Lui qui n'a jamais eu d'enfant, est-il vraiment prêt à assumer ce rôle ?

Le soir-même, après avoir couché Éléna, nous nous asseyons tous les deux sur le canapé. La télévision diffuse une émission quelconque, mais aucune image ne semble capturer notre attention. Davy prend une grande inspiration avant de parler.

— Tu as peur, pas vrai ?

Je tourne la tête vers lui, surprise par sa franchise.

— Bien sûr que j'ai peur. Je ne sais même pas si je suis prête pour ça...

Il hoche doucement la tête, comme s'il comprenait exactement ce que je ressens.

— Personne n'est vraiment prêt, tu sais. Moi non plus, je ne m'attendais pas à ça, je crois qu'on peut y arriver.

Je le fixe un moment, essayant de déceler la moindre hésitation dans ses mots. Tout ce que je vois, c'est sa sincérité, sa détermination.

Les jours passent, et je cherche un moyen d'annoncer la nouvelle à Éléna. Elle est encore si petite que je redoute sa réaction.

Un après-midi, pendant qu'elle joue avec ses quelques poupées, je m'assois près d'elle sur le tapis.

— Ma puce, tu sais ce qui serait chouette ?

Elle lève les yeux vers moi, curieuse.

— Quoi ?

— Si tu devenais grande sœur ?

Ses yeux s'illuminent immédiatement.

— Vraiment ?

Je souris, soulagée de son enthousiasme.

— Oui !

Elle réfléchit un instant, puis demande :

— C'est quand qu'il arrive ?

— Pas tout de suite, ma chérie. Il ou elle sera là pour Noël, si tout va bien.

Cette réponse semble la satisfaire, et elle retourne à son jeu avec un sourire. Au fond de moi, je sais que ce n'est que le début. Sa vie va changer, tout comme la mienne. Enfin, la nôtre.

Avec la grossesse, le quotidien commence à évoluer. Davy s'implique autant qu'il peut, me soutenant dans mes moments de doute. Il prend soin d'Éléna, l'emmène au parc ou invente de nouveaux jeux pour la distraire pendant que je lutte contre la fatigue et les nausées.

Un soir, alors que je suis recroquevillée sur le canapé, une couverture sur les jambes, il s'installe à mes côtés avec un sourire en coin.

— Tu sais, j'ai réfléchi.

— À quoi ?

— À comment on va appeler ce bébé.

Je ris doucement, bien que l'idée me paraisse encore lointaine.

— On a le temps, Davy.

— Peut-être, mais c'est drôle d'y penser ! Et puis, Éléna a déjà des idées...

Je le regarde, surprise.

— Elle en a parlé ?

Il hoche la tête, un sourire tendre sur les lèvres.

— Elle veut que ce soit un prénom de princesse si c'est une fille. Et si c'est un garçon... eh bien, elle a dit qu'il s'appellerait « *Pirate* ».

Un éclat de rire m'échappe malgré moi. Davy rit aussi et, pendant un instant, le poids de mes angoisses s'allège.

CHAPITRE 3

Je ne vais pas me mentir : la première rentrée d'Éléna me stresse à mort. C'est un moment si important, et je ne sais pas si je suis prête à en gérer autant à la fois. Rien que de penser à la voir dans l'école, mon cœur se serre. C'est une sensation étrange. Mon bébé, ma petite Éléna, va entrer dans une nouvelle phase de sa vie. Elle va avoir des copains, des petits soucis, des joies, dont je ne ferai pas toujours partie. Aussi des peines car à l'école tout n'est pas toujours tout beau. Je devrais être heureuse pour elle, et je le suis en partie. Une autre part de moi se sent perdue.

Cette rentrée, c'est comme si je devais lui lâcher la main pour la première fois, accepter qu'elle devienne un peu plus indépendante. Et ça fait un mal de chien. J'essaie de me convaincre que tout va bien se passer. Après tout, c'est une étape normale, non ? Néanmoins, à chaque fois que j'imagine cette classe, cette cour de récréation remplie d'enfants, mon angoisse grandit. Et si elle se sentait seule ? Et si elle n'arrivait pas à suivre ? Et si... Trop de questions, ce n'est pas bon.

Pour une fois, j'ai mis ma fierté de côté et j'ai appelé ma mère. Elle, au moins, a traversé ça trois fois avec mes frères et moi. Entre nous, les choses se sont calmées récemment, mais je sais que cet équilibre est fragile. Parfois, on discute tranquillement, et je me suis dit qu'on y arriverait peut-être enfin. Puis, la moindre remarque suffit à raviver les vieilles blessures. Elle ne s'en rend peut-être pas compte, elle a cette manière de me faire sentir que je n'en fais jamais assez.

« Tu devrais faire ça comme ci... » ou *« Moi, à ton âge, j'avais déjà fait ça. »* C'est subtil, ça me pique.

Pourtant, je lui ai demandé son avis sur la rentrée d'Éléna. Elle m'a donné quelques conseils pratiques

« Mets-lui un petit mot dans sa poche, ça la rassurera. » , « Préparer son sac la veille, ça évite le stress. »

Des choses utiles, qui n'ont pas apaisé mes doutes. Peut-être parce que mes peurs ne viennent pas d'Éléna. Peut-être qu'elles viennent de moi. Dans mes souvenirs, ma mère n'a jamais fait cela pour moi, ces petites attentions... Il faut dire que, petite, j'étais déjà une fille très détachée.

Je repense aux petits conseils de ma mère. Ses conseils, bien que pratiques, ont ce ton presque mécanique qui lui est propre. Ce ne sont pas tant ses mots qui m'ont marquée, mais plutôt ce qu'elle n'a pas dit. Parfois, je me demande si elle réalise combien son absence de tendresse a laissé des traces en moi. Plus jeune, je prétendais que rien ne pouvait m'atteindre. J'étais convaincue que je n'avais besoin de personne.

Aujourd'hui, j'accompagne Éléna pour sa première rentrée, je ressens un vide, un manque. J'aurais voulu que ma mère me tienne la main, qu'elle me dise que tout irait bien.

Je refuse de reproduire ça avec Éléna. Elle doit savoir que je suis là pour elle. Qu'elle n'a pas à cacher ses doutes ou ses peurs. Comment être la mère dont elle a besoin alors que mes propres failles semblent si visibles ?

Le matin de la rentrée, Davy se lève bien avant moi. Il s'active dans la cuisine, et l'odeur des tartines grillées et du chocolat chaud envahit bientôt l'appartement. Quand j'arrive, encore à moitié endormie, il lève les yeux vers moi avec un sourire taquin.

— Alors, prête pour le grand jour ?

Je grogne légèrement en m'asseyant sur une chaise.

— Si tu parles de la rentrée, pas vraiment.

— Tout va bien se passer. Regarde, j'ai même préparé un petit-déjeuner de championne.

Il pose une assiette devant moi : des fruits découpés avec soin et des tartines encore fumantes. Je soupire, mais son attention m'arrache un sourire.

Éléna surgit dans la cuisine, son cartable presque aussi grand qu'elle sur le dos. Elle avance en sautillant, des étoiles dans les yeux.

— Maman, regarde ! Je suis prête pour l'école !

Je hoche la tête, m'efforçant de cacher mon émotion.

— Tu es magnifique, ma puce.

Elle grimpe sur sa chaise et mord dans sa tartine avec enthousiasme. Davy passe derrière elle et lui ébouriffe les cheveux.

— Prête pour cette première rentrée ?

Elle lève un pouce en l'air, les joues pleines de chocolat. Sa légèreté me réconforte un peu, même si une boule reste coincée dans ma gorge.

Nous arrivons à l'école un peu en avance. La cour est encore calme, les parents commencent à se rassembler. Certains discutent, d'autres restent silencieux, visiblement nerveux. Éléna attrape fermement ma main, puis celle de Davy, sautillant à chaque pas.

Quand la cloche retentit, mon cœur se serre. L'enseignante appelle les enfants un par un. Je me baisse à la hauteur d'Éléna, posant mes mains sur ses petites épaules.

— Tout ira bien, ma chérie. Tu vas t'amuser, tu verras.

Elle hoche la tête, et je sens ses doigts se crisper autour des miens. Finalement, elle se détache et avance vers sa classe. Avant de disparaître, elle se retourne et agite timidement la main.

Je lui rends un sourire, bien que mes yeux me trahissent. Davy pose une main sur mon dos, un geste rassurant.

— Elle est prête, Natacha. Tu peux être fière d'elle.

Je hoche la tête, incapable de répondre. Pourtant, une question persiste : est-ce que, je vais m'en sortir ?

De retour à la maison, le silence est presque assourdissant. Davy part travailler, me laissant seule avec mes pensées. J'essaie de m'occuper, rien ne parvient à détourner mon esprit.

Je m'assois dans le salon, les bras croisés. Cette rentrée, c'est bien plus qu'une étape pour Éléna. C'est aussi un rappel pour moi que tout change, que rien ne reste figé. Et avec ce changement vient une autre réalité : ma grossesse.

Les nausées sont plus fréquentes, la fatigue m'épuise, et je commence à sentir ce léger arrondi sous ma main. Ce bébé, encore abstrait, devient de plus en plus réel. Cette idée m'effraie autant qu'elle me fascine.

Quand Davy rentre le soir, il trouve la table mise, un dîner simple mais préparé avec soin. Il s'installe face à moi, le regard attentif.

— Tu as l'air… ailleurs.

Je lève les yeux vers lui, hésitant à parler.

— Je réfléchis À la rentrée, au bébé…

Il tend doucement la main pour attraper la mienne.

— Tu as peur, c'est ça ?

Je baisse les yeux.

— Oui. J'ai peur de ne pas y arriver ou de ne pas donner autant d'amour.

Il presse légèrement mes doigts, avec une expression pleine de douceur.

— Tu n'as pas à tout faire seule. On est là pour s'aider.

Je hoche la tête, émue par ses mots.

Les jours suivants, Éléna s'adapte rapidement. Chaque soir, elle revient débordante d'enthousiasme.

— Maëlle a une gomme magique ! Elle m'a dit qu'elle efface les bêtises !

Je ris doucement en l'écoutant. Je remarque qu'elle devient plus collante, plus exigeante avec moi. Peut-être sent-elle que le bébé occupe déjà une partie de mon attention.

— Maman, tu m'aimeras toujours pareil, même quand le bébé sera là ?

— Toujours, ma chérie. Rien ne changera ça.

Elle cherche mes yeux, comme pour s'assurer que je dis la vérité.

— Promis ?

— Promis.

Elle finit par s'endormir. Ses mots continuent de résonner en moi. Ce bébé va bouleverser nos vies, jamais je ne veux qu'Éléna doute de l'amour que je lui porte.

Plus tard, je m'installe près de Davy, il me jette un regard curieux.

— Tu sais, mes parents voudraient qu'on passe les voir.

Je reste silencieuse durant un long moment.

— Pourquoi ?

— Ils veulent te rencontrer. Et ils sont impatients d'en savoir plus sur ce bébé.

Je reste pensive. Rencontrer ses parents, c'est franchir une nouvelle étape. Je n'aime pas trop cela, je vais faire un effort, pour lui.

— Qu'est-ce que tu en penses ?

Je respire profondément avant de répondre.

— D'accord.

Il sourit, satisfait, et je sens une pointe d'angoisse monter. Ce dîner sera bien plus qu'une simple visite.

Je regarde Éléna, perchée sur ses genoux, s'amuser avec ses cheveux.

— Tu crois qu'ils ont des jouets ? demande-t-elle innocemment.

Davy rit.

— Pas de jouets, je suis sûr qu'ils trouveront de quoi t'amuser.

Elle semble rassurée. Je reste inquiète. Cette rencontre, je le sais, marquera un tournant.

CHAPITRE 4

La journée commence comme toutes les autres, une tension inhabituelle flotte dans l'air, presque palpable. Mon ventre est lourd. Chaque mouvement me coûte, et je sens que quelque chose d'irréversible est sur le point de se produire. C'est comme si mon corps entier me préparait pour une épreuve qu'il connaît déjà, que mon esprit refuse encore de vraiment accepter.

Davy, toujours attentif, ne me quitte pas des yeux. Il s'agite dans l'appartement, incapable de rester immobile. Il vérifie la valise une nouvelle fois, passe un linge sous son nez comme s'il en évaluait l'odeur, le plie, et déplie, puis le replie avec un soin inutile.

— Tu es sûre qu'on n'a rien oublié ? demande-t-il pour la troisième fois, sa voix légèrement tremblante.

Je me tourne lentement vers lui, les sourcils froncés, ma patience à bout.

— Davy, si tu répètes cette question, je te promets que je vais perdre mon calme.

Il esquisse un sourire timide, je vois bien que son calme apparent masque une nervosité qu'il peine à contenir. Ses doigts jouent avec la fermeture éclair de la valise, son regard revient sans cesse vers moi comme pour s'assurer que je ne vais pas accoucher sur-le-champ.

— D'accord, je ne dis plus rien, murmure-t-il, presque pour lui-même.

D'ailleurs, j'ai fait la connaissance des parents de Davy : Micheline et Jean. Des personnes vraiment très différentes et très discrètes. Je craignais de faire leur rencontre mais au final tout s'est très bien passé. Pour la première fois, j'ai senti que j'étais une maman et non une gamine comme le pense ma mère. Cela me va droit au cœur et ses parents sont adorables et serviables.

Je reste tout de même sur mes gardes. Je n'ai jamais eu beaucoup de faiblesses ou de failles mais, depuis la naissance d'Éléna, mon caractère a changé. Et fort heureusement.

L'après-midi, tout commence. Une contraction, légère d'abord, presque une caresse douloureuse. Puis une autre, plus forte, plus nette. Mon souffle se raccourcit et la douleur monte en vagues, me coupant presque les jambes. Je m'arrête, les mains sur les hanches, et ferme les yeux pour ne pas céder à la panique.

Davy me regarde, ses traits tendus, prêt à agir.

— Ça va ? Tu veux que je t'aide à t'asseoir ?

Je secoue la tête, le souffle court.

— Ça y est, dis-je en m'appuyant contre le mur. Il faut y aller, j'ai l'impression de ressentir un truc bizarre entre mes cuisses.

Sans attendre, il attrape la valise, enfile son manteau à la hâte, et m'ouvre la porte. Je sens son regard anxieux sur moi à chaque pas que je fais, il ne dit rien. Dans la voiture, il conduit prudemment, les mains crispées sur le volant.

— Respire, Natacha. Reste calme, dit-il doucement.

Je ne réponds pas. Mes mains agrippent le siège, mes ongles s'enfoncent dans le tissu, et je fixe la route comme si cela pouvait atténuer la douleur qui ne fait que s'intensifier.

À l'hôpital, tout s'accélère. Les lumières blanches, presque aveuglantes, les bips incessants des machines, le va-et-vient précipité des infirmières... Tout cela m'assaille, m'enveloppe dans un brouillard de sensations. Une infirmière m'aide à m'installer sur le lit, ses gestes rapides, rassurants.

Davy reste à mes côtés, son visage crispé d'inquiétude. Il me tient la main, la serre comme s'il souhaitait me transmettre toute sa force. Et, sur le moment, c'est ce qu'il me faut.

— Je suis là, murmure-t-il, penché vers moi. Je ne bouge pas.

Une violente contraction me coupe le souffle, et un cri m'échappe. Je broie sa main sans retenue : il grimace, mais ne se dégage pas.

— Tu es incroyable, souffle-t-il.

Je ne réponds pas, incapable de formuler une pensée cohérente. La douleur me submerge, une vague après l'autre, et je me laisse emporter, luttant simplement pour respirer.

Les heures passent, interminables. Chaque cri, chaque larme semble étirer le temps. Les encouragements de l'équipe médicale deviennent un écho lointain. Et puis, soudain, un cri perçant déchire l'air.

Le monde s'arrête. La douleur, la fatigue, tout s'efface dans ce son unique. Une infirmière pose délicatement un petit être sur ma poitrine.

Elle est si minuscule, si chaude contre ma peau. Ses grands yeux s'ouvrent et elle me regarde, comme si elle essayait déjà de comprendre qui je suis. Mon cœur se serre. C'est un moment suspendu, irréel.

— Salut, ma belle, murmuré-je, les larmes roulant sur mes joues.

Je caresse doucement son visage, fascinée par sa perfection. Ses petits doigts s'agitent, ses paupières papillonnent, et je sens tout l'amour que je pensais perdu en cet instant.

Le 23 décembre 1994, à 00 h 45, Émy pointe le bout de ses petits orteils. 50 cm, une toute petite bouille. 3,350 kg

Elle ressemble tellement à son père, surtout la peau. Elle n'est pas blanche. Quand j'y pense, son grand-père est également quasiment le même, tandis que moi je suis blanche comme un cul tout nu qui n'a pas vu un rayon de soleil depuis des années.

Davy, silencieux, reste à mes côtés. Ses yeux brillent de larmes qu'il ne cherche pas à cacher. Il regarde Émy comme s'il voyait un miracle.

— Elle est parfaite, chuchote-t-il d'une voix tremblante.

Je tourne la tête vers lui et, pour la première fois depuis des heures, nos regards se croisent. Son sourire est sincère, ému, et je comprends qu'à travers tout ce chaos, il a été mon pilier.

Une infirmière s'approche, vérifie les constantes d'Émy, et nous laisse un moment seul. Je sens la chaleur de son petit corps contre le mien, et je n'ose plus bouger de peur de briser cet instant.

Davy pose une main légère sur mon épaule.

— Tu as été incroyable, Natacha. Je ne sais pas comment tu fais.

Je secoue doucement la tête, un sourire fatigué sur les lèvres.

— Je n'ai rien fait seule.

Nous restons là, tous les trois, dans cette bulle de calme après la tempête. Le monde extérieur semble loin, irréel. Tout ce qui compte, c'est cette petite vie entre nous, et le lien fragile, puissant, qui nous unit à cet instant précis.

Les premiers jours à la maison sont un mélange étrange de bonheur intense et d'épuisement profond. Les nuits sont morcelées, rythmées par les pleurs d'Émy, les biberons à préparer, et ce sentiment constant d'être en alerte. Je ne sais plus vraiment où je suis, ni quel jour nous sommes. Parfois, je m'arrête en plein milieu de la journée, une couche dans une main, un linge dans l'autre, incapable de me rappeler ce que je suis en train de faire.

Le moindre bruit d'Émy m'épuise autant qu'il m'émeut. Chaque fois que ses pleurs retentissent, une part de moi se lève automatiquement, tandis qu'une autre murmure « *encore* »...

Éléna, semble perdue dans ce nouvel équilibre fragile. Je la vois m'observer du coin de l'œil, les sourcils froncés, son petit visage grave. Elle suit chacun de mes gestes, comme si elle essayait de comprendre pourquoi cette petite chose qui pleure tout le temps accapare autant mon attention.

Un soir, je change Émy sur la table à langer, Éléna s'approche, les bras croisés et le menton relevé dans une expression de défi.

— Pourquoi elle pleure tout le temps ?

Sa voix est pleine d'agacement mais, derrière ses mots, je perçois une pointe de tristesse. Je termine d'ajuster la couche d'Émy et me tourne vers elle, fatiguée mais décidée à lui répondre avec douceur.

— C'est sa manière de nous parler, ma puce. Elle ne sait pas encore utiliser des mots comme toi.

Elle fronce les sourcils, visiblement peu convaincue, et regarde sa petite sœur qui gesticule en silence. Davy entre dans la pièce à ce moment-là, une tasse de café à la main. Il la pose sur la commode, s'accroupit devant Éléna et attrape doucement ses mains.

— Tu sais, Éléna, les bébés pleurent parce qu'ils ont faim, qu'ils ont besoin d'être changés, ou juste parce qu'ils veulent qu'on les câline.

Elle le fixe avec attention, son regard oscillant entre incompréhension et curiosité.

— Et si on ne comprend pas ?

Davy sourit avec patience et sincérité.

— Alors, on essaie autre chose. Tu sais quoi ? Tu peux m'aider. Quand elle pleure, on peut trouver ensemble ce qui ne va pas.

Elle hésite un instant, puis acquiesce, son visage s'adoucissant légèrement. Il prend Émy dans ses bras et lui tend avec précaution.

— Tiens-la comme ça, avec une main sous sa tête. Elle est petite et aime être entourée.

Je reste en retrait, silencieuse, observant la scène. Voir Éléna tenir sa petite sœur avec tant de précautions, son visage concentré et ses mains maladroites, attentionnées, me serre le cœur.

— Comme ça ? demande-t-elle timidement, en jetant un coup d'œil à Davy.

— Exactement, répond-il, le sourire aux lèvres. Tu fais ça très bien.

Je m'approche doucement, posant une main sur les cheveux d'Éléna.

— Tu es une grande sœur formidable, chuchoté-je.

Elle lève les yeux vers moi et, pour la première fois depuis des jours, je vois un sourire sincère illuminer son visage. Elle n'est pas tout à fait convaincue que sa place dans notre famille soit restée intacte.

Un peu plus tard dans la soirée, Davy essaie d'endormir Émy dans la chambre, je retrouve Éléna assise sur le tapis du salon.

— Qu'est-ce que tu fais, ma puce ?

Elle relève la tête vers moi, hésite un instant.

— Je joue à être maman avec mes petits jouets, répond-elle.

Son ton est neutre, ses mots me frappent. Elle cherche sa place, dans son monde à elle, là où elle est toujours le centre de l'attention. Je m'assois à côté, en tailleur, pour me mettre à sa hauteur.

— Tu sais, Éléna : être une grande sœur, ce n'est pas toujours facile. Je suis fière de toi.

Elle ne répond pas tout de suite. Ses petites mains ajustent une couverture sur l'une de ses poupées.

— Est-ce que tu m'aimeras toujours comme avant ?, murmure-t-elle doucement.

Je sens mon cœur se serrer. Je m'approche d'elle, glisse un bras autour de ses épaules.

— Bien sûr que je t'aimerai toujours pareil. Rien ne changera ça, ma chérie.

Elle se blottit contre moi, et je ressens enfin une étincelle de connexion entre nous. Au fond de moi, je sais que cette étincelle fragile doit être nourrie, protégée, parce que rien n'est encore acquis.

Deux semaines après l'accouchement, nous allons dîner chez les parents de Davy. Leur maison est impeccable, un cocon calme et chaleureux. Micheline m'accueille avec un sourire doux et une étreinte sincère.

— Tu dois être épuisée, me dit-elle. Viens t'asseoir, je vais te faire un bon petit café.

Jean, plus réservé, me serre la main avant de s'asseoir dans son fauteuil préféré.

— Alors, comment ça se passe avec deux enfants ? demande-t-il d'un ton calme.

Je réponds vaguement, mal à l'aise sous son regard scrutateur. Pendant ce temps, Micheline revient avec un plateau de tasses fumantes et s'assied à côté de moi.

— N'hésite jamais à demander de l'aide, Natacha. Ce n'est pas facile de jongler avec tout ça.

Ses mots sont plein de bienveillance, mais ils réveillent en moi une frustration que je ne comprends pas totalement. Peut-être parce que j'ai toujours eu du mal à accepter l'aide des autres.

Du côté de ma famille, les choses sont bien différentes. Ma mère débarque à l'improviste quelques jours plus tard. Elle entre dans l'appartement, examine chaque détail avec un regard critique, puis s'assied lourdement dans le canapé.

— À ton âge, j'avais déjà trois enfants et un travail stable, lance-t-elle sans préambule.

Je sens la colère monter en moi, je tente de garder mon calme.

— Je ne suis pas toi, maman.

Elle me lance un regard chargé de reproches.

— Ces filles ont besoin d'une mère, pas d'une gamine qui se cherche.

Ses mots me happent. Une part de moi sait qu'elle a raison, l'entendre de sa bouche me blesse profondément.

Les semaines passent, et les tensions s'accumulent. Mes journées se transforment en un enchaînement d'obligations sans fin. Je m'épuise, je m'emporte pour un rien. Les pleurs d'Émy m'irritent, les questions incessantes d'Éléna m'agacent. Parfois, sa simple présence m'énerve, et je déteste ressentir cela.

Davy fait de son mieux pour maintenir un équilibre. Il s'occupe d'Éléna, prend le relais avec Émy dès qu'il le peut, je vois bien que cela lui coûte. Il semble porter une charge qui n'est pas entièrement la sienne et, chaque jour, un peu plus de fatigue s'installe dans ses yeux.

Un soir, une dispute particulièrement vive éclate sur des détails insignifiants : une tasse mal rangée, un biberon oublié. Il me regarde, épuisé.

— Natacha, tu ne peux pas continuer ainsi.

Je le fixe, sur la défensive.

— Comme ça ? Comme quoi ?

Il passe une main sur son visage, cherche ses mots avant de répondre.

— Comme si tout le monde était contre toi.

Son ton n'est pas accusateur, pourtant chaque mot me frappe. Je reste silencieuse, incapable de répondre. Ses paroles résonnent en moi comme une vérité que je refuse, une fois de plus, d'accepter.

Les jours s'enchaînent et se ressemblent. Un soir, Davy rentre à la maison avec un téléphone portable flambant neuf. Il le tient fièrement, comme un trésor.

— Regarde ! Avec ça, tu peux m'appeler à tout moment.

Je prends l'appareil avec un mélange de curiosité et de scepticisme. Il est énorme, presque absurde, avec son antenne déployée et ses boutons durs sous les doigts.

— Tu trouves que c'est vraiment nécessaire ? dis-je en haussant un sourcil.

— Oui, sourit-il, imperturbable. Tu es seule toute la journée avec les filles. Si tu as besoin de moi, je veux que tu puisses m'appeler, n'importe où, n'importe quand.

Je ne réponds pas, mais je range le téléphone dans la cuisine pour éviter que les petites ne le touchent.

Plus tard, je décide de le tester et compose le numéro de Mélaine, mon ancienne amie que je n'ai pas appelée depuis des mois.

— Natacha ? Ça fait un bail, dit-elle surprise.

Sa voix me projette dans une époque où tout semblait plus simple. Mélaine, Gabin, Augustin... Ces noms qui autrefois rythmaient mes journées me paraissent soudain si lointains. La conversation est brève, elle laisse en moi un étrange mélange de nostalgie et de tristesse.

Un soir, Émy pleure sans relâche, je reste allongée sur le lit, incapable de bouger. Chaque cri de ma fille résonne dans ma tête comme un reproche. Je ferme les yeux, les poings serrés, espérant qu'elle finisse par se calmer. Davy entre dans la chambre avec un biberon à la main. Il ne dit rien, s'approche simplement du berceau et soulève Émy avec une douceur instinctive.

— Laisse-moi faire, murmure-t-il, comme s'il craignait de briser le silence pesant de la pièce.

Je l'observe à travers mes paupières mi-closes. Il la berce, marche lentement dans la pièce en murmurant des mots apaisants.

— Tu sais, Émy, ta maman t'aime beaucoup. Elle est juste épuisée.

Ses mots me brisent. J'aimerais être cette mère qu'il décrit, une part de moi se ferme chaque jour un peu plus. Peut-être par peur de souffrir. Peut-être par fatigue.

Plus tard, nous sommes couchés, Davy se tourne vers moi. Sa voix est basse, presque un murmure.

— Tu dois te laisser aimer, Natacha. Tu dois nous laisser t'aider.

Je ne réponds pas, ses paroles restent gravées dans mon esprit, s'insinuant dans mes pensées comme une vérité que je ne peux plus ignorer.

Ce n'est pas seulement la fatigue ou les pleurs d'Émy qui pèsent sur moi. Judith prend une place envahissante dans notre vie. Elle débarque sans prévenir, s'installe dans mon salon comme si elle était chez elle, commence à donner son point de vue sur tout.

—Toujours encombrée, lance-t-elle un jour en jetant un coup d'œil critique à ma cuisine.

— Je fais ce que je peux, maman, dis-je, agacée.

— Ce n'est pas une question de faire ce qu'on peut, Natacha. C'est une question de s'organiser. Tu crois que moi, à ton âge, je me permettais de vivre dans un désordre pareil ?

Ses remarques m'étouffent, je n'arrive pas à la faire taire. Elle commente la façon dont je m'occupe des filles, me reproche de ne pas être assez présente, ou critique Davy à mi-voix, pensant que je ne l'entends pas.

— C'est un bon garçon, il pourrait faire plus, dit-elle en feuilletant un magazine dans le canapé.

Un jour, elle commence à critiquer une fois de plus ma façon de gérer les choses, je perds patience.

— Maman, arrête !

Elle relève les yeux, surprise.

— Arrêter quoi ?

— De te mêler de tout. C'est ma maison, c'est ma vie ! Si tu n'es pas contente, tu peux partir !

Un silence lourd s'installe. Elle pose lentement son magazine et me regarde, les lèvres pincées.

— Je dis ça pour ton bien, Natacha.

— Peut-être, mais tu ne fais que me rendre les choses plus difficiles.

Elle ne répond pas. Je sens sa désapprobation remplir la pièce. Quand elle part, je me laisse tomber sur le canapé, vidée.

Ce jour-là, je prends une décision : je ne peux pas continuer à vivre sous son regard, à me battre pour son approbation. Si elle n'est pas capable de voir ma valeur, alors tant pis. Ma vie n'est peut-être pas parfaite, mais c'est la mienne. Et je suis décidée à vivre selon mes propres termes.

CHAPITRE 5

Les jours défilent rapidement. Je sens que quelque chose doit changer dans notre quotidien, même si je ne sais pas encore par où commencer en ce qui me concerne.

Je me lève chaque matin avec cette même fatigue, ce même poids sur la poitrine. Je n'ai pas le luxe de m'apitoyer sur mon sort.

Davy a raison, je le sais. Nous ne pouvons pas continuer comme ça. Les factures s'accumulent et notre appartement, bien qu'agréable, commence à devenir un fardeau. Trop petit, trop étroit, trop chargé des tensions de ces derniers mois. Alors, je décide de reprendre le travail. Pas par envie, non : par nécessité.

Un restaurant du quartier embauche, et j'y décroche un poste de serveuse. Ce n'est pas le travail de mes rêves, loin de là, ça met un peu de beurre dans les épinards. Cela me donne aussi une excuse pour sortir, respirer, prétendre que je suis une femme normale qui mène une vie normale.

Mon rythme devient un marathon. Je jongle entre les horaires du restaurant et les filles, entre les tâches ménagères et les moments volés de repos. Davy fait de son mieux pour m'épauler, je sens bien qu'il s'épuise lui aussi.

Nos interactions sont devenues mécaniques, presque programmées : un baiser rapide avant de partir au travail, un échange furtif en passant la porte et le silence le soir, lorsque nous nous effondrons chacun de notre côté.

C'est dans ce contexte que je fais la connaissance de Clara : une collègue plus jeune que moi, pleine d'énergie et de vie. Dès notre première rencontre, elle m'intrigue. Clara est tout ce que je ne suis plus. Elle rit fort, parle vite, et semble traverser la vie comme une étoile filante.

Un matin, nous rangeons le matériel après le service, elle s'approche de moi avec un sourire éclatant.

— Natacha, ça te dirait qu'on aille boire un café ?

Je suis prise de court. Je ne m'attendais pas à cette proposition. Je finis par accepter. Pourquoi pas ? Peut-être qu'une distraction ne me fera pas de mal.

Nous nous retrouvons dans un petit café à deux rues du restaurant. Clara parle beaucoup. Trop même. Je déteste ça ! Bon, cela me fait de la compagnie. Elle raconte ses soirées, ses voyages, ses rêves un peu fous. Elle vit dans un monde où les responsabilités semblent glisser sur elle comme la pluie sur une vitre.

— Tu sais, dit-elle en sirotant son cappuccino, parfois, il faut juste lâcher prise. Vivre pour soi, ne pas penser aux autres.

Je hoche la tête, ses mots me laissent un goût amer. Si seulement elle savait à quel point je me sens prisonnière depuis la naissance de ma première fille. Prisonnière de mes responsabilités, de mes choix, de ma propre vie.

Un soir, Clara me propose de venir à un *afterwork* avec elle et quelques amis. J'hésite. Je sais que je dois rentrer à la maison, que Davy m'attend avec les filles. L'idée de me retrouver à nouveau plongée dans le chaos de la maison, avec les pleurs d'Émy et les questions incessantes d'Éléna, m'angoisse beaucoup.

Alors, je dis oui sans remord. J'en ai besoin. Je préviens Davy que je rentrerai tôt. Je lui promets de ne pas en abuser. Il ne dit rien, il ne me croit pas. Et il a raison.

La soirée est une bouffée d'air frais. Clara, fidèle à elle-même, illumine la pièce par sa présence. Elle rit, raconte des histoires improbables, et entraîne tout le monde dans son univers de fou. Je me sens revivre. Avec elle, je ne suis plus la mère fatiguée ou la compagne en crise. Je redeviens une femme. Une femme qui rit, qui danse, qui respire. J'ai l'impression de revivre comme avant. Cette illusion ne dure qu'un temps.

Quand je rentre au matin, épuisée, l'odeur de l'alcool sur mes vêtements, je sais que je vais devoir affronter le regard de Davy et aussi celui des filles. Je sais que cela ne lui plaît pas de me savoir dehors avec des inconnus, ni que je fasse la fête.

J'entre doucement dans la cuisine : il est là, avec les filles. Son regard est neutre, son silence en dit long. Je m'approche d'Éléna et Émy, les serre dans mes bras, et tente un sourire vers lui. Il ne me le renvoie pas. Je sens qu'il est peiné de mon comportement.

Le soir même, il finit par m'adresser la parole. Il était temps.

— Tu fuis encore tu sais, dit-il simplement.

Je reste silencieuse. Que répondre à ça ? Il a raison, et nous le savons tous les deux.

Je m'installe sur le canapé, les bras croisés, évitant le regard de Davy. Son ton était calme, ses mots me frappent encore comme des éclats de vérité.

— Ce n'est pas fuir, répété-je doucement, plus pour me convaincre que pour lui. J'ai juste besoin de respirer.

Il pousse un soupir, passe une main dans ses cheveux, visiblement frustré.

— Respirer ? Natacha, tout le monde a besoin de respirer. Tu sais quoi ? Moi aussi, j'en ai besoin. Moi aussi, je suis épuisé. Je suis là pour toi, pour les filles. Et toi, tu pars, comme si tu pouvais juste laisser tout ça derrière toi !

Je détourne les yeux. Ses mots me blessent parce qu'ils sont vrais.

— Je ne veux pas que ça te mette en colère, murmuré-je.

— Ce n'est pas de la colère, dit-il en secouant la tête. C'est de la fatigue, Natacha. De la fatigue de voir que je ne te suffis pas. C'est ce que je ressens depuis quelque temps.

Son aveu me déchire les entrailles. Il a raison, je le sais. Je lève les yeux vers lui, cherchant quelque chose à dire, rien ne vient.

— Je t'aime, Davy, finis-je par dire, d'une voix tremblante.

C'est la seule chose qui me vienne à l'esprit. Est-ce que je le pense sincèrement ?

Il me fixe, les yeux plissés, comme s'il fouillait au fond de moi à la recherche d'un doute, d'un mot de trop, d'un tremblement. Peut-être attend-il d'y voir autre chose. Puis il se lève, lentement, et s'en va.

Les jours suivants sont marqués par un silence pesant. Davy m'adresse à peine la parole. J'entends les mouches voler. Il s'occupe des filles avec une attention redoublée, je vois bien qu'il s'éloigne de moi. Je tente de compenser en m'investissant davantage à la maison, le fossé entre nous semble se creuser malgré mes efforts.

Un matin, j'accompagne Éléna à l'école, elle me regarde avec une curiosité désarmante.

— Maman, pourquoi papa a l'air triste ?

Sa question me prend au dépourvu. Je m'accroupis à sa hauteur, tentant de garder une expression neutre.

— Papa n'est pas triste, ma puce. Il est juste un peu fatigué.

Elle fronce les sourcils, pas convaincue, mais elle n'insiste pas. Quand elle s'éloigne pour rejoindre ses camarades, je reste là, figée, les mains dans les poches, incapable de bouger.

Clara, fidèle à elle-même, continue de m'inviter à des soirées. Quelque chose en moi a changé : ses rires et ses anecdotes, qui me faisaient oublier mes soucis, commencent à m'agacer. Son insouciance, qui me paraissait rafraîchissante, me semble maintenant égoïste.

Un soir, elle me propose de sortir après le service. Je refuse. Elle me regarde, incrédule.

— T'es sûre ? Ça te ferait du bien, tu sais.

— Pas ce soir, Clara.

Elle hausse les épaules, visiblement déçue, n'insiste pas. Je rentre chez moi, le cœur plus léger qu'il ne l'a été depuis longtemps, presque fière de mon choix.

Un week-end, Davy propose que nous emmenions les filles au parc. L'idée me surprend : j'accepte, espérant que cela puisse apaiser les tensions.

Éléna court dans l'herbe, riant aux éclats, tandis qu'Émy fait ses premiers pas hésitants, soutenue par Davy. Je les regarde, un sourire discret sur les lèvres et, pendant un instant, tout semble normal.

Davy s'approche de moi, tenant Émy dans ses bras.

— Merci d'être venue, dit-il simplement.

Je hoche la tête, touchée par sa sincérité.

— J'essaie, Davy. Je sais que je ne fais pas tout bien, mais je fais du mieux que je peux.

Il me regarde, un mélange de tristesse et d'espoir dans les yeux.

— Continue d'essayer, Natacha. C'est tout ce que je te demande.

Cette journée au parc semble marquer un tournant. Les tensions ne disparaissent pas, elles s'adoucissent. Nous retrouvons une certaine routine et, même si nos conversations restent souvent superficielles, elles sont moins chargées de reproches.

Je m'investis davantage à l'école d'Éléna, assistant à des réunions de parents et essayant d'être plus présente pour elle. Les enseignants remarquent la différence.

— Éléna est une enfant brillante, me dit l'un d'eux un jour. Elle a beaucoup de potentiel, elle a besoin de sentir qu'elle est soutenue.

Je prends ces mots comme une mauvaise élève qui a reçu son bulletin de note, mais aussi comme une motivation. Je veux être cette mère présente, attentive, même si cela me coûte.

CHAPITRE 6

Les mois passent et, peu à peu, notre vie commence à retrouver un semblant d'équilibre. Les disputes avec Davy sont moins fréquentes, même si certaines blessures persistent au sein de notre couple et de notre foyer. Il m'a fallu beaucoup d'efforts pour m'investir davantage à la maison et être plus présente pour Éléna et Émy. Malgré tout, une part de moi reste sur la réserve, comme si en quelque sorte je craignais de m'attacher complètement à cette vie qui semble toujours prête à s'effondrer.

Et pourtant...

Notre appartement devient de plus en plus étroit. Les filles grandissent : il nous faut plus de place et plus d'intimité pour nous. J'ai l'impression qu'on se marche les uns sur les autres. Et cette sensation m'est insupportable !

Davy et moi en parlons souvent et, un jour, après une longue discussion, nous décidons de chercher un nouveau logement. Cette fois-ci plus grand mais qui nous correspondrait et qui reste surtout dans nos moyens. Après des semaines de recherche, nous trouvons notre bonheur. Cela n'a pas été facile à trouver, nous avons tenu bon !

C'est en juin 1995 que nous emménageons dans un appartement plus spacieux, avec deux chambres : une très grande qui sera pour les filles, l'autre qui est plus étroite sera pour nous. Celui-ci est au rez-de-chaussée. Le bâtiment est simple, entouré d'un terrain d'herbe où les enfants peuvent jouer en sécurité. La première fois que je vois Éléna courir sur la pelouse avec Émy qui tente de la suivre, je ressens une bouffée de soulagement.

À l'intérieur, l'appartement est modeste tout en étant fonctionnel. Les murs sont blancs, encore nus, et les meubles que nous avons transportés semblent presque perdus dans cet espace qui paraît gigantesque. La cuisine, bien qu'ancienne, est lumineuse, avec une grande fenêtre donnant sur la cour. Dans la chambre des filles, nous installons un grand lit pour qu'elles aient plus d'espace pour jouer autour.

Davy s'implique dans l'organisation. Il monte les meubles, tâche qui va aller très vite puisque nous n'en avons pas des tonnes. Il accroche quelques rideaux, et essaie de transformer cet espace en un véritable foyer doux et chaleureux. Parfois, je l'observe en silence, touchée par ses efforts.

— Ça te plaît ? me demande-t-il un soir, en jetant un coup d'œil à notre chambre.

— Oui. Ça fait du bien de respirer un peu, et d'avoir plus d'espace. J'ai l'impression de revivre de nouveau.

Il sourit, satisfait. Pour la première fois depuis longtemps, je me dis que, peut-être, nous avons une chance de repartir à zéro, sur de bonnes bases.

Éléna est heureuse de rester dans la même école. Chaque matin, je l'accompagne en marchant, tandis qu'Émy suit en trottant à côté de nous. Ces trajets matinaux, bien que banals, deviennent des moments précieux.

Un jour, où nous approchons de l'école, Éléna me prend la main et me demande :

— Maman, tu viens à la sortie aujourd'hui ?

— Bien sûr, ma puce.

Son sourire illumine son visage, et je me rends compte à quel point ces petites choses comptent pour elle. J'en prends note dans un coin de ma tête.

Je dépose rapidement Émy chez mes parents qui ont décidé de la garder de temps en temps. Parfois, elle va aussi chez les parents de Davy. Elle est triste, ce n'est pas pour autant qu'elle ne s'amuse pas. Et je n'ai pas le choix, je fais avec les moyens du bord !

Au restaurant, le rythme est toujours intense, les journées s'enchaînent à un rythme effréné, et chaque service ressemble à une course contre la montre. Pourtant, je commence à m'y habituer. J'apprends à jongler avec les commandes, à sourire aux clients même quand la fatigue me pèse, et à trouver une certaine satisfaction dans le travail accompli. Ce n'est pas une passion, mais c'est un moyen de retrouver un semblant de contrôle dans ma vie.

Clara, toujours fidèle à elle-même, traverse ces journées avec une énergie inépuisable. Elle parle fort, rit encore plus fort, et sa simple présence semble illuminer la salle. Ses histoires farfelues et ses anecdotes improbables me tirent souvent un sourire malgré moi.

— Alors, Natacha, on sort ce soir ? demande-t-elle, pendant que nous rangeons les chaises après le service.

— Pas cette fois Clara !

Elle me dévisage, ses sourcils se froncent, et un sourire malicieux étire ses lèvres.

— T'es devenue sage, toi, non ?

— Disons que j'ai d'autres priorités.

Elle éclate de rire, je perçois une pointe de déception dans ses yeux.

— Tu sais, Natacha, tu n'es pas obligée d'être sérieuse tout le temps. La vie, ce n'est pas juste boulot, maison et responsabilités. Tu as le droit de t'amuser aussi. De lâcher prise, tu vois ?

Je pose le verre sur le comptoir et je la regarde un instant. Clara ne peut pas comprendre. Pour elle, la liberté est une évidence, une manière de vivre. Pour moi, c'est un luxe que je ne peux pas me permettre. Avant oui, aujourd'hui c'est différent. Mes plans ne sont plus les mêmes.

— Je sais, Clara... j'ai des choses à gérer en ce moment.

— Un jour, tu vas regretter de ne pas t'être un peu lâchée.

Je ne réponds pas, ses mots restent en suspens dans l'air. Je sais qu'elle veut bien faire, nos vies personnelles sont trop différentes. Pour elle, la vie est une fête à savourer. Pour moi, c'est une bataille à mener, jour après jour.

Plus tard, je quitte le restaurant, ses paroles continuent de résonner dans ma tête. Peut-être qu'elle a raison. Peut-être que je suis en train de perdre cette part de moi qui savait encore rire, encore profiter. À quoi bon m'amuser si, au fond, je me sens encore perdue ?

Davy et moi commençons à trouver des moments pour nous. Ce ne sont pas des instants grandioses, ils ont une douceur simple, une normalité que j'avais oubliée. Une fois les filles couchées, la maison enfin plongée dans le silence, nous nous retrouvons parfois assis dans le salon, à parler. Pas de disputes, pas de reproches, juste des conversations. Comme avant. Et cela me fait un bien fou !

Un soir, nous partageons un café fumant, il me regarde longuement, son regard sérieux et tendre. Je sens qu'il a quelque chose à dire, et cette pensée me met légèrement mal à l'aise.

— Tu sais, je te vois faire des efforts, dit-il doucement, brisant le silence.

Je lève les yeux vers lui, surprise. Je ne m'attendais pas à ça.

— Ça se voit ?

— Oui, et je veux que tu saches que ça compte.

Ces mots me touchent plus que je ne l'aurais cru. Depuis combien de temps n'ai-je pas entendu quelque chose d'aussi simple et réconfortant ?

Je sens ma gorge se serrer, je ne veux pas montrer à quel point ses paroles m'affectent. Alors, au lieu de répondre, je pose doucement ma main sur la sienne. Un geste silencieux, chargé de sens. J'espère qu'il comprend.

Il serre légèrement ma main en retour, et pendant un instant, la vie semble plus légère. La fatigue, les tensions, les doutes... cela s'efface un peu dans ce moment d'intimité.

— On y arrivera, finit-il par murmurer, comme pour lui-même.

— Oui, on y arrivera.

C'est une promesse, même si je ne sais pas encore comment nous tiendrons parole. Pour la première fois depuis longtemps, je crois que nous avons une chance.

Avec le temps, la vie devient un peu plus stable. Éléna continue de s'épanouir à l'école, Émy grandit vite, et Davy et moi fournissons des efforts pour réparer notre couple.

Un soir, je regarde les filles jouer ensemble, je ressens une étrange sensation de calme. Ce n'est pas le bonheur parfait : c'est un pas dans la bonne direction.

CHAPITRE 7

Je suis fatiguée. Plus que d'habitude. Je n'arrive pas à lever mon petit orteil du lit. Mes muscles sont lourds, mon crâne est en coton. Chaque matin, cette même sensation, cette même nausée persistante.

Peut-être que c'est la faute des filles. Elles rapportent tout de l'école ou de l'extérieur : c'est une vraie épidémie à la maison en ce moment. La joie de la vie en famille. On se partage tout, personne n'est épargné. Davy aussi a été malade. J'ai dû m'occuper des filles, pendant que Davy récupérait tant bien que mal de sa maladie.

On ne va pas dire que je n'ai pas d'amour, mais mes sentiments en tant que maman se font rares. Ça devrait être tout l'inverse : on subit l'accouchement et les émotions d'amour nous submergent ! Moi, je n'y arrive pas. Et je m'en veux. Je sais que cela vient de ma mère, de mon vécu étant petite et adolescente. C'est à cause d'elle si j'ai cette barrière émotionnelle envers mes filles. Pourtant, je prends sur moi, sur mon énergie je donne tout ce que je peux, je reste bloquée. C'est très intense de ressentir toutes ces émotions. Alors je me remets une fois de plus en question.

J'essaie de me lever, mais une vague de vertige me cloue sur place. Je sais que ce n'est pas habituel...

— Encore fatiguée ? murmure Davy à côté de moi.

Je hoche la tête en essayant de sourire.

— Tu veux que je te fasse une infusion ?

— Non, ça va passer... en plus, je déteste ça, les infusions. Plutôt un bon café.

Il me regarde, inquiet, n'insiste pas. Je le vois qui se lève, qui file dans la salle de bain, qui enclenche la douche. La routine du matin continue, comme si de rien n'était.

Le temps passe tellement vite ! Aujourd'hui, je me rends au travail, une fois de plus très en retard : je sens que Monsieur le patron ne va pas m'accueillir les bras grands ouverts. À chaque fois c'est pareil. Il prononce cette même phrase : « *Natacha, demain soit à l'heure sinon je te vire, c'est compris ?* »

Il ne passe jamais à l'action. Enfin, pour le moment. Et je dirais tant mieux. Ce n'est pas le moment de me faire ce coup bas. J'ai besoin d'avoir d'autres contacts physiques.

Avec Clara, les choses ont changé. Sa compagnie ne me dérange plus comme avant. J'ai ce besoin intense de ressentir de l'énergie dans ma vie. À la maison, tout est question de tâches ménagères, de femme parfaite, de maman fais ci, fais ça. Non, je n'en peux plus : j'ai besoin de distractions, de renouveau, de humer l'odeur des effluves de l'alcool et de la cigarette. J'ai besoin de me sentir vivante, de faire la fête, de changer d'air !

Je dois penser à Davy, je sais que cela lui fera de la peine. Je ne peux pas lui faire ça. C'est un homme qui bosse beaucoup et qui donne de sa personne. Dans son travail, ça ne va pas fort, il est très sollicité. Je le vois dans sa manière d'être quand il rentre le soir. Ce n'est pas dans ses habitudes d'avoir les traits tirés et le regard rempli de fatigue. Je le sens. Cependant, il reste très joueur avec les filles. La famille avant tout, comme il le dit souvent. Je pense que nous sommes sa force. Son refuge.

On en parle beaucoup ensemble, même si je lui cache parfois qu'il m'arrive de faire les mauvais choix avec Clara. Je ne lui dis pas tout. Je n'ai pas envie qu'il se fâche. Lui, par contre, me raconte ses journées très chargées. J'essaie tant bien que mal de le réconforter, je ne suis pas la bonne personne pour lui proposer telle ou telle chose. J'écoute certes d'une oreille attentive, mais je n'arrive pas à aller plus loin dans les conversations. Il le sait et, pour le moment, il ne me reproche pas d'être cette fille-là. Est-ce que cela va finir par le faire fuir ? Je n'en sais trop rien. Et je n'espère pas non plus. Il a choisi de prendre les bons comme les mauvais côtés de ma personne.

Aujourd'hui au travail, Clara et moi nous échangeons sur des banalités. Je parle très peu de ma vie de famille, je mets plutôt en avant le fait que cela me fatigue et que, ces derniers temps, j'ai besoin de prendre du recul avec celle-ci. Je sens que ce n'est pas bon, que je peux exploser : j'ai un gros paquet d'émotions que je n'arrive pas à extérioriser. Comment font les gens pour évacuer tout ça ? Clara me fait sortir de mes pensées une fois un client servi.

J'attrape un café et vais m'asseoir avec elle.

— Tu as une sale gueule, me balance-t-elle.

— Merci, ça fait plaisir...

Elle me dévisage.

— Ce n'est pas juste la fatigue, si ?

Je détourne les yeux. Cette question, je me la pose en boucle.

— Je ne sais pas... je me sens bizarre.

Elle fronce les sourcils.

— Bizarre, genre bizarre ? Non parce que je suis peut-être parfois, même trop souvent à côté de la plaque ! Si tu veux mon avis, va consulter. Ça fait quelques jours que je vois que quelque chose cloche chez toi.

— Non pas de quoi en faire tout un fromage. Je te dis que tout le monde a été malade à la maison, sauf moi qui ai tenu bon jusqu'à il y a deux jours. Ça va passer.

— Si tu le dis, ma belle. En tout cas, sache que tu as quand même une salle tronche. Ne fais pas fuir les clients, déjà que ça tourne au ralenti ici. Et surtout, Monsieur le patron, comme tu aimes si bien le nommer, me semble trop bizarre en ce moment, tu ne trouves pas toi ?

C'est vrai que notre patron, qui a un prénom pas très commode (Amaury), n'est pas très joyeux depuis quelque temps. Ce n'est pas une personne très agréable. Il est sombre, toujours une cigarette à la main ou coincée entre ses lèvres. Le tabac froid imprègne ses vêtements, son bureau, et même l'air autour de lui. Quand il parle, sa voix rocailleuse trahit des années de fumée et de stress accumulés.

Amaury est un grand gaillard, mais sa posture voûtée et son costume mal ajusté lui donnent un air fatigué, comme s'il portait sur ses épaules le poids du monde ou du moins celui de l'entreprise. Son front est marqué de rides d'inquiétude, et ses sourcils froncés semblent figés en une expression perpétuellement contrariée. Il râle tout le temps : contre les retards, contre les clients, contre les chiffres qui ne sont jamais assez bons. Et, en ce moment, d'après ce qu'on entend dans les couloirs, ils sont même catastrophiques. Peut-être est-ce pour ça qu'il est encore plus irritable que d'habitude. Il a l'âge d'être mon père et, pourtant, je n'arrive pas à l'imaginer autrement qu'en patron débordé, écrasé par les responsabilités. La dernière fois qu'il a souri, j'ai cru que c'était un rictus amer en découvrant une erreur sur une facture.

Quand il passe dans l'*open space*, son ombre plane sur nous comme un nuage de nicotine. Son odeur le précède et reste longtemps après son départ. À croire que même les murs en ont absorbé les effluves.

Et puis il y a sa voix, grave, un peu éraillée.

— Vous comptez prendre une pause à rallonge ? J'ai un restaurant à faire tourner ! Allez ! Au boulot, là ! Au lieu de vous tourner les pouces et raconter vos histoires de merde.

Toujours la même rengaine. Bref, Amaury n'est pas un patron qui inspire la sympathie. Malgré tout, je crois qu'au fond, il essaie juste de ne pas couler comme le Titanic.

Quelques jours plus tard, je ne vais pas mieux. Je décide de prendre sur moi et de ne pas le montrer à Davy. Je ne veux surtout pas qu'il s'inquiète pour moi. J'ai un mauvais pressentiment, je suis beaucoup trop nauséeuse et je n'arrête pas d'être fatiguée. Au début, je pensais que c'était le stress, ou peut-être une simple grippe. Ce matin, en rangeant la salle de bain, mes yeux tombent sur un vieux test de grossesse oublié dans un tiroir. Une impulsion. Juste pour être sûre. Quand les deux petites lignes apparaissent, mon cœur s'arrête. Enceinte. Le monde autour de moi semble tourner. Mon esprit s'emballe. Comment vais-je gérer ? Deux enfants, c'est déjà difficile. Alors trois...

Est-ce que je vais y arriver ? Est-ce que je suis assez forte pour ça ? Je décide de ne pas mettre Davy au courant de suite. J'attends, je ne veux pas précipiter les choses, même s'il y a peut-être urgence. Je sais très bien que garder ce secret ne servira qu'à empirer la situation et je ne veux pas lui mentir longtemps. De toute manière, il va bien finir par se douter que quelque chose cloche. Là, j'ai juste besoin de prendre un certain recul. J'ai encore du mal avec cette nouvelle, et je crains d'assumer un enfant de plus. Surtout que je connais déjà la réaction de ma mère.

Je m'en veux. Je sais.

C'est pas comme si je ne connaissais pas les risques. J'en ai entendu parler mille fois. À la télé, dans les pubs, dans les couloirs du lycée. Les affiches, les slogans, les campagnes de prévention. « *Protégez-vous* », « *La pilule, c'est votre droit* »,

« Un préservatif peut vous sauver la vie. » Mais dans la vraie vie, c'est pas si simple ! Davy dit que ça casse l'ambiance, qu'on se fait confiance. Et moi, je baisse les bras. J'ai déjà deux enfants, je suis crevée, j'ai pas l'énergie de le convaincre à chaque fois !

Et puis, au fond, peut-être qu'une toute petite partie de moi se dit que si on a encore un bébé, ça le retiendra un peu plus près de moi.

Je regarde ce test, ces deux lignes, et je me déteste un peu. J'ai l'impression d'être irresponsable. De me laisser couler. Comme si je laissais ma vie m'échapper, un choix après l'autre.

Je décide de faire part de ma découverte à Clara. Je passe beaucoup de temps avec elle ces derniers temps, je sors souvent le soir et rentre aux alentours de 21 h quand la maison a retrouvé son calme. Davy n'est pas dupe, il a remarqué que je veux fuir quelque chose. Un soir, alors que nous sommes dans le lit, je lui avoue tout.

Il ne réagit pas immédiatement. Il se fige, et je sens son regard peser sur moi dans l'obscurité. Un silence lourd s'installe, si pesant qu'il m'étouffe presque.

— Quoi ?, murmure-t-il enfin d'une voix rauque.

Mon cœur tambourine dans ma poitrine.

— Je suis enceinte.

Il se redresse brusquement, passe une main sur son front comme pour s'assurer qu'il ne rêve pas.

— Mais… comment ça ?

— Tu veux un cours de biologie ?

— Ce n'est pas ce que je voulais dire… Depuis quand tu le sais ?

— Quelques jours.

— Et tu ne me l'as pas dit tout de suite ?

— J'avais besoin de digérer la nouvelle.

— Digérer la nouvelle… Tu comptais me le dire quand ?

— Arrêtes, Davy. Ce n'est pas comme si j'avais voulu te cacher la vérité pendant des semaines…

— Ça fait combien de jours ?

Il ne me laisse pas répondre. Il quitte le lit d'un geste brusque, commence à faire les cents pas dans la pièce.

— Putain, Natacha… Un troisième enfant ? Comment on va pouvoir gérer la situation ?

— Je ne sais pas !

Ma voix tremble. Je suis à bout.

— Tu crois que je n'y pense pas depuis que j'ai vu ce foutu test ? Que je ne me demande pas, moi aussi, comment on va s'en sortir ?

Il s'arrête net, tourne les yeux vers moi.

— Et c'est pour ça que tu sors tous les soirs avec Clara ?

— J'avais besoin d'air.

— Besoin d'air… Et moi, j'ai besoin de savoir que ma femme ne me cache pas un truc aussi énorme.

Je serre les poings, incapable de répondre. Il souffle bruyamment, puis passe une main sur son visage fatigué.

— Bordel…

Il reste silencieux un long moment. Quand il reprend la parole, sa voix est plus posée.

— On va faire comment, Natacha ?

Je lui répondrais bien « *avec les moyens du bord* » mais je n'ai pas envie de me prendre la tête avec lui.

— Je ne pense pas à l'avortement, et toi non plus. Alors on va le garder et s'en sortir, ne t'inquiète pas !

Je finis par sombrer dans un sommeil profond, Davy ne cherche pas plus à m'embêter et je vois dans son expression que ce nouvel enfant sera bien parmi nous.

La nouvelle se répand rapidement. Davy en parle à ses parents, et moi… je n'échappe pas à ma mère.

— Un troisième enfant ? Mais Natacha, tu es inconsciente ou quoi ? Tu n'arrives déjà pas à gérer les deux premiers, et tu crois que tu vas pouvoir en assumer un autre ?

Son ton sec me coupe le souffle.

— J'ai pas besoin d'entendre ça, pas maintenant.

— Ah oui ? Et tu crois que je vais te dire quoi ? Que c'est une merveilleuse nouvelle ?

— J'espérais juste un peu de soutien...

— T'es comme ton père, toujours à faire des choix sans réfléchir.

Je me lève brusquement, furieuse.

— Tu sais quoi ? Laisse tomber.

Je quitte la cuisine avant que la conversation ne dégénère encore plus.

Du côté de Davy, ses parents sont plus mesurés. Inquiets, mais bienveillants.

— Vous avez déjà beaucoup de responsabilités, Davy, dit sa mère doucement. Vous allez trouver une solution.

Son père, plus silencieux, acquiesce en hochant la tête. Leur inquiétude est palpable.

Depuis, je me sens piégée. Comme une bête traquée.

Je sors encore plus souvent. Je fuis. Davy, les filles, ma propre culpabilité.

Quand je rentre, il est déjà couché ou m'attend dans le salon, le regard sombre. On ne se parle plus beaucoup. Quand il me demande où j'étais, je réponds vaguement. J'ai l'impression de glisser sur une pente dangereuse, et je n'arrive pas à m'arrêter.

Un soir, je pousse la porte de l'appartement, il est là, assis dans le noir.

— Tu comptes fuir encore longtemps ?

— Davy...

— Je peux plus, Natacha. Tu me laisses gérer tout seul, tu rentres de plus en plus tard, et moi ? Je suis censé faire quoi dans tout ça ? J'ai besoin de toi.

Je détourne les yeux, incapable de soutenir son regard.

— Si tu continues comme ça... Je ne sais pas combien de temps je vais encore tenir.

Un frisson glacé me traverse. Soudain, je réalise que je suis peut-être en train de tout foutre en l'air.

CHAPITRE 8

Les jours passent, et je m'enfonce un peu plus chaque matin. Je n'ai plus la force de me lever, plus l'énergie de prétendre que tout va bien. Chaque mouvement est une épreuve. Mon corps me porte, ma tête est embrumée. L'envie de faire quoi que ce soit s'efface lentement, remplacée par une apathie sourde, un vide qui s'étend en moi comme une ombre.

Les filles sont là, pourtant. Elles existent, elles n'ont rien fait, elles pleurent, elles ont besoin de moi. Je n'y arrive plus. Certains matins, je les entends chuchoter dans le couloir, hésitantes. Elles savent qu'elles doivent aller à l'école ou chez mamie et papi, elles attendent. Attendront-elles toute la matinée avant de comprendre que je ne bougerai pas ?

Éléna prend les devants. Du haut de ses cinq ans, elle aide sa petite sœur à s'habiller, cherche un reste de brioche dans la cuisine, remplit les gourdes d'eau. Je devrais être fière d'elle. Cette fierté est empoisonnée : ce n'est pas son rôle.

Davy s'est habitué à me voir dans cet état, ou il fait semblant. Il ne dit rien, je le sens s'éloigner. Son regard se fait plus dur, ses soupirs plus fréquents. Il gère tout. Il se lève le premier, prépare le petit-déjeuner, vérifie les cartables. Je sais qu'il voudrait que je me reprenne en main, que je sois la mère que j'étais avant.

Avant quoi ? Avant cette grossesse qui m'écrase ? Avant ce poids que je ne voulais pas porter ? Je n'ai plus envie de jouer ce rôle. Je veux fuir.

Clara est devenue mon refuge. Avec elle, je peux respirer, oublier. Quand on est ensemble, le monde extérieur disparaît. Elle ne me juge pas, ne me pose pas de questions. Elle me pousse à sortir, à m'amuser.

— Viens, on va s'aérer l'esprit, dit-elle à chaque fois, et j'accepte parce que c'est plus facile comme ça.

Les soirées deviennent plus fréquentes. La nuit est plus douce que le jour. Il y a de la musique, des rires, des verres qui s'entrechoquent. Il y a des inconnus qui me regardent avec insistance, des hommes qui me trouvent jolie, qui ne savent rien de moi. Et surtout, il y a cette sensation d'exister, de retrouver une part de moi qui s'éteint un peu plus chaque jour à la maison.

Je ne rentre jamais trop tard. Juste assez pour que Davy soit couché, pour éviter son regard réprobateur. Il sait. Et ce soir-là, il ne dort pas quand je pousse la porte, la lumière du salon est encore allumée. Davy est là, assis sur le canapé, les bras croisés. Son regard est sombre, fatigué, et je sens immédiatement que, cette fois, il ne laissera pas passer.

Je referme doucement la porte, comme si un geste plus brusque pouvait déclencher l'orage. Mais il est déjà là.

— Tu étais où ?

Sa voix est calme, trop calme. Je défais mon écharpe lentement, cherchant une réponse qui ne serait ni un mensonge ni une vérité trop crue.

— Avec Clara. On a bu un verre.

— *Un verre* ? Tous les soirs, c'est *un verre* ?

— Tu exagères...

— Moi, j'exagère ?, éclate-t-il d'un rire sans joie. Natacha, tu passes plus de temps avec elle qu'avec tes propres filles ! Tu crois que je ne vois rien ? Elles t'attendent le matin, elles espèrent que tu te lèves, mais non ! Tu restes là, dans ce putain de lit, à attendre quoi ? Que tout s'arrange tout seul ?

Je sens une boule dans ma gorge, je refuse de craquer.

— J'ai juste besoin d'air, Davy...

— D'air ? Ce n'est pas d'air dont t'as besoin, c'est de fuir. Et c'est exactement ce que tu fais !

Il me fixe, attendant sans doute que je dise quelque chose, que je me justifie, que je lui donne une raison valable à mon comportement. Je n'en ai pas.

— Je fais de mon mieux, je finis par murmurer.

— Ton mieux ? Alors ton mieux, c'est d'abandonner les filles, de me laisser tout gérer, de rentrer à pas d'heure ? Je veux comprendre Natacha, je veux vraiment comprendre ce qui t'arrive. Tu n'es plus là, tu n'es plus toi ! Merde à la fin !

Ses mots frappent plus fort que je ne l'aurais cru. Parce qu'il a raison. Je ne suis plus moi. Je détourne le regard, incapable de soutenir le sien.

— Je n'ai pas la force, Davy...

— Alors trouve-la. Parce que moi, je ne vais pas tenir longtemps comme ça.

Le silence s'installe. Un silence lourd, étouffant. Il me contourne et se dirige vers la chambre, me laissant seule dans l'entrée. J'aurais pu le suivre. M'excuser. Essayer. À quoi bon ? Je reste là, figée, incapable de bouger, incapable de penser.

Quand je me réveille ce matin-là, j'ai l'impression d'avoir la tête prise dans un étau. Un mélange de fatigue et de culpabilité me cloue au lit. Une alarme sourde résonne dans mon esprit : il faut que je bouge.

Je jette un œil à l'horloge : 10 h 42. Merde ! Je devrais être au boulot depuis plus de trois heures.

Un frisson me traverse. Je sais que c'est trop tard. Cette fois, je ne vais pas y échapper. Mon téléphone vibre sur la table de chevet. Le nom de mon patron s'affiche. Amaury. Rien que de voir son prénom me donne la nausée. Je décroche à contrecœur.

— Natacha, commence-t-il d'une voix basse.

Pas besoin d'en dire plus, je sais déjà où il veut en venir.

— Amaury, je suis désolée, vraiment...

— Laisse tomber. T'es même pas venue hier, et avant-hier t'es arrivée à midi ! Tu sais quoi ? Je vais être honnête. On galère déjà avec le chiffre d'affaires, et je n'ai pas besoin de quelqu'un d'aussi instable !

Le coup de grâce. Je ferme les yeux, la gorge nouée.

— Tu me laisses ?

— Disons que je t'évite l'humiliation de venir récupérer une lettre officielle. T'auras ton solde de tout compte la semaine prochaine. Tu étais douée,

Natacha. Là, t'as plus la tête au boulot et, moi, j'ai plus la patience d'attendre que tu la retrouves.

Je n'ai rien à répondre. Je sais qu'il a raison.

— Bon courage, conclut-il avant de raccrocher.

Je laisse tomber mon téléphone sur le lit et fixe le plafond.

Virée.

Je devrais paniquer. M'effondrer. Je ne sens rien. Juste un vide immense. Je me traîne hors du lit et me dirige vers la cuisine. Davy n'est plus là. Normal, il est au travail, lui.

Éléna est à l'école et Émy chez mes parents. Il a dû les emmener. Encore une fois. Je me sers un bon café corsé, il a un goût très amer après ce qu'il vient de m'arriver.

Clara m'envoie un message.

« Viens ce soir, ça te changera les idées. Promis, pas de prise de tête. »

Je fixe l'écran, indécise. Davy m'a prévenu hier soir. Je dois me reprendre. Sauf que, maintenant, je n'ai plus de boulot. Plus d'excuses pour faire semblant.

Alors je tape une réponse rapide.

« Ok, à ce soir. »

Parce que fuir, c'est tout ce que je sais faire.

La nuit est tombée depuis longtemps quand je rentre à la maison. L'appartement est silencieux, plongé dans le noir. J'enlève mes chaussures en essayant de faire le moins de bruit possible, le parquet grince sous mon poids.

Je traverse le couloir à pas feutrés, en espérant atteindre la chambre sans encombre. À peine ai-je posé la main sur la poignée que la lumière du salon s'allume brutalement.

Davy est assis sur le canapé, les bras croisés. Son regard est sombre, fatigué, et pourtant bien réveillé.

— Il est presque minuit, lâche-t-il d'une voix calme.

Je ne réponds pas. Je sais que ce n'est pas la peine d'inventer une excuse.

— Où étais-tu ? continue-t-il, la mâchoire serrée.

— Avec Clara.

— Avec Clara... Donc tu trouves normal de rentrer à cette heure-ci tandis que tes filles dorment et que demain, elles doivent se lever tôt ?

— Elles dorment, non ? Alors où est le problème ?

— Le problème, Natacha, c'est que tu es en train de tout foutre en l'air.

Sa voix tremble légèrement, pourtant il se contient.

— T'as perdu ton boulot et tu fais comme si ce n'était rien. Tu passes tes soirées dehors alors qu'ici, il y a deux petites filles qui ont besoin de leur mère.

— Je le sais ! hurlé-je.

Un silence pesant s'installe. Davy me fixe, blessé.

— Si tu le sais, pourquoi tu continues ? demande-t-il d'une voix plus douce.

Parce que je n'ai pas envie d'affronter la réalité. Parce que je ne suis pas sûre de vouloir de cet enfant. Parce que je me sens prisonnière d'une vie qui m'étouffe.

Je ne lui dis rien de tout ça.

— Je fais de mon mieux, dis-je simplement, détournant le regard.

Davy se lève lentement, passe une main sur son visage fatigué.

— Non, Natacha, tu ne fais pas de ton mieux.

Il marque une pause.

— Je vais finir par ne plus supporter ça, ajoute-t-il.

Cette phrase me frappe en plein cœur.

Il me regarde une dernière fois, puis éteint la lumière avant de disparaître dans la chambre. La porte se ferme doucement derrière lui, et un silence lourd s'installe, plus pesant que jamais.

Je me laisse tomber sur le canapé, épuisée. Le cœur serré. Il a raison. Je n'arrive pas à sortir de cet engrenage. À chaque fois que je crois pouvoir reprendre le contrôle, quelque chose me fait tout lâcher à nouveau.

Je ferme les yeux, les larmes prêtes à déborder. Je les retiens : pas ce soir. Pas devant lui. Il faut que je fasse bonne figure, au moins pour les filles.

Le lendemain, je me réveille avec la tête qui tourne. La fatigue, la culpabilité, tout ça me cloue au lit. Je n'ai pas envie de bouger. Je n'ai pas envie de faire quoi que ce soit.

Quand je jette un œil à l'horloge, je réalise qu'il est déjà bien tard. Les filles doivent être levées, prêtes à partir. Je suis incapable de me lever.

Éléna arrive dans la chambre, le visage inquiet. Elle a dû se lever seule, comme d'habitude.

— Maman, tu viens ? Je veux aller à l'école, dit-elle timidement.

Je lui souris faiblement mais en vérité, je ne me sens pas capable de m'occuper de ça aujourd'hui.

— Éléna... Tu sais quoi ? Tu peux y aller avec ta sœur. Je suis un peu fatiguée ce matin.

Elle me fixe, hésite. J'essaie de lui faire un sourire rassurant. Elle semble comprendre que ce n'est pas vraiment la vérité. Elle hoche la tête et se tourne pour partir.

— D'accord, maman.

Je reste là, allongée, la tête plongée dans l'oreiller. Je devrais me lever. Je devrais m'occuper de mes filles. Je n'ai pas la force.

Quelques heures plus tard, je reçois un message de Clara.

« C'est ce soir qu'on sort, non ? »

Un frisson me traverse. Je me sens terriblement seule mais, en même temps, l'idée de m'échapper, de fuir cette vie pendant quelques heures, me tente. Peut-être qu'un peu de réconfort, même temporaire, pourrait m'aider.

Je prends une grande inspiration. Je ne peux plus me permettre de perdre tout ce qu'il me reste. Est-ce que j'en ai encore la force ?

CHAPITRE 9

Les journées passent, et chaque matin semble plus lourd que le précédent. J'erre dans la maison comme une ombre, perdue dans mes pensées et mon propre chaos intérieur. Le temps n'arrange rien. Chaque fois que je crois avoir trouvé un semblant de réconfort, un soulagement fugace, une nouvelle dispute éclate, ou une autre porte se referme.

Ce matin-là, le silence est pesant. Davy est déjà parti au travail, comme d'habitude, sans un mot. Il n'y a plus de petites discussions le matin, plus de *« Comment ça va ? »* ou de sourires forcés. Seules les portes qui claquent, le bruit du moteur de la voiture qui s'éloigne et les cris des enfants qui brisent le silence.

Éléna s'est levée seule, comme toujours. Elle a l'habitude de gérer, de prendre en charge sa petite sœur Émy, de s'occuper des tâches ménagères quand je ne suis pas là. Pourtant, aujourd'hui, elle semble fatiguée. Ses yeux sont cernés, son regard trop sérieux pour une fillette de son âge.

Je la vois en train d'enfiler un pantalon délavé pour Émy, qui mange son petit-déjeuner sur la table basse du salon. Je ne peux m'empêcher de frissonner en la voyant jouer à la « petite maman ». J'aurais pu me lever et aller le faire à sa place, car c'est mon rôle après tout. Mais je ne fais rien.

— Maman, tu es où ? me demande Émy en me cherchant du regard.

Je la regarde à peine, plongée dans mes pensées.

— Je suis là, Émy, dis-je en sortant de ma cachette.

Je me traîne jusque dans la cuisine, m'assieds à table sans vraiment voir ce qui m'entoure. Le café refroidit dans ma tasse. C'est à moi de les emmener à l'école, je n'ai pas la force.

Éléna, qui n'a même pas attendu ma réaction, commence déjà à préparer les sacs, à mettre les manteaux. Elle est en train de devenir adulte, trop vite, trop tôt.

Je me relève d'un coup, brusquement.

— Éléna, ça suffit, c'est à moi de m'occuper de ça !

Elle sursaute. Je sais qu'elle n'a rien fait de mal. Elle a juste agi par réflexe, comme elle le fait chaque jour. Il y a cette colère qui monte en moi, sans raison, sans préavis.

Je sens mes mains trembler.

— J'ai dit que je m'en occupe ! Pourquoi tu prends toujours les choses en main ? Pourquoi tu ne me laisses jamais rien faire ?

Elle recule lentement, les yeux pleins d'incompréhension.

— Mais… mais maman, je pensais juste t'aider…

— Tu veux m'aider ?! Alors arrête de jouer la petite maman, d'accord ?! T'es qu'une enfant, bordel !

Elle baisse alors le regard. Son visage se ferme, une larme roule silencieusement sur sa joue. Je la regarde, complètement perdue. Qu'est-ce que je suis en train de leur faire ?

Je me rassieds, en silence, incapable de la regarder dans les yeux. La culpabilité me dévore de l'intérieur.

La sonnerie de mon téléphone me fait sursauter. C'est Clara.

« On sort ce soir ? »

Les mots m'échappent sans réfléchir. Oui. Oui, je veux m'échapper. Un peu plus, encore. Peut-être que ça m'aidera à oublier. Je prends une profonde inspiration et écris, sans même y penser.

« Oui, ce soir, ça va le faire. »

Le bruit de la porte d'entrée, qui se ferme brutalement, me tire de mes pensées. Les filles sont parties, et je me retrouve seule dans cette maison qui semble toujours plus vide. Une partie de moi, celle qui se cache derrière la colère, m'en voie soulagée.

Une autre, plus intime, plus profonde, commence à s'effondrer sous le poids de la culpabilité. Je ferme les yeux un instant, les mains crispées sur le bord de la table. Il n'y a plus de retour en arrière.

Le téléphone vibre à nouveau dans ma main, un message de Clara.

« T'as des doutes ? Tu sais que ça va te faire du bien. »

Je n'ai même pas à réfléchir. J'ai envie de lui répondre immédiatement, de lui dire que oui, elle a raison. Que je veux oublier, tout effacer, même si ce n'est que pour quelques heures. Je ne peux m'empêcher de penser à Davy. À sa fatigue, à son regard las quand il rentre du travail. Il se fait déjà tant de soucis pour moi, et moi, je fuis. Je fuis tout : lui, les filles, mes responsabilités.

Je pousse un soupir, ouvre mon téléphone et compose un message à Davy.

« Je vais sortir ce soir avec Clara. J'ai besoin de souffler un peu, ok ? »

Je pose le téléphone sur la table, comme si cet acte pouvait alléger ma conscience. L'instant suivant, une onde de panique m'envahit. Et si Davy ne comprenait pas ? Et si cela ajoutait encore plus de tension à notre relation déjà fragile ? Et si, à un moment donné, il se fatiguait de ma fuite et de mes excuses ?

Je secoue la tête, repoussant ces pensées. Il faut que je parte. Il faut que je m'évade, même pour un court instant. La soirée me tend les bras, et je la saisis comme une bouée de sauvetage. Peu importent les conséquences.

Le soir arrive plus vite que prévu. Je me prépare en silence, me suggérant de ne pas penser à ce que je laisse derrière moi. La maison est calme, trop calme. Je jette un dernier coup d'œil à la chambre des filles, je n'ai ni la force ni la volonté de retourner auprès d'elles. Je me force à sourire en me regardant dans le miroir. Mêmc mon reflet me semble étranger, un masque que je porte pour ne pas montrer ma véritable douleur.

Je quitte la maison sans un bruit, presque sans regarder en arrière. La voiture de Clara m'attend en bas de la rue. Elle a les fenêtres baissées, l'air frais du soir s'engouffrant dans la voiture. Elle me fait un sourire signé de la main. Ce sourire j'en ai besoin plus que tout.

Quelques heures plus tard, je me retrouve dans un bar bondé, la musique forte me noyant presque. Le verre de vin rouge dans ma main me brûle la gorge. Clara rit, et ses nouveaux amis aussi. Ce sont des visages que je ne connais pas vraiment, ils ont ce regard de personnes qui ne posent pas de questions. Ils m'acceptent dans ce tourbillon où tout semble plus léger.

Je me laisse emporter par le flot, par la chaleur de l'alcool et la promesse d'une liberté fugace. J'oublie un instant les filles, Davy, tout. Cette sensation ne dure jamais. Comme toujours, l'alcool ne fait que masquer ce qui est enfoui plus profondément.

Une main se pose subitement sur mon épaule. Je me retourne, surprise. Davy. Il est là, devant moi, avec une expression que je ne peux lire. Ses yeux sont durs, son visage marqué par la fatigue et l'incompréhension.

— Natacha, tu te fous de moi ou quoi ? Tu sais qu'on s'inquiète tous pour toi ? Moi, je m'inquiète pour toi !

Il crie par-dessus la musique pour se faire entendre et, je me sens prise au piège. Au fond de moi, je suis soulagée qu'il soit venu. Qu'il ait osé. Je ne sais pas quoi répondre. J'ai trop honte.

— Davy... Je... Je suis désolée, j'avais besoin de sortir... de m'échapper un peu.

— Et tes filles ? Tu penses à elles ? À ce qu'elles ressentent quand tu n'es même pas là pour les accompagner à l'école ou chez l'un de nos parents ? Tu ne vois pas que tu les laisses derrière toi ?

Je me tais. Il a toujours les mêmes arguments. Je veux lui dire que je ne suis pas seulement une mauvaise mère, que ce n'est pas aussi simple, que tout me semble trop lourd à porter. Les mots ne me viennent pas. Et même si je souhaite lui expliquer, je sais qu'il ne comprendra pas.

— Je t'en prie, Natacha. Reviens. Reviens à nous avant qu'il ne soit trop tard.

Il me regarde une dernière fois, comme s'il essayait de lire en moi, puis se tourne et disparaît dans la foule. Ses paroles résonnent dans ma tête, je reste là, seule, avec un verre vide entre les mains.

Tout à coup, je me sens lasse, encore plus creuse que tout à l'heure. Il est trop tard pour revenir en arrière.

Le lendemain, quand je rentre chez moi, je trouve Éléna dans la cuisine, en train de préparer son petit-déjeuner et celui de sa sœur. Je me sens une fois de plus déconnectée de tout, surtout de la réalité dans laquelle je me suis mise. Ce n'est plus ma vie. Plus ma famille. Je n'ai rien fait de bien, rien. J'ai laissé tout ça me filer entre les doigts, et je suis en train de perdre tout ce que j'ai, peu à peu.

Davy est là, dans le salon, les bras croisés, la bouche fermée. Ses yeux, eux, me disent tout. Il n'y a pas plus de mots entre nous. Il y a juste un silence lourd et pesant. Je n'ai pas le courage de lui parler. Pas encore. Pas maintenant. Au fond de moi, quelque chose me crie qu'il est peut-être déjà trop tard pour réparer ce que j'ai brisé.

Je regarde mes pieds, me sentant de plus en plus petite sous son regard. Un regard qui, autrefois, m'apportait réconfort et amour et qui, aujourd'hui, semble chargé de désillusion. Je me sens comme un imposteur, une femme qui a perdu son chemin et qui ne sait plus comment revenir en arrière.

Je sais que ce silence pèse sur lui, sur nous. Je suis comme figée, incapable de trouver les mots. Je voudrais lui dire que je me rends compte de tout, que je regrette, que je ferais tout pour revenir en arrière… Quelque chose m'en empêche. La honte, peut-être. La peur de me confronter à la réalité de mes erreurs.

Il soupire profondément, un son si lourd, si fatigué, qu'il résonne dans toute la pièce. Il se lève finalement, sans un mot de plus. Je crois qu'il va partir, il se tourne vers moi, ses yeux une dernière fois posés sur les miens. Il ouvre la bouche, aucun mot ne sort.

Il secoue la tête, comme si tout était dit, et se dirige vers la porte.

Je reste là, pétrifiée. Le poids de ses pas dans le couloir me transperce, chaque bruit résonnant dans mes oreilles comme un écho, une promesse brisée. Je ne bouge pas. Je ne peux pas. Et je me demande, dans mon silence intérieur, s'il est encore possible de réparer tout ce que j'ai détruit, si j'en ai encore la force.

La porte se ferme doucement derrière lui, et je me retrouve seule, dans ce vide immense, à ne plus savoir ce que je dois faire. Les filles sont dans leur chambre, loin de tout ça. Davy est parti. Et moi, je suis là, en train de tout perdre. Peu à peu, je sens mon âme se déchirer, comme un tissu que l'on troue.

CHAPITRE 10

Il y a des instants où la réalité me frappe de plein fouet, où je prends conscience de ce que je suis devenue. Des moments où je me rends compte que tout ce que j'ai négligé, tout ce que j'ai laissé filer, peut encore être rattrapé, même si je ne suis pas sûre de le mériter.

Un matin, je me réveille avec cette pensée en tête : il est temps de me reprendre, de revenir vers celles qui comptent vraiment. Je regarde mes filles, endormies dans leur chambre, et je me promets que je vais tout faire pour être celle qu'elles méritent. C'est peut-être naïf, mais c'est tout ce qu'il me reste.

Je fais un effort. Je commence par les petits gestes, les gestes simples : un petit-déjeuner ensemble, un regard plus attentif, des sourires sincères. Je réduis mes sorties, mes escapades nocturnes avec Clara. Je me sens, après tout ce temps, comme une mère, comme une compagne qui essaie de se racheter, de retrouver son rôle, de retrouver sa place dans cette maison. Davy, lui, semble hésitant. Il considère mes efforts sans trop savoir s'il peut y croire. Et moi, je me dis que peut-être, juste peut-être, je pourrais rattraper tout ça.

Ces moments d'espoir sont toujours éphémères. Comme une bouffée d'air frais qui disparaît dès que l'on commence à respirer. La pression de la grossesse revient, inévitable. Mon ventre et mon corps me rappellent sans cesse que je porte une nouvelle vie que je n'ai pas envisagée. Et les différends non résolus avec Davy, ce silence qui s'est installé entre nous, m'étouffent peu à peu. La culpabilité me ronge : à chaque tentative de m'en sortir, je suis rappelée à cette réalité qui m'écrase.

Les reproches de ma mère sont comme des aiguilles, piquantes sans traverser ma peau. Ses mots me frappent de plein fouet, m'enfoncent dans cette spirale infernale. Et au lieu de lutter, je me laisse emporter. Je retourne voir Clara. Je m'enfonce à nouveau dans ses fréquentations douteuses, dans des soirées sans fin où l'alcool et la fumée de cigarette me promettent l'oubli. Chaque fois, je me sens un peu plus perdue, un peu plus loin de ce que j'espérais être.

Je me retrouve à fuir, encore et encore. Fuir la pression, fuir les attentes, fuir tout ce qui me fait peur. Plus je fuis, plus je me perds. Chaque soir, je me plonge dans des mondes où je ne suis plus moi-même, où je peux ignorer la réalité, oublier les responsabilités familiales et conjugales. Les soirées avec Clara et ses amis deviennent une sorte de refuge, une illusion de liberté que je me force à croire. Pourtant, au fond, je sais que cela ne fait qu'ajouter au chaos que je crée dans ma propre vie.

Davy, de son côté, est distant. Il semble m'observer de loin, comme un spectateur qui ne sait plus quoi dire, quoi faire. Ses yeux trahissent une lassitude profonde que je vois se répandre sur lui. Il se ferme peu à peu. Il m'a dit, un jour, que tout n'était pas perdu. À force de le laisser me parler dans le vide, je sais que ça le ronge. Le silence entre nous devient une sorte de malédiction, une menace que je n'arrive pas à dissiper.

Je tente de me ressaisir mais, à chaque fois que j'essaie d'avancer je recule, comme si une force invisible me retenait dans mes faiblesses.

L'envie de me relever se transforme en une lutte constante entre ce que je dois faire et ce que je fais réellement. Le poids de la grossesse, les échecs à répétition, la culpabilité... tout ça me broie. Pourtant, je continue à me dire que demain, ce sera différent. Je sais, au fond de moi, que ce n'est qu'un mensonge que je me raconte pour tenir bon.

Un soir, je rentre de l'une de ces soirées, je me retrouve face à Davy dans la cuisine. Il est là, à la table, une tasse de café froid devant lui. Il ne dit rien. Son regard est lourd de reproches. Et c'est là, en le regardant, que je réalise l'étendue du mal que je continue de faire. Je l'ai perdu. Peut-être que, dans cette fuite incessante, j'ai détruit ce que nous avions, ce que nous aurions pu être.

Je prends une profonde inspiration, mes mots se bloquent dans ma gorge. Je veux lui dire, je veux m'excuser. Je n'y arrive pas. L'orgueil, la honte, tout ça me retient. Je me contente de m'asseoir en face de lui, dans le silence, comme si le poids de mes actions était trop lourd à porter.

Davy me regarde une dernière fois, sans un mot, puis se lève et disparaît dans la chambre. Je reste là, seule, noyée dans mes pensées, me demandant si je peux encore changer, si je peux encore réparer ce qui est brisé. Au fond, je sais que les choses ne seront plus jamais les mêmes.

Je reste assise là, à regarder la tasse de café que Davy a laissée, refroidie, oubliée. Le silence dans la maison est oppressant, lourd de non-dits. Je sais que je dois bouger, aller le rejoindre, lui parler. Quelque chose en moi me bloque. Est-ce que ça changerait vraiment quelque chose ? Et si c'était déjà trop tard ? Si le fossé entre nous était devenu trop large pour qu'on puisse passer ce cap dans notre couple, dans notre cercle familial ?

Je ferme les yeux un instant, laissant le bruit de mes propres respirations me bercer. Dans ma tête, les pensées tournent en boucle, un tourbillon de culpabilité, de regrets et de doutes. J'ai cru qu'en me fuyant, en me cachant dans ces soirées, je pourrais m'évader. Tout ce que j'ai fait, c'est m'enfoncer un peu plus dans un trou dont je ne sais plus comment sortir.

Je me lève enfin, le cœur lourd. Je n'ai plus de réponses, juste des questions qui me dévorent. Et une certitude : je ne peux pas continuer ainsi. Pas pour moi, pas pour mes filles, pas pour Davy. Je le sais au fond de moi.

Comment reprendre le contrôle quand tout semble m'échapper ?

Je traverse la maison à pas lents, mes pieds me guident sans véritable direction. Lorsque j'arrive devant la chambre, je me fige un instant. La porte est fermée. Est-ce que je frappe ? Est-ce que je rentre ? Est-ce que je lui parle enfin ? Mes mains tremblent, et une boule dans ma gorge m'empêche de faire le moindre mouvement. Je me sens paralysée, comme prise au piège de ma propre vie.

Après un moment d'hésitation, je tourne les talons et vais m'asseoir sur le canapé. Mes pensées sont des vagues déchaînées, et je n'arrête pas de me demander à quel moment tout a dérapé. Quand ai-je arrêté d'être celle que j'étais avant que tout ceci ne vienne chambouler ma vie ? Quand ai-je arrêté d'être celle que Davy attendait de moi ?

Je ne peux plus ignorer la réalité. Je sais que je dois changer. Je suis perdue. Complètement perdue.

La porte de la chambre s'ouvre finalement. Davy apparaît, silencieux. Il ne dit rien, son regard en dit long. Il m'observe, me scrute, et je peux presque voir la tristesse dans ses yeux. C'est un regard que je n'avais jamais voulu voir, un regard qui me fait me sentir plus petite, plus insignifiante que jamais.

— Natacha...

Sa voix est calme, même si il y a une certaine douleur dedans.

— On ne peut pas continuer comme ça. Tu dois te réveiller.

Que répondre ? Que dire pour réparer ce qui est brisé ?

Je serre les poings, tentant de retenir les larmes qui montent. La pression est trop forte, trop lourde. Et je sais qu'il a raison. Par où commencer ? Comment retrouver ce que j'ai perdu ?

Davy s'approche lentement, sans un mot de plus. Il me prend la main et, chose rare depuis longtemps, je me détends, me laissant simplement toucher par ce geste, ce petit signe d'espoir. Peut-être, que tout n'est pas encore perdu. Je sais que ça va être un long chemin. Un chemin semé d'embûches, de doutes et de luttes. Mais peut-être est-ce cette direction que je suis enfin prête à emprunter.

Davy serre ma main un peu plus fort, comme s'il souhaitait me transmettre un peu de sa force. Je ne peux pas m'empêcher de me sentir submergée, noyée sous le poids des choix que j'ai fait, sous la lourdeur de tout ce que j'ai négligé.

Je le regarde enfin : ses yeux sont remplis de compassion et de frustration. Il essaie d'être patient, je peux sentir qu'il en a assez : de mes silences, de mes absences, de cette version de moi qui s'éloigne toujours plus de lui. Je sais que je ne peux pas attendre indéfiniment qu'il se fasse à ma fuite. Que faire ?

— Davy, je... Je commence à parler, ma voix se brise. Les mots sont trop durs à sortir. L'inquiétude me serre la gorge.

— Je suis désolée. Je sais que ça ne suffit pas. Je sais que tout ce que je fais, c'est vous décevoir. Je...

Il secoue la tête, m'interrompt doucement.

— Ne dis pas ça. Ce n'est pas ça le problème. Le souci, c'est que tu n'es plus là. Ni pour moi, ni pour les filles. On dirait que tu nous as oubliés. Et tu portes aussi la vie, tu ne fais pas attention.

Ses mots résonnent en moi. Il a raison, je le sais. Et pourtant, je n'ai jamais voulu cela. Jamais. J'ai juste été perdue dans mes propres peurs, dans mes propres angoisses. Comment faire face à tout ça ? Comment tout réparer après tant de fractures ?

Je baisse les yeux, honteuse.

— Je vais essayer, Davy. Vraiment. Je vais...

Il n'a pas l'air convaincu. Il soupire longuement, puis il relâche ma main, comme s'il savait que c'était moi qui devais faire le premier pas, et non l'inverse.

— J'espère. Parce que moi, je ne peux pas continuer comme ça.

Il se lève lentement, me laissant seule avec mes pensées. Le bruit de ses pas s'éloigne dans la maison. Je reste là, immobile, à essayer de reprendre mon souffle, à essayer de trouver cette étincelle de motivation qui semble m'échapper.

Je n'ai pas le droit de tout laisser s'effondrer. Pas encore. Au final, je me demande si ce n'est pas déjà trop tard. Si mes erreurs ne sont pas trop grandes pour pouvoir encore réparer quoi que ce soit. Si le temps a déjà eu raison de tout ce que j'ai construit.

Je regarde autour de moi. La maison semble plus vide que jamais, plus silencieuse. Et moi, je me sens perdue, suspendue entre des regrets qui me consomment et une envie de fuir qui ne me quitte pas. Je dois le faire. Pour elles. Pour Davy. Pour moi.

Je me relève enfin d'un geste lent, presque hésitant. Je dois commencer par une chose, même petite. Une chose à la fois. Parce qu'au fond de moi, je sais que je suis encore capable de changer. Je n'ai pas le droit de m'enfoncer plus.

CHAPITRE 11

Les mois passent, j'ai fait énormément de progrès. Je me suis relevée avec la force et l'énergie de Davy mais aussi des filles. Mon père m'a accompagnée dans cette démarche pour affronter mes doutes les plus profonds. Je lutte intérieurement, je sais que je peux y arriver. Il me faut juste une véritable raison pour ne pas sombrer de nouveau.

Une douleur fulgurante, déchirante. C'est ce que mon corps vit en cet instant. Il est en feu, chaque contraction m'arrache un cri que je tente d'étouffer en serrant les dents. J'agrippe le drap du lit d'accouchement, les jointures blanchies par l'effort. La sueur perle sur mon front, ma respiration est saccadée. J'ai l'impression que le temps s'étire à l'infini, que je suis enfermée dans une bulle où seule la souffrance existe.

Davy est là, près de moi, sa main serrant la mienne. Il me murmure des mots d'encouragement, je n'entends que des bribes, noyées dans le brouillard de la douleur. Mon cœur tambourine dans ma poitrine, mon souffle se fait court. Chaque poussée est une épreuve, une lutte contre mon propre corps qui semble prêt à m'abandonner.

— Encore un effort, Natacha ! Allez, poussez !

La voix de la sage-femme est ferme, pressante. Je voudrais lui hurler d'arrêter, de me laisser respirer, je n'ai pas le choix. La douleur redouble, irradie dans mon dos, dans mes jambes, dans chaque fibre de mon être. Un cri m'échappe, un cri animal, primal.

Quelque chose ne va pas. Je le sens. Un silence tendu s'installe. La sage-femme échange un regard rapide avec l'obstétricien. Mon cœur se glace.

— Le bébé est en souffrance, annonce-t-il d'une voix trop calme pour être rassurante.

Je sens l'agitation autour de moi. Les machines s'affolent, un bip strident remplit la pièce. Mon ventre se contracte à nouveau mais, cette fois, la panique l'emporte sur la douleur.

— Il faut accélérer l'accouchement, ajoute-t-il.

Le masque à oxygène qu'on plaque sur mon visage ne suffit pas à calmer mes tremblements. Je sens que quelque chose cloche, que mon corps ne suit plus. J'ai l'impression de sombrer, mes forces m'abandonnent.

— Natacha, restez avec nous ! Poussez !

Je rassemble ce qu'il me reste d'énergie et donne tout dans une dernière poussée. Un éclair de douleur me transperce et, enfin, un cri résonne dans la salle. Un petit cri fragile, bien vivant.

Amélia.

On l'emmène quelques secondes pour vérifier qu'elle va bien. J'essaie de tourner la tête, ma vision se brouille. Mon corps tremble, vidé de toute force. Je perçois à peine la main de Davy qui caresse mes cheveux, ni même le sourire soulagé de la sage-femme quand elle me tend enfin mon bébé.

Lorsque je pose les yeux sur elle, une vague d'émotions me submerge. Elle est minuscule, chaude contre ma peau, son souffle à peine perceptible. La douleur, la peur, tout s'efface un instant. Je caresse doucement sa joue, son visage est rouge, ses paupières encore plissées par l'effort de la naissance.

Amélia finit par pointer le bout de son nez le 4 août 1996. Une petite fille de 3 kg, avec des cheveux brun clair et des yeux semblables aux miens. Elle ne mesure que 48 cm. Dès qu'on la dépose dans mes bras, je me sens comme dans un tourbillon rempli de milliards d'émotions. C'est une vague puissante où se mêlent le soulagement, la joie et la peur. Son petit corps chaud repose contre moi, fragile et si léger que j'ai presque peur de la briser. Ses minuscules doigts s'agrippent maladroitement à ma peau, et son souffle régulier, à peine audible, me ramène à une réalité troublante : je suis de nouveau mère.

Pendant quelques jours, tout semble suspendu. Le chaos que j'ai pu installer ces derniers mois au sein de mon couple, mais également auprès de mes deux aînées, s'efface pour laisser place à une bulle de douceur. Ici, dans la chambre de maternité baignée d'une lumière tamisée, l'atmosphère est paisible, comme si le monde entier avait ralenti pour nous offrir un instant de répit. Les infirmières entrent et sortent en douceur, m'adressant parfois un regard bienveillant, comme si elles percevaient à quel point ce moment est fragile.

Davy est présent. Je l'observe, son regard posé sur Amélia avec une tendresse que je ne lui ai pas souvent vue. Il veille sur nous avec cette attention silencieuse qui le caractérise, s'assure que je ne manque de rien, que le moindre besoin est anticipé. Il ne dit pas grand-chose, sa main sur la mienne en dit suffisamment. J'aimerais croire que cet instant nous rapproche, qu'il efface les blessures du passé, qu'il nous donne un nouveau départ. Une naissance ne permet pas de tout pardonner.

Les filles, elles, sont aux anges. Éléna, du haut de ses cinq ans, pose des questions incessantes, fascinée par cette minuscule créature emmaillotée dans une couverture rose. Émy a plus d'un an, réservée, elle se contente d'observer avec de grands yeux curieux, hésitant à toucher cette nouvelle sœur qui bouleverse leur quotidien. Pour l'instant, elles semblent enchantées, une petite voix au fond de moi murmure que cet équilibre est précaire.

Ce n'est que le début, donc affaire à suivre quand nous rentrerons ensemble dans notre foyer. Ici, tout paraît beau, comme dans un conte de fées, un tableau figé dans une harmonie parfaite. Une part de moi ne peut s'empêcher de se demander : sera-t-il de même une fois rentrée ?

Le retour à la maison se fait dans une tension latente. Je me sens encore fragile, à bout de forces, aussi bien physiquement qu'émotionnellement. Un mélange de fatigue, d'appréhension et d'un certain vertige m'envahit. Dès que je franchis le seuil de notre appartement, une étrange impression me traverse : c'est un paradoxe entre notre foyer rassurant et mes responsabilités écrasantes.

La maison est impeccable. Davy a tout préparé : il a rangé, nettoyé, organisé chaque espace pour faciliter mon retour. Pourtant, malgré tous ses efforts, une sensation d'étouffement m'oppresse. Comme si tout ce qui m'entourait devenait un poids supplémentaire sur mes épaules.

Les premiers jours sont un véritable tourbillon. Amélia pleure souvent la nuit, son petit corps chaud niché contre moi, cherchant le réconfort que je peine moi-même à trouver. Mes nuits sont réduites à des fragments de sommeil trop courts, entrecoupés de biberons et de bercements interminables. Dans la journée, Émy et Éléna réclament mon attention, leurs petites mains s'accrochant à moi, leurs voix me rappelant que je suis aussi leur mère, pas seulement celle d'Amélia.

Davy fait de son mieux. Il s'occupe des repas, gère les bains, tente de me soulager du mieux qu'il peut. Je vois bien qu'il est fatigué lui aussi ; il garde le cap, patient et attentif. Pourtant, il n'est pas dupe. Il sent bien que quelque chose cloche. Mon regard s'éteint peu à peu, je suis là sans vraiment l'être, engluée dans une torpeur que je ne maîtrise pas.

Les visites des parents n'arrangent rien. Micheline et Jean passent voir Amélia, leur froideur me transperce. Ils s'extasient devant le bébé, souriant à Davy avec bienveillance. Avec moi, leurs paroles sont mesurées, leurs gestes distants. Ils ne disent rien de médisant ouvertement, leur absence de chaleur est un coup de plus dans mon moral déjà vacillant.

Et puis, il y a Judith. Dès qu'elle pose les yeux sur Amélia, son visage affiche une moue sceptique.

— Elle est minuscule, lâche-t-elle en croisant les bras. Tu es sûre qu'elle est en bonne santé ?

Je sens la colère monter, brûlante, violente. Je serre les poings. Je ravale l'irritation qui me griffe la gorge. Pourquoi faut-il toujours qu'elle trouve quelque chose à redire ? Pourquoi ne peut-elle pas, juste une fois, être simplement une mère aimante et réconfortante ?

Mon père vient régulièrement. Il me parle doucement, sans jugement. Il s'installe sur le canapé et prend Émy sur ses genoux, s'amuse avec Éléna, me laisse souffler quelques minutes. Il ne me demande rien, ne fait aucun commentaire : il est juste là. Et c'est peut-être ça dont j'ai le plus besoin en ce moment.

Malgré tout, l'épuisement et la frustration s'accumulent. J'aimerais croire que je vais m'en sortir, que je vais retrouver un équilibre. Un sentiment étrange me serre la poitrine. Une part de moi est en train de se fissurer. Et plus les jours passent, plus l'idée de fuir, juste un instant, devient tentante.

Cette accalmie ne dure pas. Très vite, je me sens submergée. L'accumulation des nuits sans sommeil, des pleurs incessants et des disputes latentes avec Davy m'épuise. Chaque jour est une épreuve, un combat contre moi-même. Parfois, je regarde Amélia dormir et un amour immense me traverse. Presque aussitôt, la culpabilité me suit. Comment puis-je l'aimer et en même temps ressentir ce poids sur ma poitrine, cette sensation d'étouffement ?

Je passe sans cesse d'un extrême à l'autre. Un instant, je caresse tendrement la joue de ma fille ; le suivant, je suis au bord des larmes, prise par une colère aigre que je ne parviens pas à expliquer. Les crises de mes aînées m'agacent plus qu'elles ne le devraient. Le moindre bruit me hérisse. J'ai l'impression de devenir une étrangère dans mon propre corps, de n'être qu'une ombre dans cette maison qui m'enferme un peu plus chaque jour.

Davy tente de m'aider, il le fait vraiment. Il prend le relais dès qu'il rentre du travail, il supporte mes sautes d'humeur, il essaie de me parler. Moi, je me ferme. Je me braque dès qu'il me fait la moindre remarque.

Un soir, Éléna fait tomber son verre d'eau sur la table, une colère irrépressible monte en moi. Je me retourne brusquement vers elle et ma voix claque plus fort que je ne l'aurais voulu.

— Fais attention, bon sang ! Tu ne peux pas être plus soigneuse ?

Éléna baisse la tête, les yeux brillants, et un frisson me parcourt. Je sais que je suis allée trop loin.

— Arrête, Natacha. Elles n'y sont pour rien ! intervient Davy, sa voix plus dure que d'habitude.

— Tu crois que c'est facile ?! Je suis seule toute la journée avec elles et, toi, tu rentres et tu me fais la morale ?

— Tu n'es pas seule, je suis là. C'est toi qui refuses mon aide !

Je le fixe, furieuse, surtout désemparée. Davy me regarde un instant, secoue la tête avec lassitude, puis quitte la pièce sans un mot de plus. Je reste là, figée, avec cette boule de rage et de honte dans la gorge.

Les tensions ne font que s'amplifier. Ses parents, inquiets, tentent une approche, leur simple présence me crispe. Lors d'un repas, Micheline me regarde avec un air soucieux et ose demander si *« je vais mieux »*.

Une question banale, une phrase simple. Dans mon état, c'est l'étincelle de trop.

— Vous croyez que j'ai besoin de votre pitié ? craché-je en serrant mon verre entre mes doigts tremblants.

Micheline ouvre la bouche, prise de court.

— Natacha, je ne voulais pas dire...

— Oh, je sais très bien ce que vous voulez dire ! Vous pensez que je suis une incapable, que je ne suis pas une bonne mère, que je ne m'en sortirai jamais !

Un silence glacial tombe sur la table. Je vois Davy fermer les yeux un instant, comme s'il essayait de se retenir. Puis il pose sa fourchette avec un soupir lourd.

— Tu es en train de tout détruire, Natacha, murmure-t-il d'une voix lasse.

Le coup est violent. Mon souffle se coupe. D'un geste brusque, je repousse ma chaise qui racle le sol dans un bruit sourd et je quitte la pièce en claquant la porte. Derrière moi, j'entends les chuchotements de Micheline et Jean, puis plus rien. Après ce soir-là, ils ne chercheront plus à m'approcher.

Seul Martial, continue de venir. Il s'assoit avec Éléna et Émy, leur raconte des histoires, leur offre des friandises en douce. Il ne me dit rien, ne pose pas de questions, il me regarde avec ce visage triste que je ne supporte pas.

Judith, elle, ne se prive pas pour enfoncer le couteau dans la plaie.

— Tu crois vraiment que Davy va rester ? me demande-t-elle un jour avec un sourire narquois. Combien de temps avant qu'il comprenne qu'il mérite mieux ?

Je ne réponds pas. À quoi bon ? Elle n'attend pas de réponse.

Alors, je me ferme encore un peu plus. J'avais cru, naïvement, qu'un enfant de plus allait me réparer, que ça allait me transformer en la femme et la mère que je voulais être. La vérité est implacable : je suis plus seule et plus perdue que jamais.

Au fond de moi, je le sais. Je suis sur le point de replonger.

Une année entière s'écoule et l'équilibre fragile, que j'essaie de maintenir, s'effondre un peu plus chaque jour. Les pleurs d'Amélia résonnent dans l'appartement comme une alarme incessante, mettent mes nerfs déjà à vif, à l'épreuve. Éléna et Émy me sollicitent : mais au lieu de répondre avec patience, je m'emporte, les renvoie jouer ailleurs, parfois avec des mots plus durs que je ne le voudrais.

— Arrêtez de crier ! hurlé-je un soir. Je rêve où elles se disputent pour une poupée ? Vous ne pouvez pas être tranquilles pour une fois !

Éléna sursaute et Émy se met à pleurer. Mon cœur se serre. Au lieu de les consoler, je tourne les talons, m'enfermant dans la salle de bain. Je m'appuie contre le lavabo, ma respiration saccadée. Que m'arrive-t-il ? Pourquoi suis-je incapable d'être la mère dont elles ont besoin ?

Davy essaie encore, il fait de son mieux. Il rentre du travail et prend le relais, prépare le dîner, baigne les filles, me demande si j'ai besoin de quelque chose. Je le repousse.

— T'occupe pas de moi, dis-je sèchement un soir.

Il soupire, las et ne dit rien.

Les tensions montent et explosent dans des disputes de plus en plus fréquentes.

— Natacha, regarde-les ! Ce ne sont que des enfants ! Elles n'ont rien fait pour mériter ça ! me lance-t-il un jour après que j'ai grondé Émy pour avoir renversé du jus sur le tapis.

— Elles me rendent folle ! Toute la journée, elles sont sur mon dos, et toi, tu rentres, tu fais ton père parfait et tu me fais passer pour la méchante !

— Je ne veux pas que tu sois la méchante, Natacha. Je veux juste… que tu sois là.

Son regard est lourd de déception. Au fond, je n'ai plus la force de me battre.

Le point de rupture arrive une semaine plus tard, un repas chez ses parents qui tourne au désastre. Je suis tendue dès que je passe la porte, déjà agacée par la simple présence de Micheline. Je vois bien qu'elle me scrute, qu'elle me juge. Et puis, son regard sur Amélia, ce sourire en coin… ça m'exaspère.

— Elle a l'air fatiguée, non ? dit-elle doucement à Davy en croyant que je n'entends pas.

— Pardon ? répliqué-je, les yeux flamboyants.

— Je disais juste que tu as l'air fatiguée…

— Oh, je suis sûre que vous pensez autre chose ! Vous attendez quoi, que je me casse la gueule pour venir me dire *« Je vous l'avais bien dit ? »*

Micheline blêmit. Jean pose sa fourchette, Davy me jette un regard d'avertissement, mais c'est trop tard.

— Tu es odieuse, lâche-t-il à mi-voix.

— Et alors ? Vous ne m'avez jamais acceptée, vous avez toujours pensé que j'étais une incapable, hein ?

Micheline secoue la tête, exaspérée.

— Peut-être parce que tu passes ton temps à nous le prouver...

C'est la phrase de trop. Un éclat de rage me submerge et avant même de comprendre ce que je fais, je renverse mon verre sur la nappe et me lève en furie.

— Allez tous vous faire foutre !

Je quitte la table sous les regards consternés, claque la porte derrière moi et rentre à la maison seule. Ce soir-là, Davy ne rentre que bien plus tard. Il ne dit rien, ne me regarde même pas. Je sais : c'est fini avec ses parents.

Les jours d'après, je m'enfonce encore plus. Je me lève tard, laisse la maison en pagaille, oublie de préparer les repas. Les filles apprennent à se débrouiller seules. Davy fait tout pour compenser, lui aussi s'épuise.

— Tu ne peux pas continuer comme ça, Natacha, murmure-t-il un soir alors que nous sommes allongés dans le lit, chacun de notre côté.

— Comment ça ?

— Comme si plus rien ne comptait. Comme si on n'existait plus.

Je ne réponds pas. Parce que c'est exactement ce que je ressens. Un immense vide.

Seule ma mère semble encore prendre plaisir à m'enfoncer. Lorsqu'elle vient, c'est toujours la même rengaine.

— Tu crois que Davy va rester combien de temps ?

Elle pose la question avec un sourire narquois, comme si elle savait déjà la réponse.

— Je t'en prie, Judith... soufflé-je, à bout de forces.

— Oh je dis ça pour toi ! Tu crois peut-être que l'amour suffit, un homme ne reste pas avec une femme qui ne se lève même plus pour ses enfants.

Je ferme les yeux.

Elle a raison. Je suis en train de tout perdre.

Et pourtant, je ne fais rien pour arrêter la chute.

CHAPITRE 12

Tout se détériore lentement dans cet appartement qui, autrefois, était un refuge. Les semaines passent, et la situation continue de se dégrader. Petit à petit, tout s'effondre.

Les premiers signes d'alerte viennent de l'école. Éléna et Émy, de plus en plus absentes, suscitent une inquiétude croissante chez leurs enseignants : retards fréquents, fatigue évidente, hygiène négligée. Les petites filles parlent à peine. Lorsqu'un adulte tente d'engager la conversation, elles baissent aussitôt les yeux, comme si répondre pouvait aggraver quelque chose. Elles ont arrêté de lever la main en classe, arrêté de rire avec leurs camarades. Elles sont ailleurs, enfermées dans un silence pesant. Les professeurs se posent plus de questions sur elles. Le malaise est là, perceptible. Pour l'instant, personne n'ose tirer la sonnette d'alarme.

Le directeur, malgré tout, convoque Martial, le grand-père, face à mon inaction évidente et au silence obstiné de Davy, qui refuse de répondre aux appels répétés de l'école. Assis en face de l'homme d'âge mûr, le directeur prononce ses mots. Martial, lui, a déjà compris. Il voudrait défendre sa fille, lui trouver des excuses, prétendre que ce n'est qu'une mauvaise passe. Il n'y arrive pas.

— Je fais ce que je peux… je ne peux pas être là tout le temps, finit-il par murmurer, impuissant.

À la maison, je ne suis plus que l'ombre de moi-même.

Le jour, j'erre dans l'appartement en peignoir, une cigarette au bec, la mine défaite, les cheveux en bataille. L'odeur d'alcool et de tabac froid imprègne les murs. Des cadavres de bouteilles s'entassent sur la table basse, témoins silencieux de mes nuits sans sommeil et de mes dérives toujours plus profondes. Parfois, j'ouvre une bière à peine sortie du lit. Parfois, je ne mange pas du tout.

Quand je me lève, c'est souvent avec un mal de crâne lancinant, les yeux bouffis, la gorge sèche. Les journées passent dans un brouillard, entre somnolences sur le canapé et excès de rage incontrôlés. La moindre contrariété devient un prétexte pour hurler, pour envoyer valser ce qui me tombe sous la main. Les factures s'entassent sur le comptoir de la cuisine. Je ne les ouvre même plus. Tout est trop lourd. Trop épuisant. Trop vain.

Et puis il y a les soirées.

Quand la nuit tombe, je deviens quelqu'un d'autre. Je me maquille à la hâte devant le miroir fendu de la salle de bain, camoufle mes cernes sous une épaisse couche de fond de teint, enfile une robe trop courte, des talons trop hauts. Je veux oublier. Oublier que je suis mère. Oublier qu'on m'attend quelque part. Oublier que je m'enfonce un peu plus chaque jour.

Alors je bois. Beaucoup. Trop.

Les soirées que j'organise chez moi sont bruyantes, désordonnées, peuplées d'inconnus qui fument sur mon canapé, qui me tutoient comme si on se connaissait depuis toujours. La musique gronde, couvre les rires gras, les verres qui s'entrechoquent. Parfois, la fête dérape, des disputes éclatent, des objets volent, une porte claque. Les excès sont monnaie courante.

Quand je ne fais pas la fête chez moi, je sors. J'abandonne Éléna, Émy et Amélia sans un mot, sans un regard, sans même me soucier de savoir si elles ont mangé. Je claque la porte, vacille sur mes talons, m'engouffre dans la voiture de Clara ou d'un autre compagnon de beuverie. On enchaîne les bars, les verres, les cigarettes, les rires hystériques. Le temps n'a plus de prise. J'oublie. Je me noie volontairement.

Pendant ce temps, mes filles attendent. Elles restent éveillées, recroquevillées sous les couvertures, écoutant le silence inquiétant de l'appartement vide. Parfois, elles sursautent au moindre bruit, redoutant mon retour brutal, une porte qui s'ouvre trop vite, une colère imprévisible. D'autres fois, elles s'endorment dans le lit l'une de l'autre, se serrant fort pour se donner du courage.

Tant que Davy est là, elles tiennent. Tant qu'il franchit la porte le soir, même fatigué, même agacé, elles savent qu'il y a encore un semblant d'équilibre. Une barrière fragile qui les retient du gouffre.

Pour combien de temps encore ?

Les voisins, témoins impuissants, commencent à se plaindre. Les disputes éclatent de plus en plus souvent, violentes, incontrôlables. La nuit, des bruits sourds résonnent dans l'appartement, des cris, des objets qui tombent. Les murs vibrent sous la colère.

Certains voisins m'évitent, d'autres me jettent des regards furtifs, plein de reproches silencieux. Je les vois parfois chuchoter entre eux, se tourner vers ma porte quand je passe dans le couloir.

— Tu crois qu'elle va bien, cette femme ? murmure un voisin à son épouse un soir, lorsqu'un hurlement fend l'obscurité.

— Non... je pense surtout à ces pauvres petites filles. Elles n'ont rien demandé à tout ça.

Ils les voient. Éléna et Émy. Souvent seules dehors, vêtues de pulls trop grands ou de robes trop courtes, les cheveux emmêlés, le regard fuyant. Elles traînent dans la résidence, s'accrochent aux jeux d'autres enfants comme à une bouée de sauvetage. Malgré tout, elles rient encore, elles jouent, comme si tout allait bien. Comme si elles refusaient d'admettre que tout s'écroule autour d'elles.

Moi, je vois la peur dans leurs yeux quand elles rentrent.

Martial passe quand il peut. Quand il est là, l'appartement retrouve un semblant de normalité. Il apporte des courses, fait manger les filles, leur demande comment s'est passée leur journée. Son regard se pose sur moi, parfois, chargé d'un mélange de tristesse et d'impuissance. Il ne sait plus quoi faire.

Judith, en revanche, reste froide. Avec moi, surtout avec les petites. Chaque regard qu'elle leur lance est un reproche silencieux, un jugement. Elle ne les aime pas. Elles lui rappellent trop son propre échec. Elles sont le reflet de cette maternité ratée, de cette fille qu'elle n'a jamais su aimer. Pour Judith, elles ne sont que l'ombre d'une lignée brisée, une fatalité.

— Tu ne vaux pas mieux que ta mère, Éléna, lâche-t-elle un jour, d'une voix glaciale.

Je ne réagis même pas. Trop fatiguée. Trop ivre.

Pourtant je vois Éléna se figer. Elle ne répond rien. Elle encaisse. Comme d'habitude.

Pendant ce temps, Davy se fait de plus en plus absent. Il rentre tard, m'évite, esquive même les filles. Il ne veut plus les voir. Il ne veut plus voir ce qu'elles deviennent, ce qu'elles reflètent.

— Pourquoi papa ne veut plus jouer avec nous ? demande Émy un jour, la voix hésitante.

Éléna hausse les épaules. Elle sait. Elle ne veut pas le dire.

Davy ne m'aide presque plus financièrement. Il en a marre. Marre de voir l'argent partir en fumée, en bouteilles vides, en nuits perdues. Quand il essaie encore de me parler, ça se termine toujours de la même manière : des cris, des reproches, des insultes.

Les filles se recroquevillent dans leur chambre, se bouchent les oreilles, attendent que l'orage passe.

Il ne passe jamais.

Un soir, le silence est étrange. Trop pesant. Trop inhabituel. C'est un silence qui annonce quelque chose.

Davy attend que les filles soient couchées. Il est là, debout dans le salon, les bras croisés. Je sens qu'il veut parler. Je n'ai pas envie d'entendre ce qu'il a à dire.

— Je ne peux plus continuer comme ça, Natacha, lâche-t-il d'une voix froide.

Je fronce les sourcils. Encore une discussion stérile, encore des reproches. Je lève à peine les yeux vers lui, un verre de vin à la main.

— Quoi ? De quoi tu parles encore ? sifflé-je, agacée.

Il inspire profondément. Il a l'air fatigué. Plus que d'habitude.

— Je parle de cette vie... de nous. Ça fait des années que je tiens bon, que j'essaie. Pour toi, pour les filles. Là... je n'en peux plus.

Je repose mon verre un peu trop brutalement. Il veut quoi ? Que je pleure ? Que je sois à ses pieds ?

— Tu veux partir, c'est ça ? Tu veux abandonner tes filles ? craché-je, la gorge serrée.

Son regard se voile. Quelque chose se brise en lui. Sa voix ne tremble pas.

— Abandonner mes filles ? C'est toi qui les abandonnes, Natacha. Regarde-les. Regarde ce que tu es devenue. Je ne peux pas continuer à vivre ici, à tout contempler s'effondrer sans rien faire.

Ses mots me frappent. Un éclair traverse mon esprit, une lucidité brutale, insupportable. Elle ne dure pas. Je me redresse en guise de bouclier.

— Alors vas-y, pars ! Fais comme tout le monde ! Laisse-nous !

Ma voix tremble malgré moi. Pourquoi je dis ça ? Pourquoi je le pousse dehors alors que je crève de trouille à l'idée qu'il parte ?

Un instant, j'y crois. J'espère qu'il va me contredire, qu'il va hurler, qu'il va me secouer, qu'il va rester.

Non.

— Je ne veux plus être là quand tout s'écroulera, dit-il d'un ton las. Sache une chose, Nat' : tu es en train de perdre tout ce qui compte et, quand tu te réveilleras… il sera trop tard.

Et il tourne les talons. Juste comme ça. Il attrape un sac qu'il avait sûrement préparé, traverse le couloir et ouvre la porte.

Un frisson me parcourt. Je souffle. Il va s'arrêter, hésiter, revenir.

Il ne se retourne pas.

Un couinement me fait sursauter. Les filles.

Elles sont là, cachées dans l'ombre du couloir, leurs petites silhouettes tremblantes. Elles ont tout entendu.

Quand Éléna voit Davy franchir la porte, elle éclate en sanglots. Elle attrape Émy et la serre contre elle, regarde Amélia du coin de l'œil, comme si ça pouvait empêcher leur père de disparaître. Il prend la fuite.

La porte claque.

Le silence qui s'abat sur l'appartement n'a jamais été aussi glacial.

Je reste là, figée au milieu du salon. Davy est parti.

Je voudrais crier, hurler, tout casser. Je ne bouge pas.

Je l'ai perdu dans les derniers jours d'un mois froid, en décembre 1997.

Et, avec lui, ce qu'il reste de ma famille.

Partie 3
Échec et mat !

CHAPITRE 1

Je ne me sens pas complètement délaissée. Finalement, je m'en sors assez bien. Je travaille à reprendre goût à la vie progressivement. Nous sommes en février 1998, l'hiver est encore là, mais je sens déjà apparaître ce quelque chose dans l'air, comme une promesse de renouveau. Il y a quand même un vide. Le départ de Davy aurait dû me libérer, mais il a laissé un manque que je n'arrive pas à combler.

Il ne prend plus la peine d'appeler ni de demander des nouvelles, bien qu'il soit toujours dans la même ville. On m'a dit qu'il est retourné vivre chez ses parents et a rencontré une femme différente de moi, une personne rangée et calme. C'est mieux pour lui. De toute façon, je n'ai pas l'intention de le poursuivre pour qu'il vienne voir ses filles. Elles, au moins, ne posent pas trop de questions pour l'instant.

Le matin, lorsque je prépare le petit-déjeuner, je ressens cette absence encore plus intensément. Les moments simples, tel que partager un café ou discuter de tout et de rien, semblent si lointains maintenant. Parfois, je repense aux rires et aux disputes, aux espoirs et aux rêves que nous avons partagés. La maison paraît silencieuse malgré les éclats de rire de mes filles, car il manque une voix.

Chaque soir, en rangeant la maison, je suis frappée par la réalité : il ne reviendra pas. Bien que cela fasse mal, c'est devenu une partie de ma routine. J'essaie de combler ce vide en passant du temps avec des amies, en retrouvant des hobbies oubliés et en créant de nouveaux souvenirs avec mes enfants. Certaines nuits, la solitude se fait plus oppressante, et la nostalgie me submerge. Pourtant, je reste optimiste et me dis que, petit à petit, jour après jour, ce sentiment d'incomplétude finira par s'atténuer.

Éléna, avec ses six ans et demi maintenant, observe tout sans un mot. Elle est bien trop mature pour son âge, et ça me met mal à l'aise. Elle ne dit rien, je sens qu'elle analyse chaque geste, chaque décision que je prends, comme si elle attendait que je flanche. Elle a déjà compris que Davy ne reviendrait pas. Et elle sait aussi, je crois, que je ne suis pas à la hauteur.

Un jour, elle reste debout près de la porte du salon, les bras croisés, à m'observer. Une fois, elle m'a prise au dépourvu.

— Maman, pourquoi tu ne fais jamais les devoirs avec moi ?

Je me suis figée. Les devoirs ? Évidemment, je ne savais même pas qu'elle en avait à faire ce soir-là. Je suis d'autant plus nulle avec les leçons.

— Tu sais bien que je suis occupée, Éléna. Je travaille, je fais tout ici, tu pourrais m'aider un peu au lieu de me poser ce genre de question.

— Tu ne travailles plus depuis que Davy est parti, a-t-elle répliqué, sans lever la voix.

Cette phrase m'a frappée sans me blesser : elle n'a pas tort. Et moi, je n'ai pas de réponse à lui donner.

Émy, à tout juste trois ans, est différente. Elle vit dans son monde, insouciante, ou peut-être juste inconsciente de tout ce qui s'écroule autour d'elle. Elle me regarde avec des yeux pleins de douceur, de méfiance, comme si elle hésitait à croire en moi. Et je ne sais pas quoi lui offrir. Pas maintenant. Pas avec tout ce chaos.

Amélia, elle, n'a qu'un an et demi. Elle ne parle pas encore vraiment, mais elle me suit partout du regard. C'est une enfant douce, calme. Trop même parfois. Elle préfère ses livres, ses feutres, le silence. Elle est dans son monde, et j'ai l'impression que je ne fais que le frôler. Elle est sage. Beaucoup trop pour son âge. Et je sais que cette sagesse-là vient d'un manque. Un manque de moi, de présence, d'attention.

Ce matin, la cuisine baigne dans la lumière pâle de l'aube. Les premiers rayons du soleil filtrent à travers les rideaux tirés à moitié, projetant sur le carrelage des motifs mouvants, telle une respiration silencieuse. L'odeur du café fraîchement coulé se mêle à celle du pain grillé. Un léger grésillement s'échappe du grille-pain, ponctuant le silence de la maison encore endormie.

Je me tiens devant le plan de travail, la main posée sur le couvercle de la machine, savourant l'odeur du café fraîchement coulé. Un instant de répit avant que la journée ne démarre vraiment. J'aime ce moment suspendu, ces minutes précieuses où tout semble paisible, où je peux prétendre que tout est normal.

Je verse le café dans une tasse et la saisis à deux mains. La chaleur diffuse me rassure un instant. Je ferme les yeux, laisse la vapeur me caresser le visage.

Le bruit feutré de petits pieds sur le carrelage brise l'illusion.

Je me retourne et aperçois Émy qui s'avance doucement. Son visage est sérieux, son regard à la fois timide et déterminé. Ses petits doigts s'agitent nerveusement sur le tissu de sa chemise de nuit, un vieux vêtement en coton devenu trop court, et qu'elle refuse d'abandonner.

— Maman ?

Sa voix est à peine un murmure et, pourtant, elle déclenche en moi une alarme sourde, presque viscérale.

Je repose la tasse, intriguée par son ton. Elle hésite rarement à parler d'habitude.

— Oui, ma chérie ? Que se passe-t-il ?

Elle s'arrête à quelques pas de moi et lève lentement les yeux. Ses pupilles sombres brillent dans la lumière du matin, chargées de questions silencieuses.

— Est-ce que tu nous aimes ?

La question me frappe de plein fouet. Pendant une seconde, je reste immobile, incapable de réagir. Mon cœur ralentit, puis repart brutalement. Pourquoi me demande-t-elle ça ?

— Bien sûr que je vous aime, dis-je aussitôt, d'un ton que j'aimerais assuré.

En prononçant ces mots, je détourne les yeux. Mon regard se perd dans la fine volute de vapeur qui s'échappe de la tasse. Elle monte, hésite… puis disparaît. Moi aussi, parfois, j'ai l'impression de me dissiper. Elle ne répond pas tout de suite. Son silence me pèse, bien plus que ses mots.

— Je ne sais pas... Il t'arrive de partir, et on ne sait pas où tu vas, ajoute-t-elle dans un souffle.

Ses petits pieds nus frottent le sol, signe de son malaise. Elle ne comprend pas, et je ne peux pas lui en vouloir. Moi non plus, je ne comprends pas vraiment.

Je voudrais lui dire que ce n'est rien, qu'elle n'a pas à s'inquiéter, qu'elle est trop jeune pour se poser ce genre de questions. Ce serait un mensonge, et elle le verrait.

Ma gorge se serre. Je pourrais lui expliquer, essayer de mettre des mots sur ce qui m'échappe. Lui dire que, le poids devient trop lourd, que j'ai besoin de respirer, même si je ne sais plus où chercher l'air.

À quoi bon ?

Je force un sourire et passe une main légère dans ses cheveux emmêlés.

— Allez, va t'asseoir ! Je te prépare ton chocolat chaud.

Elle me fixe encore un instant, attendant peut-être autre chose. Une vérité. Puis elle baisse les yeux et obéit, traînant les pieds jusqu'à la table.

Je l'observe s'installer, le dos légèrement voûté, les mains croisées devant elle. Son air songeur m'émeut autant qu'il me transperce. Toute la journée, ses paroles résonnent en moi. Elles s'infiltrent dans chaque instant, chaque geste.

Émy a raison : où est-ce que je vais, au juste ? Et pourquoi ? Je fuis quelque chose. Quoi ? Je n'en ai même pas la moindre idée !

D'ailleurs, l'appartement dans lequel nous vivons est exigu, trop étroit pour quatre personnes qui tentent d'y trouver leur place. Chaque pièce semble saturée, au point que même l'espace semble étouffer. Les murs, autrefois blancs, portent les marques du temps. Ici, une trace jaunie par l'humidité. Là, une éraflure laissée par un meuble déplacé trop brusquement. Par endroits, des dessins maladroits au crayon témoignent des explorations artistiques des filles, vestiges d'une époque où je n'avais pas encore l'énergie de les gronder.

Le parquet grince sous chaque pas, protestant à chaque mouvement. Même les meubles vieillissants semblent fatigués. La table bancale vacille légèrement quand on s'appuie dessus. Les chaises émettent un gémissement plaintif lorsqu'on les déplace. Tout ici respire l'usure, une fatigue qui s'accorde étrangement à la mienne.

Dans le salon, les quelques jouets jonchent le sol, abandonnés en plein milieu d'un jeu interrompu. Une poupée sans vêtement gît sur le canapé, une voiture miniature est coincée sous la table basse. Peu importe combien de fois je range, le chaos revient inlassablement : c'est un cycle sans fin.

La cuisine, elle, est toujours encombrée. L'évier déborde de vaisselle en attente, des assiettes encore marquées par des traces incrustées de sauce. Sur le plan de travail, des bouteilles vides s'alignent en équilibre précaire, en attente d'être jetées. Parfois, j'en repousse une du bout des doigts, la regardant vaciller avant de se stabiliser. Un geste mécanique, presque distrait.

Ce désordre, je devrais m'en agacer. À force, je m'y suis habituée. Il fait partie du décor, un reflet fidèle de ma propre vie. Encombrée, désorganisée, saturée de choses laissées en suspens.

Les jours passent, rythmés par le chaos de l'appartement, les obligations quotidiennes et cette fatigue sourde qui s'accroche à moi telle une seconde peau. Un soir, tout bascule.

Lors d'une soirée où je me rends sans grande conviction, je croise Gabriel. Il est assis un peu à l'écart, un verre à la main, l'air détendu et attentif à ce qui l'entoure. Son sourire a quelque chose de mystérieux, un mélange subtil de réserve et d'assurance tranquille. Je ne cherche pas à attirer son attention, pourtant nos regards se croisent. Une fois. Deux fois. Puis, il s'approche.

La conversation s'engage naturellement, sans artifices. Sa voix est posée, apaisante. Il ne cherche pas à impressionner : il écoute vraiment. Cette sensation de légèreté m'étonne autant qu'elle me désarme. J'avais oublié ce que c'était de parler sans calcul, sans retenue, sans crainte d'être jugée.

Rapidement, Gabriel devient une présence incontournable dans ma vie. Nous nous retrouvons presque chaque jour, attirés l'un vers l'autre par quelque chose d'inexplicable. Nos longues promenades dans le parc se transforment en parenthèses précieuses, où le temps semble suspendu. Nous passons des heures à refaire le monde, à échanger sur nos rêves, nos blessures, nos espoirs. Le soir, nos discussions s'étirent tard dans la nuit, bercées par la lueur tamisée des lampes et la chaleur réconfortante du thé.

Les moments passés avec lui sont simples, et vibrants d'authenticité. Un dîner improvisé qui se prolonge, une chanson partagée, un fou rire inattendu en cuisine lorsque nous ratons lamentablement une recette. Avec lui, tout semble plus léger, plus fluide.

Un matin, pendant que nous nous promenons main dans la main, une évidence s'impose à moi : il est temps que mes filles le rencontrent.

Je l'invite à la maison un dimanche. Le ciel est d'un bleu éclatant, et l'appartement embaume l'odeur du café et des viennoiseries. Gabriel arrive avec un sourire sincère et une boîte de chocolats pour les filles. Amélia l'adopte immédiatement. Elle rit à ses blagues, lui pose mille questions, captivée par son attention et sa douceur.

Éléna, elle, reste en retrait. Son regard se fait scrutateur, presque méfiant. Plus tard, je l'aide à ranger ses affaires.

— Pourquoi il est toujours là ? lâche-t-elle d'une voix prudente.

Je me fige un instant. Son ton n'a rien d'accusateur, mais une pointe d'inquiétude y transparaît.

— Parce qu'il compte pour moi, ma chérie, réponds-je doucement.

Elle hoche la tête, sans un mot de plus. Je devine à son expression qu'elle n'est pas convaincue.

Quelques semaines plus tard, Gabriel me propose de rencontrer ses parents. Lucien et Madeleine nous accueillent avec une chaleur immédiate dans leur maison. Les murs sont couverts de photos, témoins d'une vie riche en souvenirs. L'odeur des confitures maison flotte dans l'air, et la lumière dorée du soleil filtre à travers les rideaux de dentelle.

Amélia et Éléna découvrent avec émerveillement le grand jardin fleuri, s'élançant à la découverte des moindres recoins. Elles rient, courent, s'amusent avec les jeux en bois que Lucien ressort d'un vieux coffre.

Il y a quelque chose qui me trouble.

Je surprends Éléna en train de murmurer à l'oreille d'Amélia, le regard sérieux. Elle l'entraîne à l'écart pour partager un secret. Son attitude me frappe : elle ne se contente pas d'observer Gabriel, elle l'analyse. Chaque geste, chaque mot, chaque regard. Comme si elle cherchait à percer un mystère invisible.

J'essaie d'ignorer cette tension sous-jacente, de me concentrer sur les moments de bonheur que je vis avec Gabriel. Nous découvrons ensemble de nouveaux endroits, explorons des musées, nous attardons dans des cafés aux lumières tamisées, échangeant des confidences à voix basse. Nous partageons une passion commune pour la musique et la cuisine, passant des soirées entières à tester des recettes improbables.

Et pourtant, une petite voix ne cesse de me hanter : Gabriel est-il réellement celui que je crois ?

La tension entre lui et mes filles persiste, sourde et tenace. Éléna ne l'accuse jamais ouvertement. Son regard en dit long. Un doute s'est insinué en elle, et je ne peux l'ignorer.

Alors j'essaie. J'essaie de créer des moments de complicité, d'apaiser leurs craintes, de construire un pont entre eux. Des sorties à la plage, des randonnées en forêt, des soirées jeux de société où chacun, petit à petit, pourrait apprendre à faire confiance.

Je rêve du jour où nous formerons enfin une famille, unie et sereine. Où les rires des enfants s'élèveront dans notre maison sans la moindre ombre.

Tout au fond de moi, une peur subsiste : et si cette harmonie n'était qu'une illusion ?

CHAPITRE 2

Gabriel s'est installé chez moi en mai 1998. Enfin... chez nous. C'est allé vite, trop vite. J'ai à peine eu le temps de réaliser qu'il était passé de simple invité de soirée à présence constante, puis à colocataire improvisé, et maintenant... il est là, tous les jours, sans que je sache vraiment comment c'est devenu si naturel. Ses affaires ont envahi mon espace sans que je comprenne vraiment comment. Un t-shirt sur le dossier d'une chaise, un briquet oublié sur la table basse, des paquets de cigarettes dans la cuisine, et l'odeur de son parfum qui flotte partout.

Je ne me suis jamais dit « *C'est officiel, on vit ensemble* ». Ça s'est fait naturellement. Une nuit, deux nuits, puis une semaine entière et, maintenant, il est là. Il a trouvé sa place, ou plutôt, il l'a prise.

Gabriel et moi, c'est un tourbillon. On se ressemble sur tellement de points. On est tous les deux entiers, excessifs, toujours entre le trop et le pas assez.

Quand ça va bien, c'est l'extase. On rit aux éclats, on enchaîne les soirées, on se laisse porter par cette adrénaline qu'on cherche sans cesse. Quand ça éclate : c'est violent. Nos disputes sont des tempêtes. Des mots qui claquent, des portes qui se ferment trop fort, des silences qui durent. On se balance des vérités en pleine figure, on se défie du regard, chacun refusant de céder en premier.

Après chaque ouragan, il y a toujours l'accalmie. Il revient, ou je reviens. Un murmure, une main qui frôle l'autre, un rire qui désamorce tout. On oublie, on recommence. Parce que, malgré le chaos, il y a cette connexion entre nous, cette intensité qui nous ramène toujours l'un vers l'autre.

Avec lui, c'est plus simple. Avec Davy, c'était une guerre sourde, des reproches voilés, une tension constante. Avec Gabriel, tout est plus brut, plus explosif, et aussi plus vivant.

On adore faire la fête, on déteste travailler. On fuit les responsabilités, on vit au jour le jour, persuadés que demain est une illusion et que seul l'instant présent compte. Pourtant, nos parents nous ont élevés autrement. On sait ce que signifie avoir des règles, un cadre. On a tout envoyé valser. Ce ne sont pas eux qui ont échoué. C'est nous.

De temps en temps, une petite voix me souffle que j'ai dépassé la limite. Que ce mode de vie ne peut pas durer. Je la fais taire. Avec Gabriel, je ne me sens pas seule dans ma folie. Il est mon reflet, mon partenaire dans cette danse effrénée où les interdits n'existent plus.

Et puis, un matin, tout bascule.

Je me réveille avec cette nausée familière. Celle que je connais trop bien. Mon corps me trahit avant même que mon esprit ne veuille comprendre. Je me lève en tremblant, traverse l'appartement en silence, attrape un test dans la salle de bain.

Quelques minutes plus tard, le verdict tombe.

Deux barres.

Une grossesse.

Encore une.

Je fixe le test, les doigts crispés autour du plastique, le cœur au bord des lèvres. Un frisson glacé me traverse l'échine. Je sens la panique monter, l'air se raréfier. Ce n'était pas prévu. Ça ne devait pas arriver. Pas maintenant. Pas avec lui.

Dans la pièce voisine, Gabriel dort encore, son souffle régulier trahissant son insouciance. Il n'a aucune idée de la tempête qui vient de se lever. Je m'adosse au mur, ferme les yeux. *Qu'est-ce que je vais faire ?*

Je tombe enceinte de Gabriel sans même m'en rendre compte. Rien n'est prévu, évidemment. Pas de discussions, pas de projets d'avenir, pas même un instant de réflexion. Juste cette nausée brutale un matin, ce pressentiment glacé au creux du ventre, puis ce test, ce foutu test aux deux barres indélébiles !

La panique me submerge avant même que je ne puisse l'analyser. Un raz-de-marée de pensées chaotiques s'abat sur moi. *Éléna, Émy, Amélia…* Trois enfants. Trois petites âmes que j'ai déjà tant abîmées. Comment puis-je leur imposer un autre bébé, un cri de plus dans ce chaos ?

Dois-je avorter ? *Non.*

L'idée surgit dans mon esprit, furtive et dérangeante, un souffle interdit que je repousse aussitôt. Pas par conviction. Plutôt par instinct : parce que je sais que je ne pourrai jamais porter ce poids. Ce serait une culpabilité de plus sur une pile déjà trop lourde. Alors, je fais ce que je fais toujours : je ferme les yeux. Je laisse le flot m'emporter, sans chercher à résister.

Quand j'annonce la nouvelle à Gabriel, il éclate de rire. Un rire franc, spontané, l'air de croire qu'il vient de gagner à la loterie. Puis il me serre dans ses bras, me noyant dans son odeur familière.

— T'inquiète, on gère. On est une équipe, toi et moi, on va y arriver. Je n'en doute pas une seconde.

Je hoche la tête, tentant d'absorber son enthousiasme. Au fond, je sais : ce n'est qu'une illusion.

Cette grossesse est un enfer. Pire que les autres. Chaque jour, elle me rappelle que je paie pour quelque chose. Mais quoi ? Mon corps me trahit, s'alourdit, m'écrase. Et je n'arrive pas à rester sobre.

Chaque matin est une lutte. Chaque soirée, une excuse pour oublier. J'ai promis, pourtant. Promis que je ferai attention, que je prendrai soin de ce bébé. La promesse s'efface à la première gorgée d'alcool, au premier joint. J'essaie de m'arrêter, de me contrôler. C'est plus fort que moi.

Gabriel me regarde faire sans rien dire. Il lui arrive par moment de me tendre un verre. D'autres fois, il allume ma cigarette en silence.

— Tu devrais ralentir, quand même, finit-il par lâcher un soir.

Sa voix n'est pas dure, juste lasse. Je relève les yeux vers lui, un sourire amer aux lèvres.

— Et toi ? Tu veux que je parle de tout ce que tu fais de travers ?

Il lève les mains en signe de reddition.

— D'accord, laisse tomber. Fais ce que tu veux.

Et je continue.

Même ma mère tente d'intervenir. Judith, toujours là pour me rappeler mes échecs.

— Natacha, tu te rends compte de ce que tu fais subir à ce bébé ? Tu veux qu'il naisse avec des problèmes de santé ?

Je souffle, exaspérée.

— C'est bon, Judith. Pas besoin de tes sermons. Si t'es pas contente, occupe-toi de tes affaires au lieu de me faire chier !

— *Mes affaires* ? lâche-t-elle d'un ton cinglant, après m'avoir toisée Tu veux dire *tes filles* ? Celles que je récupère tous les week-ends parce que tu n'en es pas capable ?

Ses mots claquent et me laissent le visage brûlant. Je me contente de détourner le regard. Je refuse d'être atteinte.

Les filles, elles, voient tout. Éléna, surtout. Du haut de ses sept ans bientôt, elle comprend bien plus que je ne l'aimerais. Trop jeune pour porter ce regard grave, trop mûre pour son âge. Elle prend soin de ses sœurs avec une douceur douloureuse.

Un jour, je lui tends un billet froissé.

— Va m'acheter des cigarettes.

Elle me fixe, hésitante.

— Maman… Tu crois qu'ils vont me les vendre ?

— Dis-leur que c'est pour moi.

Elle baisse les yeux, serre l'argent entre ses doigts et file.

Elle ne pose pas de questions : elle n'a plus ce regard d'admiration d'autrefois. Il y a autre chose maintenant. Une ombre. Une peur.

Les soirées à la maison se font de plus en plus fréquentes. La musique trop forte. Les rires trop bruyants. Les verres qui s'entrechoquent pendant que mes filles tentent de dormir.

Un soir, Émy vient me voir, frottant ses petits yeux fatigués.

— Maman, je veux dormir…

— Alors dors, réponds-je, agacée.

— Y a trop de bruit…

Je plante mon regard dans le sien, froide.

— Si je t'entends encore te plaindre, tu vas voir.

Elle recule, sans un mot.

Les contractions ont commencé tôt le matin. Un coup de poignard dans le ventre, puis un autre. Tout s'accélère.

Tard dans la nuit, Ambre naît.

Je suis vidée, lessivée. Je ne me souviens plus de son poids, ni de sa taille. Juste qu'elle est là, minuscule et fragile à cause de tout ce que j'ai infligé à mon corps. Elle est née le 18 mai 1999.

Gabriel est présent et absent à la fois. Il se tient en retrait, les mains dans les poches, l'air mal à l'aise.

Moi, je crie. J'insulte tout le monde. Je pleure. Puis, l'infirmière me tend Ambre.

Elle est si petite. Sa peau pâle, de la porcelaine. Ses cheveux, dorés. Ses yeux... Les mêmes que Gabriel. Bleus, clairs, innocents.

Elle pleure doucement, presque en s'excusant d'être là.

— Elle te ressemble, murmuré-je.

— Oui. Elle est magnifique.

Mon cœur est vide.

Lucien et Madeleine viennent chez nous. Ils tiennent Ambre dans leurs bras, lui murmurant des mots doux. Ils ne sont pas dupes. Ils voient tout. Le désordre. L'odeur de cigarette. Les cernes sous les yeux des filles.

Un soir, Lucien pose une main ferme sur l'épaule de Gabriel.

— Tu dois reprendre le contrôle.

Madeleine, elle, me regarde droit dans les yeux.

— Natacha, pense à tes filles. Elles méritent mieux.

Je hoche la tête.

Leurs paroles glissent sur moi, sans laisser la moindre trace. Ambre pleure tout le temps. Trop souvent. Je ne m'occupe pas d'elle. Les couches s'entassent. Éléna prend le relais.

— Elle pleure encore, maman, me dit-elle un soir, Ambre dans les bras.

Je hausse les épaules.

— Alors, occupe-toi d'elle.

Elle ne répond pas, baisse juste les yeux avant de repartir dans la chambre.

Émy, elle, essaie de maintenir un semblant de normalité. Elle câline Amélia, tente de consoler Ambre, cherche à créer un cocon au milieu du chaos.

Elle est trop jeune pour ça. Et moi, je ne suis plus là.

Juste une ombre. Une mère en pointillé.

C'est ainsi que notre vie avance désormais.

CHAPITRE 3

Je suis arrivée à un point critique. Le rôle maternel, que j'accomplis avec amour et patience, me semble de plus en plus difficile à assumer. Chaque jour, je m'éloigne un peu plus de l'idéal que j'avais imaginé pour mes filles. Mon objectif était de leur offrir une vie meilleure, différente de la mienne.

Aujourd'hui, je dois admettre que je ne parviens pas à jouer ce rôle de manière satisfaisante. Je suis devenue une mère absente, et il m'est de plus en plus difficile de répondre aux besoins quotidiens de mes enfants. J'ai développé des dépendances à l'alcool, au tabac, ainsi qu'à d'autres substances illicites.

Mes filles ressentent sûrement les conséquences de cette situation. Éléna, bien qu'elle ne dise rien, semble être consciente de ma détresse. Émy semble vivre dans son propre monde, tandis qu'Amélia, douce et rêveuse, se perd entre ses deux sœurs. Il est évident que je ne suis pas en mesure de leur fournir le soutien dont elles ont besoin actuellement.

Les nuits sont devenues longues et solitaires, encombrées de regrets et de culpabilité. Je me sens prisonnière de mes erreurs passées, incapable de trouver la force d'en sortir. Mes filles méritent tellement mieux, et cela brise mon cœur de voir à quel point j'ai échoué dans mon rôle de mère. Je sais qu'elles ressentent mon absence émotionnelle malgré ma présence physique, et cela pourrait avoir des effets durables sur leur développement et leur bien-être.

Éléna commence à montrer des signes de frustration, peut-être même de colère, elle garde tout pour elle. Émy, quant à elle, semble se réfugier dans un monde imaginaire pour échapper à la réalité tumultueuse de notre foyer. Amélia, avec son caractère doux et rêveur, essaie souvent de combler les vides laissés par mes absences. Elle tente de prendre soin de ses sœurs, elle porte un fardeau trop lourd pour son jeune âge. Ces comportements m'inquiètent profondément car ils pourraient indiquer des souffrances intérieures que je ne suis pas capable de guérir en ce moment.

J'aimerais tant pouvoir changer les choses, retrouver la sérénité et la force nécessaire pour être la mère qu'elles méritent. Cependant, je suis consciente qu'il faudra beaucoup de temps, de volonté et d'efforts pour y parvenir, et je crains de ne jamais y arriver seule. Peut-être devrais-je envisager de demander de l'aide professionnelle pour surmonter mes dépendances et reconstruire ma relation avec mes filles avant qu'il ne soit trop tard.

Un soir, pendant une de mes fameuses et nombreuses soirées, Éléna surgit dans le salon. Gabriel et nos amis sont présents. La musique résonne, l'alcool coule à flot. Je ris à une blague que je ne comprends même pas tellement je suis déjà dans un autre monde, dans un autre univers : l'effervescence de l'alcool coule dans mes veines, dans mon corps. Éléna est plantée dans l'ombre, pieds nus. Son regard fixe me met mal à l'aise.

— Maman, Amélia a encore fait pipi au lit, murmure-t-elle.

— Et alors ? Qu'est-ce que tu veux que je fasse ? Tu ne peux pas t'en occuper ? lui lancé-je de manière non chaleureuse pour lui faire comprendre qu'elle me dérange.

Gabriel ricane et m'observe avec cet air suffisant qui me donne envie de hurler.

— Laisse-la, Nat'. C'est ta fille, pas une boniche.

À cet instant, je le fusille du regard.

— Oh, toi, tais-toi. Tu ne vas pas t'y mettre non plus ? C'est aussi ta maison, ici, tu peux très bien t'en occuper de ce problème de « pipi ».

Éléna ne bouge pas. Elle attend.

— Tu as entendu ce que j'ai dit ? Tu peux t'en occuper toute seule, tu es plus capable de le faire que moi !

Sans un mot, elle tourne les talons. Une partie de moi sait que j'ai été trop loin mais, l'autre, celle qui tient ce verre, s'en fiche royalement.

Je l'entends s'activer de l'autre côté du couloir. Éléna change les draps d'Amélia. Moi, je reste là, le verre à la main. Je n'ai pas bougé d'un millimètre.

— C'est bon, Amélia. Ne pleure pas, chuchote-t-elle en tapotant sa tête. Nous allons tout nettoyer.

— Beurk, ça pue ! grommelle Émy, allongée à côté

— Je sais, répond Éléna en soupirant. Tiens, aide-moi.

Amélia, recroquevillée, renifle.

— J'voulais pas...

Éléna s'arrête, la regarde droit dans les yeux.

— Ce n'est pas ta faute. C'est elle qui ne se soucie pas de toi. Elle ne veut pas venir pour te mettre au propre. Elle n'est pas en capacité ni dans son état normal, donc calme-toi Amé, nous allons nous en charger.

— Pourquoi elle fait comme ça ? mumure Amélia en hochant timidement la tête.

— Même les adultes prennent de mauvaises décisions, répond doucement Éléna après un moment d'hésitation. Mais c'est pas toi le problème, tu comprends ? Nous devons être fortes.

— On pourrait peut-être demander de l'aide à quelqu'un d'autre ? suggère Émy en relevant la tête et en tirant sur un coin du drap.

— Peut-être, répond Éléna en hochant la tête, mais ce soir, c'est nous qui nous en occupons. Tu verras, tout ira bien.

Les filles mettent du temps à trouver le sommeil. La musique, les voix fortes, les rires qui éclatent ça les perturbe. Natacha, cela ne la touche plus.

Le lendemain matin, les premiers rayons de soleil percent à travers les rideaux, Éléna se réveille avec une boule au ventre. Elle jette un coup d'œil à ses sœurs, profondément endormies malgré l'agitation de la nuit précédente. Silencieusement, elle se lève pour préparer le petit-déjeuner. La cuisine est en désordre, témoignant des événements nocturnes auxquels elles sont habituées. Elle prend une profonde inspiration, essayant de retenir ses larmes.

Elle verse le lait dans les bols de céréales quand Émy arrive, frottant ses yeux encore embués de sommeil.

— Bonjour, Éléna, murmure-t-elle. Tu as réussi à dormir un peu ?

Éléna force un sourire et hoche la tête.

— Oui, un peu...

Amélia s'approche à son tour, traînant les pieds et ses couvertures derrière elle.

— Est-ce que ça va aller mieux aujourd'hui ? demande-t-elle avec une lueur d'espoir dans les yeux.

Éléna s'agenouille devant Amélia, sa main caressant tendrement sa joue.

— Oui, ça ira mieux, Amé. Aujourd'hui, c'est une nouvelle journée.

Ensemble, elles s'assoient autour de la table pour manger en silence. Malgré les défis qu'elles doivent affronter, elles trouvent du réconfort dans leur solidarité silencieuse, prêtes à faire face à une autre journée, espérant un avenir meilleur.

J'entends mes filles s'activer au loin. Mon mal de tête est intense à cause de l'alcool consommé. Je ne me souviens pas de tout ; j'oublie souvent ce que j'ai pu faire, que ce soit bien ou mal.

— Émy, dépêche-toi, sinon nous serons en retard.

La porte claque avec un bruit sec, résonnant dans ma tête déjà douloureuse. Je regarde fixement le plafond, essayant de rassembler mes pensées éparpillées. Une partie de moi souhaite leur préparer le petit-déjeuner et les accompagner à l'école. Je pourrais leur faire des crêpes, qu'elles aiment tant, et discuter autour d'un bon café. Toutefois, une autre partie se demande *pour quoi faire*. L'effort semble insurmontable, chaque mouvement exacerbe ma migraine.

Je reste allongée dans mon lit encore chaud, près de Gabriel. Il dort profondément et paisiblement, impossible à réveiller. Son souffle calme et régulier contraste avec l'agitation qui règne brièvement dans la maison. Je me sens à la fois coupable et résignée, prise entre le désir de prendre soin de mes enfants et cette lourdeur qui m'enchaîne au matelas. Les souvenirs de la veille restent flous, fragments épars d'une soirée trop arrosée.

Le silence retombe peu à peu, les filles sont probablement sur le point de partir. Je laisse échapper un soupir, réalisant que je viens de manquer une nouvelle occasion d'être présente pour elles. Peut-être demain, peut-être la prochaine fois...

Nous sommes déjà en décembre 1999. Les jours s'enchaînent, et tous se ressemblent. Chaque matin, les filles se débrouillent seules, Éléna prenant le rôle de petite adulte alors que je me traîne hors du lit bien après leur départ. Les après-midis passent dans un flou épais, entre quelques obligations expédiées et des verres qui s'accumulent.

Un jour, un mot glissé dans le cahier d'Amélia m'informe que la maîtresse veut me voir. Je soupire. Encore une histoire sans importance. Pourtant, le lendemain, me voilà assise face à cette femme au regard grave, les mains jointes sur le bureau comme si elle s'apprêtait à m'annoncer un décès.

— Madame, je suis inquiète pour Amélia, commence-t-elle doucement. Elle semble ailleurs, perdue, sans vraiment trouver sa place.

Je me cale contre le dossier de ma chaise, les bras croisés.

— Et alors ? Ce n'est pas un drame, elle est juste réservée.

La maîtresse pince les lèvres avant de poursuivre, mesurant ses mots.

— Peut-être qu'un soutien psychologique pourrait l'aider.

Je lève les yeux au ciel.

— Elle va bien. C'est juste une phase.

— Et ses sœurs ? ajoute-t-elle après une légère hésitation. Elles sont aussi en retrait. J'ai l'impression qu'elles portent quelque chose de lourd.

Mon dos se redresse instinctivement.

— Vous insinuez quoi, exactement ? Que je suis une mauvaise mère ?

Un ange passe. La maîtresse esquisse un sourire crispé, visiblement mal à l'aise.

— Ce n'est pas ce que j'ai dit... Les enfants ont besoin de stabilité, de repères solides.

Son ton se veut bienveillant, pourtant je n'entends qu'un jugement déguisé. Je me lève brusquement, attrape mon sac.

— Merci pour votre temps, tout va très bien chez nous.

Sans attendre de réponse, je quitte la salle. Qui est-elle pour me juger ? Elle ne sait rien de ma vie, rien de ce que je traverse.

Le soir, après leur avoir donné leur sirop habituel, un rituel devenu aussi automatique que dérangeant, je retrouve Gabriel et nos amis dans le salon. La musique tourne en boucle, les rires fusent et l'odeur d'alcool se mêle à celle de la cigarette.

— Tu ne crois pas que tu devrais ralentir ? lâche Gabriel après m'avoir regardée pendant un peu trop longtemps.

Je fronce les sourcils, et l'observe avec méfiance.

— Ralentir quoi ?

— Les gamines... Elles ne sont pas des plantes.

Sa voix n'a rien d'accusateur, c'est pire encore : il semble juste constater un fait, du genre *« il va pleuvoir demain. »*

Je ris, un rire froid, tranchant.

— Et toi ? Tu n'es même pas foutu d'arroser une plante verte.

Les autres éclatent de rire, le sujet est vite balayé. Gabriel baisse les yeux, il sait que j'ai raison, il n'a pas tort pour autant.

La nuit s'étire, floue. Plus tard, en traversant le couloir, je passe devant la chambre des filles. La porte est ouverte. Leur respiration régulière flotte dans l'air. J'observe un instant leurs silhouettes paisibles dans la pénombre.

Une petite voix intérieure, presque inaudible, murmure en moi : *« Elles méritent mieux. »* Je serre les poings, repousse cette pensée tel un mégot qu'on écrase sous sa semelle.

Je retourne au salon, attrape un verre, contemple le chaos ambiant. Gabriel dort avachi sur le canapé. La table est un champ de bouteilles vides et de cendres. L'odeur d'alcool et de fumée imprègne les murs, ma peau, mon souffle.

Tout ça finira mal.

Je bois une gorgée, ferme les yeux.

Demain est un autre jour.

CHAPITRE 4

C'est samedi matin, et l'appartement baigne dans un silence étrange, presque apaisant. Les filles se sont éclipsées dans leur coin, conscientes qu'il valait mieux ne pas troubler ma tranquillité. Gabriel dort encore, étalé sur le côté du lit, ses cheveux en bataille et son souffle régulier. Je suis allongée, le regard fixé sur le plafond, à ressasser encore et encore mes échecs récents.

Cette semaine a été une défaite monumentale. Gabriel et moi avons décidé de ralentir. Moins de soirées, moins de chaos, moins de dépenses inutiles. Mais le poids des factures reste insurmontable. Même Gabriel, d'ordinaire si détaché, a tout de même fini par reconnaître qu'on doit finalement ralentir nos soirées, même si ce n'est pas notre souhait.

Je me suis donc bougée les fesses et me suis lancée dans la quête d'un petit boulot pour combler les trous financiers. Comme d'habitude, ma tentative a tourné court. Deux semaines à peine et je me suis fait attraper, un paquet de biscuits volé dans mon sac.

— Vous croyez vraiment que je vais laisser passer ça, Natacha ? m'a lancé le gérant, les bras croisés, son regard lourd de reproches.

— Je suis désolée, je... J'ai des enfants à nourrir, et...

Il n'a pas cherché à ce que je continue la suite de ma phrase, il m'a coupée, inflexible.

— J'ai entendu assez d'excuses inutiles. Je m'en moque de votre vie, de votre situation. Ce n'est pas la première fois que je remarque votre comportement. Je ne disais rien, là s'en est beaucoup trop, madame Natacha. Vous êtes virée.

Je me suis éclipsée, honteuse, en colère, et surtout épuisée. Quand j'ai raconté toute l'histoire à Gabriel, il s'est contenté d'hausser les épaules. Rien ne le perturbe et il est toujours de mon côté., ce que j'apprécie. Il est comme moi ! Enfin un homme qui me correspond !

— T'inquiète pas, Nat'. Le boulot, ce n'est pas fait pour toi. Ni pour moi, d'ailleurs. On va bien s'en sortir va. Ne te fais pas de bile.

Son indifférence m'a tout de même foutue en rogne. Moi, je veux bien faire. Et, surtout, nous avons besoin d'argent pour pouvoir reprendre du poil de la bête. Il faut qu'on paie le loyer, les quelques factures et les courses. Encore une fois, la vie me tombe dessus.

Alors ce matin-là, allongée dans mon lit, je me suis posée la question : pourquoi il n'y a que moi qui essaie de faire des efforts ? Si personne ne m'aide aussi, je n'en ferai pas plus !

Depuis la fenêtre, une cigarette à la main, je regarde les filles jouer devant l'immeuble. Éléna, toujours la grande sœur protectrice, prend soin de surveiller Émy et Amélia avec calme et tendresse. Elles sautent à la corde, rient et semblent oublier, l'espace d'un instant, tout ce chaos dans lequel elles vivent.

— Éléna, c'est mon tour ! s'écrie Amélia en tirant sur la corde.

— Patiente un peu, Amélia. Si tu cries, maman va nous entendre, rétorque Éléna avec douceur.

En entendant cette phrase, je soupire. Éléna a cette maturité qui me trouble, qui me met mal à l'aise. Du haut de ses neuf ans, elle assume bien plus que ce qu'un enfant de son âge ne devrait.

À midi, Gabriel propose un repas en famille.

— Allez, Nat'. Ça fait longtemps qu'on n'a pas mangé tous ensemble.

Je hausse les épaules, hésitante. Les filles, elles, semblent ravies. Autour de la table, l'ambiance est légère. Émy et Amélia rient. Même Éléna, d'ordinaire plus réservée, se laisse aller à quelques sourires.

— Maman, on peut aller au parc après ? demande Émy avec un éclat d'espoir dans les yeux.

Je réfléchis. Une partie de moi voudrait dire oui, l'autre sait que j'en ai pas la force.

— Pas aujourd'hui, ma chérie. Une autre fois, peut-être.

Éléna croise les bras et me lance un regard lourd de reproches.

— Tu dis ça tout le temps, maman. Et on n'y va jamais.

Gabriel intervient, posant une main rassurante sur son épaule.

— Promis, on y ira bientôt. Aujourd'hui, on reste tranquilles, d'accord ?

L'après-midi, Gabriel et moi nous sommes retirés dans notre chambre. Les filles regardent la télé dans le salon. Une rare occasion de sérénité plane dans l'appartement. Cette paix est brisée par un événement inattendu.

Dans le salon, Amélia, intriguée par les allumettes qu'un des amis de Gabriel lui a données, joue près du berceau d'Ambre. Elle frotte une allumette contre la boîte, fascinée par la petite flamme qui en jaillit. Ses yeux brillent de curiosité. Elle ne comprend pas le danger, pas encore. Une étincelle tombe sur le tapis, puis sur un meuble en bois. Les flammes prennent rapidement, léchant le bas du berceau.

— Amélia, qu'est-ce que tu fais ? hurle Éléna en entrant dans la pièce.

Amélia, au milieu des flammes, sourit, inconsciente de la panique autour d'elle. Émy accourt les yeux écarquillés.

— Éléna, c'est quoi ça ?

— Gabriel ! Maman ! crie Éléna, tirant Amélia par le bras pour l'éloigner.

Gabriel est le premier à réagir. Il déboule dans le salon, un plaid à la main, et le jette sur les flammes pour les étouffer.

— Putain, c'est quoi ce bordel ?

Je débarque à mon tour, grognon, encore marquée par la veille.

— Qu'est-ce que vous avez encore fait ? hurlé-je.

— Nat', prends les filles et sors d'ici ! ordonne Gabriel, furieux.

Je rassemble les filles tant bien que mal, les poussant hors de l'appartement. Éléna tient fermement Amélia par la main, tandis qu'Émy pleure, paniquée.

Les pompiers arrivent rapidement et maîtrisent l'incendie. Heureusement, les dégâts sont limités. Dans les couloirs, les voisins murmurent, lançant des regards accusateurs.

— Encore un problème avec cette famille... Ça devient inquiétant, murmure madame Lambert.

Cette nuit-là, les filles sont dans leur lit.

— Pourquoi tu as fait ça ? chuchote Éléna à Amélia.

— Je ne sais pas... Je voulais juste voir ce que ça faisait, répond Amélia, les yeux brillants de larmes.

Éléna soupire, et caresse doucement les cheveux de sa sœur.

— Promets-moi de plus jamais faire ça. D'accord ?

Amélia hoche la tête. Au fond d'elle, elle est soucieuse de ce qu'elle a fait durant cette journée.

Ce secret, Amélia le porte déjà en fardeau. Elle n'en fait pas part à sa mère, ni à Gabriel de peur de recevoir une mauvaise leçon. Ce qui la tourmente davantage encore, c'est le regard d'Éléna, plein de déception. Éléna, qui a toujours tout pris en charge, qui a toujours été là pour protéger ses sœurs. Amélia s'en veut, même si elle ne comprend pas encore l'ampleur de ce qu'elle a déclenché.

Dans l'appartement, l'odeur de brûlé persiste quelques jours, rappelant l'incident à chaque inspiration. Gabriel, assis dans le salon, fixe le tapis noirci et le meuble à moitié calciné. Il semble réfléchir, son expression est indéchiffrable.

— Tu comptes rester là à rien faire ? lui lancé-je, agacée par son silence.

— Et toi, Nat', tu comptes continuer à gueuler sans te poser de questions ? réplique-t-il, son ton plat, presque méprisant.

— Pardon ? C'est ma faute, maintenant ? Tu ne vas pas me dire que c'est moi qui ai allumé ce foutu feu !

— Peut-être pas. Tu as laissé les gamines sans surveillance. Encore. Tu étais où, hein ? Dans notre chambre, en train de rêvasser ? Ou en train de décuver ?

Non, il n'est pas sérieux de tout me mettre sur le dos ! C'est mal me connaître. Au lieu de répondre, je me renferme. Parce qu'il a peut-être raison, quelque part. Pas totalement, juste un peu. Lui aussi a sa part de responsabilités dans cette famille.

Pendant ce temps, les voisins chuchotent encore. L'incident a attiré l'attention. Madame Lambert, la vieille dame du premier, parle déjà d'alerter les services sociaux. Elle a vu trop de choses, entendu trop de disputes. Les filles fatiguées, mal habillées. Les crises incessantes. Et maintenant, un incendie.

— Il faut faire quelque chose, dit-elle à son mari. Ces enfants ne sont pas en sécurité.

Dans la chambre des filles, le silence pèse. Allongée près d'Amélia, Éléna fixe le plafond, incapable de trouver le sommeil. Émy s'est blottie contre elle, cherchant du réconfort. Éléna porte un poids bien trop lourd pour son âge. Elle pense à leur mère, à Gabriel, à cette vie qu'elle ne comprend plus.

Le lendemain matin, l'appartement baigne dans un calme trompeur. Gabriel est parti tôt, sans un mot, probablement pour éviter une nouvelle confrontation. Les filles restent silencieuses, assises autour de la table du petit-déjeuner. Amélia joue avec son bol de lait, sans vraiment boire.

— Mange, Amélia, ordonné-je, ma voix tranchante brisant le silence.

Elle sursaute légèrement, prend une bouchée de pain, mais garde les yeux baissés. À côté d'elle, Éléna lui pose une main sur l'épaule.

— Elle n'a peut-être pas faim, maman, murmure-t-elle, douce et déterminée.

Mon regard se durcit.

— Toi, mêle-toi de tes affaires !

Éléna ne répond pas. Elle sait que ça ne sert à rien. Dans ses yeux, je lis une colère aigre, une frustration qu'elle ne laisse jamais éclater.

J'essaie d'oublier l'incendie de la semaine passée, fidèle à cette habitude de passer sous silence les drames d'avant. Quelque chose a changé. Les murmures des voisins, leurs regards insistants. Les filles, plus effacées que d'habitude. Gabriel, de plus en plus distant.

Un vertige me prend. Cette vie que je m'obstine à maintenir, aussi chaotique soit-elle, menace de s'effondrer. Et même si je refuse de l'admettre, j'ai peur. Peur de perdre ce que je tiens à bout de bras. Peur qu'on me l'arrache.

Parce que, malgré tout, c'est ma vie.

CHAPITRE 5

J'ai réussi à emmener les filles à l'école ce matin. Un exploit, vu l'état dans lequel je me trouve encore après la soirée de la veille. La tête lourde, la gorge sèche, un goût amer sur la langue. Gabriel, lui, n'a même pas bougé du lit. Il ronfle doucement, ignorant totalement le vacarme des préparatifs. Toujours la même histoire.

D'ordinaire, ce n'est pas moi qui les accompagne. Ce matin, je n'ai pas eu le choix. Elles ont déjà raté trop de jours. Il fallait bien que je fasse cet effort, au moins une fois.

Éléna, fidèle à elle-même, a pris les choses en main. Elle a coiffé Émy, trouvé une tenue propre pour Amélia, veillé à ce qu'Ambre reste calme dans son berceau pendant que je bois mon café, les yeux mi-clos.

— Éléna, dépêche-toi un peu ! grogné-je, agacée. On va être en retard.

Elle ne répond pas, son regard parle pour elle. Fatigue. Déception. Elle a appris à ne pas répondre à mes humeurs, à se faire petite, à encaisser en silence. Et ça m'énerve autant que ça me soulage. Elle croit que tout repose sur elle. Et souvent, elle a raison.

Je les dépose devant leurs écoles respectives. Éléna et Émy à l'école primaire, Amélia à la maternelle. Les maîtresses me saluent avec insistance. Leurs regards m'agacent. Je sais ce qu'elles pensent. Elles parlent entre elles, échangent des regards plein de jugement. Elles n'osent pas m'affronter frontalement depuis la dernière fois. Pas encore.

De retour à l'appartement, le chaos m'attend, oppressant, étouffant. Un bric-à-brac de bouteilles vides jonche le sol, certaines encore roulées sous la table basse, vestiges d'une tempête nocturne. Les cendriers débordent de mégots écrasés à la va-vite, laissant une odeur rance de tabac froid qui se mêle à celle, plus écœurante, de l'alcool renversé. Les verres brisés ou abandonnés laissent des traces collantes sur la table, témoins silencieux des excès de la veille. Le canapé est un champ de bataille, couvert de coussins épars, de vestes oubliées et de cendres qui s'incrustent dans le tissu.

Un haut-le-cœur me prend, je tente d'inspirer profondément. La nausée monte, brûlante, je la repousse.

Dans la cuisine, Gabriel est enfin réveillé. Il est avachi sur une chaise, une tasse de café à la main, l'air nonchalant. Ses cheveux sont en bataille, son t-shirt froissé porte encore l'odeur de la nuit passée. Il m'observe, un sourire moqueur aux lèvres, son regard brillant d'un amusement agaçant.

— T'as fait un effort ce matin, ma belle, lance-t-il d'un ton traînant. Ça mérite presque une médaille.

Sa voix m'irrite instantanément. Mon ventre se serre sous la colère contenue, je lui offre qu'un regard las avant de rouler des yeux.

— La ferme, Gabriel ! Si je ne le fais pas, personne ne le fera !

Il hausse les épaules, désinvolte, puis souffle sur son café, indifférent à tout ce qui vient d'être dit. Et pour lui, c'est le cas. Rien ne l'atteint. Il traverse la vie en spectateur, insensible au chaos qu'il laisse derrière lui, insouciant des conséquences. Il n'a pas besoin de se soucier des factures impayées, du frigo presque vide, des appels de l'école. Tout ça, c'est mon fardeau. Et il le sait.

Je devrais ranger. Je devrais nettoyer ce foutoir, ramasser les cadavres de bouteilles, aérer pour chasser cette odeur de fête rémanente, rendre cet endroit un tant soit peu vivable. L'idée même de m'y mettre m'épuise d'avance. Mon corps est lourd, engourdi par la fatigue et l'alcool encore présent dans mon sang.

Alors, je m'assois, une cigarette entre les doigts. J'observe le désordre devant moi, cherchant un point où commencer, mais rien ne me semble réalisable. La fumée s'élève lentement, se mêlant aux relents d'alcool et de tabac, et je me surprends à envier sa légèreté. Juste disparaître, me dissoudre dans l'air, oublier tout ce qui m'attend.

Pendant ce temps, à l'école, l'inquiétude grandit, sourde et persistante. Les adultes observent, notent, échangent des regards lourds de sous-entendus. Ce matin encore, les maîtresses ont remarqué l'état des filles.

Éléna traîne une fatigue qui dépasse son âge. Ses cernes violacés tranchent avec la pâleur de son visage, et son regard éteint trahit des nuits trop courtes, trop agitées. Elle ne se plaint pas, elle ne dit rien, mais son corps parle pour elle. Chaque mouvement semble peser une tonne.

Émy, elle, ne lâche pas sa grande sœur. Collée à elle telle une ombre, elle ne parle presque plus, ne lève jamais la main en classe. Son regard scrute, inquiet, cherchant dans l'attitude d'Éléna un signe de sécurité, un repère auquel s'accrocher.

Et Amélia... Amélia flotte ailleurs. Absente, lointaine, le regard perdu dans une rêverie dont personne ne connaît la teneur. Quand on lui pose une question, il faut souvent la répéter. Elle sursaute au son de son propre prénom, comme si elle revenait d'un monde lointain.

Pendant la récréation, la maîtresse d'Amélia jette un coup d'œil vers la cour et croise le regard de celle d'Éléna et d'Émy. Elles n'ont pas besoin de mots pour comprendre qu'elles partagent la même inquiétude. Pourtant, elles en parlent quand même, baissant la voix de peur d'être entendues.

— Tu les as vues, aujourd'hui ? demande la maîtresse d'Amélia.

— Oui. Toujours les mêmes signes. Fatigue, manque d'hygiène, isolement... Ce n'est pas normal.

— Elles ne parlent presque pas de leur mère. Elles ne parlent presque pas du tout.

L'inquiétude monte, s'installe, s'alourdit. L'infirmière scolaire est sollicitée. Après une observation rapide, elle confirme ce que toutes redoutaient déjà. Les filles semblent négligées, pas seulement physiquement, émotionnellement aussi. Alors, une psychologue est appelée. Il faut les voir. Leur parler.

Éléna est la première à être entendue. Dans une petite salle aux murs couverts de dessins d'enfants, elle s'assoit en face de la psychologue, le dos droit, les mains sagement posées sur ses genoux. Elle ne montre rien. Pas d'agitation, pas de panique. Elle sait ce qu'elle doit dire.

— Tout va bien à la maison. Maman est juste... un peu fatiguée.

Sa voix est posée, maîtrisée. Trop maîtrisée. Malgré ses efforts pour minimiser la situation, des détails émergent. Trop de disputes. Trop de nuits passées à écouter les éclats de voix à travers les murs. Trop de responsabilités pour une enfant qui ne devrait pas avoir à se comporter en adulte.

La psychologue, bienveillante, prend des notes. Son regard reste doux, patient.

— Tu sais, Éléna, ce n'est pas à toi de t'occuper de tout ça. C'est le rôle des adultes.

Un silence.

Éléna baisse les yeux, fixe ses mains nouées sur ses genoux. Ce que la psychologue ne comprend pas c'est que, pour elle, il n'y a pas d'alternative. C'est ainsi que les choses sont. Depuis toujours, ou du moins depuis assez longtemps pour qu'elle ne se souvienne plus d'un temps où c'était différent. Elle ne sait même plus ce que c'est, une enfance normale.

Natacha les remarque à peine quand elle rentrent, trop absorbée par une énième dispute avec Gabriel. L'argent. Toujours l'argent.

— Tu crois que ça tombe du ciel, peut-être ? hurle Natacha. Si tu bougeais un peu ton cul, on n'en serait pas là !

— Et toi ? Tu as tenu combien de temps dans ton dernier boulot ? Deux semaines ?

Éléna passe rapidement avec ses sœurs, les entraînant vers leur chambre.

— Venez, murmure-t-elle. Laissez-les se disputer.

Dans la chambre, Émy lève vers elle des yeux inquiets.

— Tu crois qu'ils vont nous laisser tranquilles un jour ?

Éléna soupire.

— Je ne sais pas, Émy. Mais on doit être fortes.

Amélia, assise sur le lit, serre un t-shirt contre elle.

— Pourquoi maman est tout le temps en colère ?

Éléna ne répond pas. Elle n'a pas de réponse. Tout ce qu'elle peut faire, c'est essayer de les protéger.

Quelques jours plus tard, l'inévitable arrive. Je suis convoquée à l'école. Impossible d'ignorer l'appel cette fois. À contrecœur, je me rends à la réunion. Je m'attends à une leçon de morale. Dès que je m'assois face à la maîtresse et à la psychologue scolaire, je comprends que c'est plus que sérieux.

— Madame, nous sommes très inquiets pour vos filles, commence la psychologue. Elles semblent exténuées, et leurs absences répétées repoussent leur apprentissage.

Mon impatience monte d'un cran.

— Je fais ce que je peux, répliqué-je, la mâchoire serrée. Ce n'est pas facile d'élever quatre enfants seule.

La psychologue me fixe avec douceur, fermeté.

— Nous comprenons et leur bien-être est notre priorité. Nous devons nous assurer qu'elles sont en sécurité. Et... il me semble que vous n'êtes pas totalement seule pour gérer tout ça, non ?

Le mot « *sécurité* » me fait l'effet d'un coup de poing. Une colère froide m'envahit.

— Vous insinuez quoi, exactement ? Que je suis une mauvaise mère ? Elles ont un toit, de la nourriture. Qu'est-ce que vous voulez de plus ?

— Ce n'est pas une accusation, Madame. Nous voulons simplement vous offrir de l'aide.

Je me lève brusquement.

— Merci, je n'ai besoin de personne. Mes filles vont très bien.

Et sur ces mots, je quitte la pièce, le cœur battant. Au fond de moi, je le sais : cette histoire est loin d'être terminée.

CHAPITRE 6

L'appartement ressemble à un champ de bataille. Entre les meubles déplacés, les bouteilles vides qui traînent et l'odeur persistante de tabac et d'alcool, il est difficile de croire que ce lieu est censé être un foyer. Gabriel et moi avons transformé cet endroit en une sorte de repaire pour fêtards, un espace où le chaos règne en maître.

Et les filles dans toute cette histoire ? Elles sont devenues les oubliées de ce décor.

Éléna fait de son mieux. Elle s'efforce de maintenir un semblant d'ordre, s'occupant de ses sœurs, dans une posture de grande qu'elle semble avoir toujours endossée. Amélia et Émy se réfugient dans leur monde, s'accrochant à de petits moments de complicité pour oublier la réalité. Quant à Ambre, elle passe la majeure partie de son temps dans son berceau, rarement changée ou nourrie correctement. Elle pleure souvent, personne ne répond à ses appels, sauf ses sœurs.

Un matin, je me traîne péniblement hors du lit après une nuit de beuverie, l'impression d'avoir du sable dans la bouche et un marteau-piqueur dans le crâne, je l'aperçois déjà dans le salon.

Éléna est debout, raide, les bras croisés contre sa poitrine. Son visage fermé, ses cernes encore plus marquées sous ses yeux fatigués. Tout en elle trahit une lassitude qui ne devrait pas appartenir à une enfant de son âge.

— Maman, il n'y a plus rien à manger pour Ambre.

Sa voix est calme, il y a dans son ton une fermeté qui m'agace immédiatement. Ce n'est pas une simple constatation. C'est un reproche.

Je plisse les yeux, encore engluée dans les brumes de l'alcool de la veille. J'ai la nausée, mes muscles sont lourds, et la simple idée de devoir réfléchir m'épuise.

— Et alors ? Demande à Gabriel, c'est son rôle aussi !

Elle ne cligne même pas des yeux.

— Il a dit que c'était à toi de le faire.

Évidemment. Gabriel s'en lave encore les mains. Il est probablement encore affalé dans le lit, une clope à la main, son café à peine entamé sur la table de chevet. Peut-être même qu'il dort encore, indifférent à tout ce qui ne le concerne pas directement.

Je serre les dents. Je n'ai aucune envie de sortir, de me traîner jusqu'à l'épicerie du coin, de supporter le regard accusateur des autres clients qui me voient débarquer décoiffée, en jogging informe, l'odeur de la veille encore collée à ma peau. Je sais aussi que je ne peux pas ignorer la situation.

— D'accord, marmonné-je en attrapant mon sac. Je vais acheter ce qu'il faut.

Je ne prends même pas la peine de regarder Éléna en passant à côté d'elle, je sens son regard me suivre, brûlant. Un regard trop adulte, trop lucide.

Elle ne dit rien. Elle n'a pas besoin. Son silence est plus accusateur que n'importe quel mot. Cette gamine me met mal à l'aise. Avec sa maturité précoce, son air grave, sa façon de vouloir tout gérer. Par moment, j'ai l'impression que c'est moi l'enfant, et elle l'adulte.

Le pire, c'est que je sais qu'elle a raison : elle assume des responsabilités qui n'auraient pas dû être les siennes.

Les fêtes à la maison sont devenues notre quotidien. Chaque soir, des amis de Gabriel débarquent, et il y en a toujours un ou deux que je ne reconnais pas. La musique résonne à plein volume, les rires fusent, et les bouteilles s'alignent sur la table basse. L'odeur de tabac froid et d'alcool imprègne les murs, un mélange écœurant auquel je ne fais même plus attention. Gabriel et moi trouvons dans ces soirées un moyen d'oublier nos problèmes, de noyer notre ennui dans l'euphorie passagère de l'alcool et la drogue.

— Maman, on peut dormir dans ta chambre ce soir, s'il te plaît ? demande Émy, les yeux plein de peur.

Je lève un sourcil, surprise par sa requête.

— Pourquoi tu veux ça ?

— Parce que les messieurs font peur... Ils parlent fort et rigolent bizarrement, murmure-t-elle, agrippant nerveusement le bas de mon t-shirt.

Je soupire exaspérée.

— Retourne dans ta chambre, Émy. Et ferme la porte. Je ne veux pas vous voir traîner ici, c'est clair ?

Elle baisse la tête et part sans insister. Éléna, qui n'est jamais bien loin, la prend aussitôt par la main et lui murmure quelque chose que je n'entends pas. Ces deux-là sont inséparables et, dans un sens, cela m'arrange. Elles s'occupent l'une de l'autre, ce qui me laisse plus de liberté.

Les voisins commencent à perdre patience. Madame Lemoine, du deuxième étage, est la plus bruyante dans ses reproches. Elle vient souvent tambouriner à notre porte en pleine nuit, furieuse.

— Vous allez baisser cette musique, oui ? On n'en peut plus de ce vacarme ! Et vos pauvres enfants, vous y avez pensé ?

Je ris souvent en refermant la porte au nez de ces casse-pieds. Gabriel, lui, trouve cela encore plus amusant.

— Ils vont se détendre, ces vieux ! Ça ne leur ferait pas de mal une petite soirée avec nous, lance-t-il en riant.

Derrière ces remarques désinvoltes, je sens bien que les choses deviennent sérieuses. Les regards des voisins dans la rue sont de plus en plus insistants, pesants, accusateurs. Même le concierge m'a fait une réflexion l'autre jour !

— Vous savez, Madame... vos filles... elles ont l'air... fatiguées. Peut-être que vous devriez les emmener voir un médecin ?

Je l'ai fusillé du regard avant de lui tourner le dos. Ces gens ne comprennent rien à ma vie. Rien du tout.

Un soir, Gabriel et moi sommes enfermés dans notre chambre, Ambre pleure sans arrêt. Ses cris s'élèvent, stridents, perçant le tumulte de la télévision qui grésille en fond. Je fronce les sourcils, roule sur le côté, essaie d'ignorer ce bruit qui s'infiltre sous ma peau. Gabriel ne réagit pas. Il est étalé sur le matelas, une bouteille vide à la main, plongé dans un sommeil trop lourd pour être naturel.

Les pleurs d'Ambre ne faiblissent pas. Ils deviennent plus saccadés, plus désespérés. Dans l'autre pièce, Éléna bouge. Je l'entends qui se lève, ses pas feutrés résonnent sur le parquet. Elle pousse un soupir, un son minuscule mais chargé d'une lassitude qui ne s'arrêtera jamais.

Éléna file dans la cuisine, fouille les placards avec précaution pour ne pas réveiller Gabriel. Elle ouvre le frigo, attrape un biberon, le secoue légèrement avant de froncer les sourcils. Il est vide. Elle se hisse sur la pointe des pieds pour atteindre la boîte de lait en poudre sur l'étagère du haut. Trop haute. Après une hésitation, elle tire une chaise, grimpe dessus et tend les bras.

La boîte lui échappe presque, mais elle la rattrape *in extremis*. Elle descend, mesure l'eau dans le biberon avec des gestes appliqués. Une goutte éclabousse son poignet, trop chaude. Elle souffle dessus, attends quelques secondes, puis verse le lait en poudre. Elle secoue le tout vigoureusement avant de se diriger vers le salon.

Ambre hurle toujours, son visage trempé de larmes. Éléna s'installe sur le canapé et la prend doucement dans ses bras. Elle glisse le biberon entre ses petites lèvres tremblantes.

— T'inquiète pas, Ambre. Je suis là, murmure-t-elle en la berçant lentement.

Elle caresse ses cheveux collés de sueur, fredonne un air doux, une chanson qu'elle a sans doute inventée. Peu à peu, les sanglots s'apaisent. Ambre tète son biberon, ses paupières papillonnent sous l'effet de l'épuisement.

J'ouvre enfin la porte de ma chambre. L'odeur de renfermé et d'alcool plane autour de moi, je titube jusqu'au salon. Mes yeux s'accrochent à la scène : Éléna, assise sur le canapé, Ambre contre elle.

Elle lève la tête, son regard me glace. Pas de colère, pas de supplication. Juste une lassitude gelée.

— Tu devrais t'occuper d'elle. Ce n'est pas mon rôle, lâche-t-elle d'une voix plate.

Sa phrase est une lame froide qui me transperce. Mon estomac se noue. Elle a raison. Je ne veux pas l'entendre.

— Occupe-toi de tes affaires, Éléna ! Je n'ai pas le courage de le faire, répliqué-je sèchement.

Elle ne bronche pas, ne proteste pas. Pourtant dans ses yeux, quelque chose se brise. Une fissure, une déception irréversible.

Et je sais, au fond de moi, que cette fois, elle ne me pardonnera pas.

Les maîtresses ont déjà alerté les services sociaux, et je sais que tout peut s'effondrer à tout moment. Une lettre, un appel, une visite à domicile... Je refuse de m'inquiéter. Gabriel et moi continuons comme si de rien n'était, nous disant que personne n'oserait vraiment intervenir.

Les voisins, eux, semblent prêts à agir. Un soir, en revenant de la supérette, je vois deux d'entre eux discuter à voix basse près de la porte d'entrée.

— Tu crois qu'on devrait appeler la police ? demande l'un.

— Peut-être. Ça pourrait aggraver les choses, répond l'autre.

Je m'arrête un instant, tendant l'oreille. Puis, furieuse, je fais claquer la porte en entrant, les faisant sursauter.

— Vous avez un problème ? lancé-je d'une voix forte.

Ils se contentent de me fixer avant de s'éloigner, je sais que leurs paroles ne sont pas des menaces en l'air.

Dans l'appartement, c'est du grand n'importe quoi. C'est le même désordre que dans notre quotidien. Les filles, enfermées dans leur chambre, chuchotent entre elles, s'accrochant à l'espoir qu'un jour les choses s'arrangeront.

Éléna, épuisée, tente de consoler Amélia qui pleure en silence. Émy, fixe le plafond, l'air de chercher une échappatoire.

Ce soir-là, une chose est certaine : même dans leur monde à elles, les filles commencent à perdre espoir. Et moi, je ne vois rien de tout cela. Mon monde se réduit à Gabriel, aux soirées, et à une fuite permanente de mes responsabilités.

CHAPITRE 7

J'ai décidé que nous devions sortir. Pas seulement pour moi, pour les filles aussi. Ces derniers jours, l'appartement est devenu irrespirable. Les odeurs de cigarettes se mélangent à celles des restes de nourriture que personne n'a pris la peine de jeter. Les disputes, les silences lourds, les cris d'enfants… tout ça s'accumule, sature l'air. Même moi, je suffoque.

Quand j'ai proposé à Gabriel de sortir, il a réagi fidèle à lui-même, avec un mélange de mépris et d'ennui.

— Sérieusement, tu as besoin qu'on sorte ? Y'a pas assez de bordel ici, faut aller le répandre dehors ? a-t-il lancé, la flasque déjà en main.

Je n'ai pas répondu, pas directement. C'est une bataille inutile. À la place, je préfère insister calmement.

— Les filles ont besoin d'air. Elles restent enfermées toute la journée. Amélia fait des cauchemars, tu sais. Elle rêve qu'elle est coincée dans sa chambre et qu'elle ne peut plus sortir.

Il a haussé les épaules, j'ai vu que mes mots l'ont légèrement piqué. Pas assez pour lui faire admettre quoi que ce soit, juste assez pour qu'il capitule.

— Bon, OK. C'est toi qui t'occupes de la poussette. Et tu n'oublies pas : on ne rentre pas tard.

Les filles, en revanche, n'ont pas caché leur excitation. Amélia a sauté sur place en hurlant de joie, Émy lui emboîtant le pas avec son éternel sourire. Ambre, dans son berceau, gazouillait joyeusement. Seule Éléna a gardé ce regard distant, presque méfiant.

— On va vraiment sortir ? a-t-elle demandé, les bras croisés. Ou c'est encore une promesse que tu ne vas pas tenir ?

Son ton m'a blessée, je n'ai rien laissé paraître.

— Oui, Éléna. On sort. Allez, mets ton manteau et aide tes sœurs.

Elle a obéi en silence, rassemblant Amélia et Émy comme si c'était sa propre responsabilité. Ce n'est qu'en sortant de l'immeuble, en sentant l'air frais sur mon visage, que j'ai pu enfin respirer un peu.

Le parc de Sylvereil est à une dizaine de minutes. La lumière du soleil d'après-midi baigne les rues d'un éclat doux, presque rassurant. Les filles marchent devant nous, Éléna tenant fermement les mains d'Amélia et Émy, pour éviter qu'elles ne se dispersent. Gabriel traîne des pieds derrière, une cigarette pendant mollement à ses lèvres. Pas très glamour le gars.

— Tu crois que ça va leur faire quoi, hein, de courir dans un parc ? demanda-t-il en exhalant une bouffée de fumée.

— Elles seront dehors, elles pourront jouer, c'est déjà ça.

— Ouais, enfin, jouer... Moi, ce que je vois, c'est qu'elles vont se salir et rentrer en pleurant. Comme d'hab.

J'ignore ses paroles, je préfère fixer le chemin devant nous. Je veux juste un moment de calme, de normalité, un moment en famille pour une fois.

Quand nous arrivons, Amélia et Émy se précipitent vers l'aire de jeux. Leurs rires éclatants résonnent dans l'air, me donnant un court répit, un instant où mes pensées semblent suspendues. Ambre gazouille toujours, fascinée par le balancement des feuilles au-dessus de sa poussette. Éléna, elle, reste en retrait, les bras croisés, surveillant ses sœurs avec un sérieux déconcertant.

— Regarde-les, murmure Gabriel en sortant sa flasque. Elles sont contentes, non ?

— Pour une fois.

Il me tend alors la flasque, et je bois sans hésiter. Le liquide me réchauffe la gorge, brouillant légèrement mes pensées. Je vois qu'il sort un joint de sa poche.

— T'en veux ?

J'hésite, jetant un regard rapide vers Éléna. De toute façon, elle est trop loin pour entendre, son regard semble tout de même me transpercer. Sans plus attendre, je lui arrache des mains, et prends une bouffée.

Les filles jouent encore quand Gabriel entame une autre cigarette, le regard tourné vers le ciel.

— Tu te souviens quand on allait au lac, toi et moi ? me fait-il d'un ton nostalgique.

— Ouais. Tu n'as jamais su nager, d'ailleurs.

Il rit, un vrai rire et, pendant un instant, j'oublie presque à quel point les choses sont devenues si compliquées dans ma vie.

Quand je propose d'aller vers le pont, le soleil semble vouloir coopérer. La lumière dorée illumine les chemins, créant une atmosphère presque magique. La rivière en contrebas scintille doucement, paisible. Éléna marche toujours devant, tenant les mains de ses sœurs.

C'est là que l'idée me vient. Une idée stupide, irréfléchie, mais à cet instant, elle me semble amusante.

— Venez, les filles ! On va faire un jeu !

Éléna s'arrête net, pivotant sur ses talons pour me faire face.

— Quel genre de jeu ? demande-t-elle, méfiante.

— Vous allez voler, tels des oiseaux. Viens, Amélia, je vais te montrer.

Amélia ne sentant pas le danger venir se met à rire, s'approchant avec enthousiasme. Éléna tend un bras pour l'arrêter.

— Non, Amélia. C'est dangereux.

— Oh, détends-toi, Éléna, réplique Gabriel en ricanant. Elle veut juste rigoler.

Sans attendre une seconde de plus, j'attrape Amélia, la soulevant au-dessus de la rambarde. Elle se met à pousser un cri, moitié amusée, moitié paniquée.

— Maman, c'est trop haut ! Arrête !

Éléna accourt sentant que quelque chose de mal peut se produire.

— Pose-la, maman ! Tu veux qu'elle tombe ?

Gabriel, hilare, attrape Émy à son tour. Elle hurle, ses petites mains s'agrippant à ses épaules.

— On dirait qu'elle nage ! Regardez !

À ce moment-là, les passants s'arrêtent, leurs regards remplis de choc et d'incrédulité. Une femme s'avance précipitamment.

— Qu'est-ce que vous faites ? Vous êtes fous ! Posez ces enfants tout de suite !

Un homme sort son téléphone pour filmer la scène hilarante et dangereuse.

— C'est la femme du rez-de-chaussée, je la reconnais. Elle est complètement barge, et lui aussi...

Ces mots ne me font aucun effet. Tout le monde peut nous regarder, je m'en contrefiche de ce qu'ils peuvent bien penser.

Amélia est en larmes maintenant, agrippant Éléna dès que je la pose au sol. Gabriel, agacé, relâche Émy.

— On rigolait, c'est bon, grogne-t-il. Faut vous détendre.

Personne ne prend cela à la rigolade. Je remarque les visages des voisins, les regards accusateurs. Une femme, profitant de notre inattention, approche les filles.

— Vous allez bien, mes petites ? Venez avec moi, on va appeler de l'aide.

— Ce sont MES enfants ! crié-je, me plaçant devant elles.

Gabriel me tire par le bras.

— Viens. On s'en va. Maintenant.

Et nous partons, sous les regards brûlants de la foule.

Le retour à l'appartement s'est fait dans un silence glacial.

Les filles ont disparu dans leur chambre dès que leurs pieds ont franchi le seuil de la porte. Éléna a claqué celle-ci derrière elles, un geste rare, chargé de colère et de reproche. Je l'entends murmurer quelque chose à ses sœurs, probablement pour les rassurer. Gabriel, lui, s'effondre sur le canapé, allumant une cigarette, indifférent à tout ce qui vient de se passer.

— Sérieusement, Natacha, qu'est-ce qui t'a pris ? Tu as vu le cirque que t'as foutu ?

— Non mais toi aussi, tu m'as suivi dans ce délire ! Je ne suis pas la seule responsable, pauvre idiot...

Je ne m'attendais pas à recevoir un tel uppercut en pleine tronche. Les événements tournent en boucle dans ma tête : les cris, les regards des passants, les murmures des voisins. Et cette femme, qui ose tendre la main vers mes filles, avec cet air de dire que je suis bonne à rien.

— Reprends toi, bordel, insiste Gabi en soufflant une bouffée de fumée. Tu n'as pas de cerveau ou quoi ?

— Toi aussi, tu as joué le jeu, je te rappelle...

— Ouais mais, de base, c'était ton idée. Moi, je voulais juste me marrer.

Il se lève brusquement, jetant son mégot dans une tasse vide qui traîne sur la table basse.

— Continue comme ça, et tu vas vraiment te les faire retirer, tes gamines.

Il n'a peut-être pas tort. Depuis des mois, je sens cette menace planer au-dessus de moi et pourtant, aujourd'hui, je n'ai toujours pas eu de retour. C'est bon signe, je reste tout de même méfiante. Je m'effondre sur une chaise, les coudes appuyés sur la table, incapable de bouger après cette journée que je pensais être normale.

La nuit est longue. Je n'ose aller voir les filles, j'entends leurs murmures étouffés à travers la porte. Éléna chuchote quelque chose, Émy et Amélia pleurent doucement. Ambre, heureusement, a fini par s'endormir.

Le lendemain matin, je me réveille tard. Gabriel n'est plus là. Un mot griffonné traîne sur le comptoir de la cuisine.

« Sorti. Ne fais pas de conneries aujourd'hui. »

Les filles sont assises à table, silencieuses. Éléna distribue des tartines de pain à ses sœurs, leur versant du jus d'orange dans un calme presque habituel. Quand je m'approche, Amélia baisse immédiatement les yeux, Émy se cache derrière son verre, et Éléna me lance un regard glacial.

— Vous avez bien dormi les filles ?

Aucune réponse. Ce silence pesant est exaspérant. Elles ne m'en veulent pas seulement pour ce qui s'est passé sur le pont. C'est bien plus profond. Une accumulation de jours, de mois à vivre dans ce chaos. Et maintenant, elles me voient pour ce que je suis réellement : une mère incapable.

La journée se déroule sans incident, même si le poids des regards des filles me suit partout. Même Ambre, d'habitude insouciante, semble plus agitée que d'ordinaire, ses babillages sont teintés d'impatience. Je fixe le mur pendant des heures, incapable de rassembler mes idées.

Dans l'après-midi, on frappe à la porte. Mon cœur bondit. *Et si c'étaient les voisins ? Ou pire, les services sociaux ?* Mon souffle se bloque, mes mains deviennent moites. Je jette un regard inquiet vers le salon en désordre, les bouteilles vides sur la table basse, les jouets éparpillés.

Ce n'est qu'un livreur. Il dépose une commande de Gabriel, me tend un colis sans même me regarder. Un simple échange de quelques secondes, pourtant mon cœur continue de cogner violemment. Cette simple visite a suffi à me rendre paranoïaque.

Les jours suivants ne sont pas les meilleurs. Gabriel rentre tard, voire pas du tout, et les tensions entre nous s'accentuent, c'est ce qui nous permet de tenir. Les filles s'enferment dans leur chambre dès qu'il met un pied dans l'appartement. Éléna joue encore son rôle de petite mère, veillant sur ses sœurs, avec le sentiment que leur survie en dépend. Chaque fois que je croise son regard, j'y vois une accusation silencieuse. Elle ne dit rien, et ses silences crient plus fort que n'importe quel reproche.

Un matin, une lettre arrive. Une enveloppe blanche, officielle, marquée du logo des services sociaux. Mon estomac se noue avant même que je l'ouvre. À l'intérieur, une convocation. Ils veulent me rencontrer. Quelqu'un a dû signaler l'incident sur le pont. Un voisin, un passant, peu importe. Le résultat est le même : ils vont venir fouiller dans ma vie, et je sais déjà qu'ils n'auront pas besoin de chercher longtemps pour trouver des preuves de mes défaillances.

Je tends la lettre à Gabriel. Il la lit en diagonale et hausse les épaules.

— Ben voilà, tu as ce que tu mérites. Fallait réfléchir avant de faire ta connerie, lâche-t-il avec un ricanement.

— Ce n'est pas juste... Ils ne peuvent pas me juger pour un seul moment où j'ai déconné ! Je ne suis pas la seule responsable ! Toi aussi tu as ta part dans tout ça, je te rappelle. Tu adores autant que moi les embêter et les voir apeurées.

Il éclate de rire, secoue la tête.

— Ah ouais ? Tu n'as pas juste déconné une fois, Natacha. Et puis, je te rappelle que je ne suis pas leur père à toutes, seulement celui d'Ambre.

Un goût amer envahit ma bouche.

Les jours passent, chacun plus lourd que le précédent. Les filles parlent de moins en moins, surtout Amélia qui semble s'être enfermée dans un mutisme inquiet. Elle évite mon regard, sursaute au moindre bruit, et je l'entends pleurer la nuit, étouffant ses sanglots sous sa couverture. Éléna me fixe toujours avec ce regard d'adulte dans un corps d'enfant, une lueur de reproche mêlée à une résignation silencieuse.

Et moi, je continue de glisser, incapable de m'accrocher à quoi que ce soit, me noyant dans l'alcool et l'oubli, espérant que tout cela finira par disparaître tel un mauvais rêve.

Une semaine après l'incident, pendant que j'essaie de ranger un peu le salon pour donner une illusion d'ordre avant la visite des services sociaux, Éléna vient me voir. Elle se plante devant moi, droite, les bras croisés.

— Qu'est-ce qu'ils vont faire, maman ? Ils vont nous emmener ?

Sa voix est froide, distante, je perçois la peur derrière ses mots. Ses doigts crispés sur ses bras croisés, sa mâchoire serrée : tout chez elle trahit une tension qu'un enfant ne devrait jamais avoir à porter. Je veux répondre, lui dire que tout ira bien, que ce ne sont que des formalités et qu'ils vont voir que nous sommes une famille parmi tant d'autres. Aucun son ne sort de ma bouche. Parce que je n'en sais rien. Et parce qu'une part de moi craint qu'elle ait raison.

Je détourne le regard et reprends mon rangement d'un geste mécanique. Les vêtements éparpillés, les cadavres de bouteilles sous le canapé, l'odeur de renfermé qui imprègne l'appartement... À quoi bon ? Ils verront tout. Ils comprendront en un coup d'œil.

Éléna ne bouge pas. Elle attend une réponse, je n'en ai pas. Finalement, elle soupire, secoue la tête et tourne les talons.

— Tu ne fais jamais rien, de toute façon, lâche-t-elle avant de disparaître dans le couloir.

Ses mots me frappent plus fort que je ne l'aurais imaginé. Mon cœur se serre, la nausée monte en moi. Je pourrais la rattraper, lui dire que je fais de mon mieux. Ce serait un mensonge de plus.

CHAPITRE 8

Finalement, la convocation n'est qu'un avertissement. Mais depuis, les services sociaux nous surveillent de près. Nous n'en avons pas vraiment parlé à nos parents. Je crois qu'ils se doutent que quelque chose ne tourne pas rond dans notre famille.

Un jour, tout dérape.

Autour de la table, Lucien, après quelques verres, lance une remarque sèche à Gabriel et sa compagne sur la manière dont ils élèvent leurs enfants, et leur façon de vivre en général.

— Tu n'es pas le mieux placé pour me faire des remarques, papa, lâche Gabriel d'une voix froide. Toi aussi, tu buvais énormément quand j'étais petit. Tu te souviens ? Maman qui pleurait dans la cuisine pendant que toi, tu criais dans le salon ?

— C'était il y a longtemps, rétorque Lucien, les traits tirés. Au moins, moi, j'ai su faire face, j'ai su remonter la pente grâce à maman. Contrairement à vous. Vous n'écoutez rien. Un jour, vous le regretterez, crois-moi.

Gabriel fixe son père dans les yeux, le regard sombre, les poings et la mâchoire serrés. Son père ne l'a jamais vu ainsi, aussi renfermé et noir de colère. Un instant, il a peur. Il ne reconnaît pas son fils.

— Pourquoi ? Qu'est-ce que tu vas faire, hein ? Tu crois que tu fais peur ? Toi et maman, arrêtez de jouer aux plus malins avec moi.

Il se lève lentement. Sa voix gronde, rauque.

— Si vous osez faire quoi que ce soit, je vous le ferai payer. À toi, et à tous ceux qui se mêleront de notre famille.

Il attrape soudain son père par le cou et le serre avec force. Lucien ne se laisse pas faire. La panique le traverse une fraction de seconde, il refuse de se laisser dominer. Jamais il n'aurait cru voir son fils réagir ainsi, sombre à ce point. Pourquoi est-il devenu si froid, si cruel ? Lui, qui était autrefois un enfant doux et respectueux…

— Tu te prends pour qui à lever la main sur ton père ? rugit Lucien, le regard brûlant de rage. Allez, partez ! Sortez de chez moi, tous ! Prends tes filles si tu penses pouvoir t'en occuper, je ne veux plus vous voir ici ! C'est terminé, Gabriel ! Tu as franchi la seule limite qu'il ne fallait pas dépasser. Me toucher ? Tu ne me fais pas peur, et tu ne me feras jamais peur ! Maintenant, dehors !

Il attrape Gabriel par le bras et le pousse vers la porte. Il jette un regard à Natacha et aux filles, leur indiquant qu'elles doivent partir aussi.

Gabriel souffle lentement, les épaules basses, comme vidé. Il ne regarde pas en arrière. Ce n'est pas de la peur, c'est autre chose. Quelque chose de plus ancien, de plus ancré. Ce n'est pas la première fois qu'il perd le contrôle. Et ce ne sera pas la dernière. Comme toujours, il fuit la confrontation. Il tourne les talons, s'éloigne dans le jardin et allume une cigarette, laissant son père secouer la tête de désespoir.

Il aimerait pouvoir dire qu'il tient le coup pour ses filles. Mais la vérité est plus compliquée que ça. Ce ne sont pas toutes ses filles. La seule qui compte vraiment pour lui, c'est Ambre. Sa véritable fille. Les trois autres font partie de sa vie, sans le même attachement émotionnel. Il a du mal à tenir en place, oscille entre des moments de lucidité et des explosions de colère.

Pour Natacha, ce n'est plus une surprise. Elle a l'habitude. L'habitude de le voir divaguer dans ses moments de colère, sombrant dans une rage incompréhensible. Il pète autant les plombs qu'elle... sauf que lui, c'est encore plus violent.

Depuis cette scène, plus rien n'est vraiment revenu à la normale. Les visites se sont faites plus rares, plus silencieuses. Mais Madeleine, elle, n'a jamais fermé sa porte aux filles.

Pour les filles, ces moments chez leurs grands-parents sont des bulles d'air. Elles savent que ça ne durera pas éternellement.

Quand l'heure de rentrer arrive, Amélia se cramponne souvent à Madeleine.

— On peut rester encore un peu ? Juste un peu, mamie ?

Madeleine la serre contre elle, les larmes aux yeux.

— Vous pouvez revenir quand vous voulez, ma chérie.

Elles repartent toujours. Et dès qu'elles franchissent de nouveau la porte de leur appartement chaotique, le poids du quotidien retombe sur leurs petites épaules.

Les parents de Gabriel, et mes propres parents, savent bien qu'il y a quelque chose qui cloche, quelque chose de profond.

Ce n'est pas pour autant qu'ils n'interviennent pas. Ils ont beau avoir donné des conseils, fait des remarques, les choses ne changent pas : nous continuons notre descente, prisonniers de nos habitudes. Nous fuyons, nous cachons dans l'alcool, et faisons semblant que tout va bien. C'est comme si tout le monde savait, mais que personne n'osait vraiment regarder la vérité en face.

Les soirées deviennent de pire en pire, et les filles ne sortent presque plus de leur chambre. Ce petit espace est devenu leur refuge, leur cocon de protection.

Amélia recommence à faire des accidents dans le lit où elles dorment toutes ensemble. Ambre, elle, ne fait pas grand-chose. Elle dort toujours dans un lit à part. Au moins, elle a son propre espace, elle n'est pas collée contre ses sœurs, serrée façon sardine. Pourtant, on ne peut pas dire qu'elle ait de la chance. Après tout ce qu'elle subit, tout ce qu'elle entend… Ce n'est pas évident, à son âge, de voir sa maman et son papa la délaisser ainsi.

Chez leurs grands-parents Lucien et Madeleine, les filles semblent redevenir elles-mêmes. Une fois dans la maison, les soucis s'effacent un peu. Ce lieu, calme et chaleureux, contraste tellement avec l'appartement bruyant et chaotique où elles vivent.

Madeleine, toujours attentionnée, a préparé un gâteau au chocolat, tandis que Lucien sort un vieux jeu de société pour occuper Émy et Amélia.

— Mamie, regarde, j'ai gagné ! s'exclame Amélia, levant les bras en l'air.

— C'est parce que tu es une championne, ma chérie, répond Madeleine avec un sourire tendre.

Éléna, assise à l'écart, observe ses sœurs avec un mélange de soulagement et de tristesse. Ce moment de répit est précieux, mais elle sait qu'il ne durera pas. Dans quelques heures, elles seront de retour dans leur enfer quotidien.

Lucien tente d'engager une conversation avec Gabriel. Assis dans le salon, une tasse de café à la main, il fixe son fils avec un regard perçant.

— Alors, Gabriel, tu comptes faire quoi pour améliorer ta situation ?

— Pourquoi tu me parles encore de ça, papa ? répond Gabriel, agacé. Tout va très bien, pas besoin de jouer les moralisateurs.

— Tout va bien ? Regarde-toi, regarde tes filles ! Tu penses vraiment que c'est une vie pour elles ?

Gabriel serre les poings, son visage se durcit. Natacha, assise à ses côtés, fait semblant de ne pas écouter, mais son malaise est évident.

— Arrête de te mêler de ma vie, papa ! J'en ai ma claque ; tu vas continuer encore longtemps ? On n'a pas besoin de toi pour gérer notre vie !

Lucien pose lentement sa tasse sur la table, les mains tremblantes.

— Ce n'est pas toi que je veux aider, Gabriel. C'est pour tes filles que je parle. Elles méritent une chance de s'en sortir !

— Et tu crois que c'est toi qui vas leur offrir ça ? répond Gabriel d'un ton menaçant. Occupe-toi de tes affaires et laisse-nous tranquille !

Le ton monte rapidement. Lucien, d'ordinaire calme, se lève brusquement.

— Assez ! Tu n'es qu'un enfant égoïste, incapable de voir plus loin que le bout de ton nez ! Regarde ce que tu infliges à ces petites filles ! Tu n'as même pas honte ?

Gabriel se lève à son tour, une lueur sombre dans les yeux. Il s'avance vers son père, son corps tendu.

— Arrête, Gabriel, murmure Madeleine, inquiète.

Gabriel l'ignore. Son visage se ferme sous l'effet de la colère.

— Tu crois que tu peux me parler sur ce ton ? Tu veux une fois de plus que je m'en prenne à toi ? Je ne suis plus ton gamin, et tu ne me feras jamais peur !

Gabriel pousse son père avec une force inattendue contre le mur, et finit par lui serrer les deux bras. Madeleine crie, tentant de s'interposer.

— Gabriel, lâche-le ! Tu deviens fou !

Lucien, bien que déstabilisé, plante son regard dans celui de son fils.

— Si tu veux continuer ainsi, fais-le ! Seulement je te préviens, Gabriel : un jour, tu perdras tout ! Et ce jour-là, tu viendras ramper, réduit à rien, pour demander de l'aide.

Gabriel recule, le souffle court, les mains tremblantes. Il se tourne dans ma direction, sans dire un mot.

— Viens, on s'en va. Je ne reste pas une minute de plus ici !

Natacha est mal à l'aise, mais elle n'ose pas discuter. Elle appelle les filles, et Amélia se cramponne à Madeleine.

— On peut rester, mamie ? S'il te plaît, juste un peu...

Madeleine, les larmes aux yeux, secoue doucement la tête.

— Non, ma chérie. N'oublie pas : tu peux toujours revenir. Toujours.

Elle ferme les yeux un instant, comme si ce simple geste pouvait repousser l'angoisse qui la ronge. Même dans ce silence, la réalité s'impose déjà, comme une ombre. Le départ des filles signale la fin de cette parenthèse ; malgré ses paroles, Madeleine sait qu'il n'y a pas de véritable échappatoire pour elles.

De retour à l'appartement après cette scène chez Lucien et Madeleine, une tension presque palpable pèse sur les épaules de toute la famille. Gabriel, toujours furieux, claque la porte si violemment que le mur tremble. Les filles, silencieuses, entrent timidement dans leur chambre, devinant que l'atmosphère est sur le point d'exploser. Éléna, agissant avec la même douceur qu'à chaque fois, tente de réconforter ses sœurs en les guidant vers le lit.

— Venez, on va ranger nos affaires et s'allonger un peu, murmure-t-elle, même si elle sait qu'aucune d'elles n'a envie de dormir.

Gabriel tourne en rond dans le salon, une bouteille à la main. Moi, je me contente de rester là, adossée au mur, les bras croisés. Avec le temps j'ai appris qu'il vaut mieux attendre qu'il se calme avant de parler. Ce soir-là, Gabriel semble hors de lui.

— Tu as entendu ce vieux con ? rugit-il soudain, brisant le silence. Me parler de cette façon, à moi ! Comme si j'étais un gamin qu'il pouvait sermonner !

— C'est ton père, Gabriel, tenté-je, d'une voix lasse. Il s'inquiète, c'est tout.

— S'inquiète ? Mon cul ! Il veut juste avoir le contrôle, c'est toujours pareil !

Il lance la bouteille sur le canapé, manquant de peu de la faire tomber. Je fronce les sourcils mais je reste immobile. Je sais que toute confrontation risquerait d'aggraver la situation.

Dans la chambre, les filles écoutent les éclats de voix, leurs regards remplis de peur. Amélia serre toujours autant son t-shirt contre elle, tandis qu'Émy fixe la porte, l'air de s'attendre à ce que Gabriel fasse irruption à tout moment.

— Pourquoi ils crient tout le temps ? demande Amélia, la voix tremblante.

— Parce qu'ils sont stupides, répond Éléna avec sa voix remplie de lassitude. Ça va passer. Ça passe toujours.

Amélia n'est pas convaincue, elle hoche la tête, se blottissant contre sa grande sœur.

Dans le salon, la discussion dégénère rapidement. Gabriel s'approche de moi, son regard brûlant de colère.

— Et toi ? Toujours muette, hein ? À me dévisager comme si t'étais au-dessus de tout ça.

Je lève un sourcil, excédée.

— Tu veux qu'on en parle, Gabriel ? De qui regarde qui de haut ? Parce que moi, au moins, je fais ce que je peux pour cette famille.

— Ce que tu peux ? Tu te fous de moi, Nat' ? Tu es incapable de te lever le matin, tu es foutue dès le premier verre ! Et c'est moi qui dois tout gérer !

— Tout gérer ? Tu te fiches de moi ou quoi ? Tu n'es jamais là pour les filles. La seule chose que tu sais gérer, c'est ta foutue bouteille !

J'attrape un verre sur la table et le jette au sol, les éclats se dispersant dans toute la pièce. Gabriel recule, surpris par mon geste, il éclate de rire, un rire froid et méprisant.

— Tu sais quoi, Nat' ? Tu es encore plus pathétique que je le pensais ! Tu crois que casser des verres va résoudre quoi que ce soit ?

— Pathétique ? Tu veux qu'on parle de pathétique, Gabriel ? Tu as vu dans quel état tu es ? Tu es un homme, un père, et tu te comportes en gamin irresponsable !

Gabriel s'avance, son visage à quelques centimètres du mien.

— Fais gaffe à ce que tu dis, Nat' ! Parce que la prochaine fois que tu me parles comme ça...

Il laisse sa menace en suspens, je ne recule pas.

— Sinon quoi ? Tu vas faire quoi, Gabriel ? Tu crois que tu me fais peur ?

Dans la chambre, Éléna tente de calmer ses sœurs, sa propre peur transparaît dans sa voix.

— Ce n'est rien, les filles. Ils se disputent juste.

— Et si Gabriel frappe maman ? demande Émy, les yeux plein de larmes.

Éléna déglutit. Elle n'a pas de réponse à cette question.

Le lendemain matin, l'appartement est un désordre total. Les éclats de verre brillent encore sur le sol, et l'odeur d'alcool imprègne l'air. Gabriel dort sur le canapé, ronflant bruyamment, tandis que je suis allongée dans le lit conjugal, une bouteille vide à mes pieds. Les filles émergent timidement de leur chambre. Éléna leur fait signe de rester calmes, puis elle s'avance prudemment dans le salon.

— Maman ? appelle-t-elle doucement.

Je grogne, je ne bouge pas. Éléna soupire et se tourne vers ses sœurs.

— Venez, on va préparer le petit-déjeuner.

Dans la cuisine, les filles se débrouillent avec ce qu'elles trouvent : des restes de pain rassis et un peu de beurre. Elles mangent en silence, écoutant les bruits de la maison qui se réveille lentement.

Amélia brise le silence.

— Pourquoi maman et Gabriel sont toujours méchants avec nous ? Ils nous aiment pas ?

Éléna pose sa tartine et prend une grande inspiration.

— Bien sûr qu'ils nous aiment. Ils... ils ont juste du mal à le montrer.

Même en le disant, elle sait que ce n'est qu'un mensonge pour les rassurer.

Plus tard dans la journée, les voisins commencent à s'agiter. La vieille dame, qui vit au-dessus, descend frapper à leur porte.

— Natacha ! Gabriel ! Ça suffit, ces cris ! On en peut plus, vous avez réveillé tout l'immeuble !

Gabriel ouvre la porte, les yeux encore rougis par le sommeil.

— Qu'est-ce que tu veux, vieille folle ? lance-t-il avec mépris.

— Ce que je veux, c'est un peu de calme. Et que vous pensiez un peu à vos enfants, bordel !

Gabriel rit, un rire qui fait frissonner la vieille femme.

— Mes enfants vont très bien, merci. Maintenant, dégagez de ma porte !

Il referme violemment, laissant madame Gauthier outrée sur le palier. Ce n'est pas la première plainte, et ce ne sera pas la dernière.

Dans l'appartement, je regarde Gabriel, une cigarette entre les doigts.

— Tu penses que ça va encore durer longtemps ? demandé-je d'un ton neutre.

— Quoi, les voisins ? On s'en fout, Nat' ! Ils parlent, ils ne font rien.

— Et si un jour ils font quelque chose ? Si quelqu'un appelle une fois de plus les services sociaux ?

Gabriel s'arrête un instant, réfléchissant, puis hausse les épaules.

— Ils peuvent bien essayer. Personne ne nous prendra nos filles, je te le garantis.

CHAPITRE 9

Le chaos atteint des proportions inimaginables. Chaque pièce porte les stigmates de disputes incessantes : des éclats de verre oubliés dans un coin du salon, des meubles renversés, des murs marqués par des coups de colère. Gabriel et moi, on semble s'entendre uniquement sur une chose : notre mépris mutuel.

Ambre, encore un bébé, passe la plupart de ses journées et de ses nuits dans son berceau, oublié dans un coin de la chambre. Ses pleurs, d'abord vigoureux, deviennent faibles, presque résignés. Elle porte bien trop longtemps les mêmes couches remplies de souillures. Ses vêtements dégagent une odeur âcre, et ses joues sont marquées par les larmes séchées. Elle tend ses petites mains potelées, espérant un réconfort qui ne vient jamais.

Les filles, quant à elles, tentent de survivre dans cet environnement hostile. Éléna prend le rôle de mère de substitution avec une détermination qui cache mal son épuisement. Ses yeux, autrefois brillants, sont maintenant ternes et cerclés de noir. Émy et Amélia suivent ses consignes sans poser de questions, leurs visages marqués par une peur omniprésente. Même Éléna n'a plus la force de maintenir une façade de normalité. Elle étouffe des soupirs et réprime des larmes quand elle croit que ses sœurs ne regardent pas.

Un soir, Gabriel et Natacha se disputent dans le salon, la tension monte d'un cran. Les éclats de voix résonnent dans l'appartement, chaque mot devient une lame acérée. La dispute éclate si fort que des voisins frappent contre les murs pour leur faire entendre raison.

Éléna, serrant Amélia contre elle, sent son cœur battre à tout rompre. Les mots durs qu'ils échangent percent l'air, laissant des cicatrices invisibles sur l'âme des enfants. Les sanglots d'Amélia se mêlent aux cris, et Émy tremble de peur.

Chaque cri de Gabriel à l'effet d'un coup de poing dans le ventre d'Éléna. Elle ferme les yeux, espérant que le silence reviendra bientôt, mais le bruit du verre brisé et des meubles renversés envahit la chambre. Éléna ouvre les yeux et voit la peur dans ceux de ses sœurs, une peur qu'elle connaît trop bien.

— Chut, ne bougez pas, murmure-t-elle doucement. Maman croit qu'on dort avec ce qu'elle nous donne. Ne faites pas de bruit.

Cette fois, elle sent au fond d'elle que quelque chose a changé, que cette tension ne se dissipe pas facilement. La douleur et la terreur se mêlent, formant un poids insoutenable sur ses frêles épaules.

Les filles, enfin surtout Éléna, se sont rendues compte que leur mère leur donnait ce sirop pour les faire dormir jusqu'au petit matin. Très futée, Éléna a expliqué à ses sœurs de ne surtout pas avaler ce liquide, de faire semblant : une fois la porte refermée, elles le crachent dans un papier pour éviter de faire trop de bruit et pour ne pas éveiller les soupçons. Sauf qu'un jour, leur mère a découvert leur petit manège et les filles se souviennent parfaitement de son regard noir, de sa colère et de son geste violent qui a suivi : une bonne gifle à chacune.

Les éclats reprennent de plus belles dans le salon.

— Je te préviens, Natacha. Si tu continues à foutre le bordel, je vais vraiment perdre patience, grogne Gabriel, les veines de son cou saillant sous la tension.

— Et tu vas faire quoi, hein ? réplique Natacha, le défiant, les mains légèrement tremblantes, tandis que son regard reste fixe.

Gabriel se redresse brusquement et renverse la table basse dans son élan. Le choc retentit dans tout l'appartement, résonnant tel un coup de tonnerre. Les filles entendent un bruit sourd, suivi d'un cri étouffé, et leurs cœurs s'arrêtent un instant.

Éléna, l'estomac noué par l'angoisse, couvre les oreilles de ses sœurs, leur murmurant que tout va bien, même si elle sait que c'est un mensonge. Les larmes coulent silencieusement sur ses joues, ses mains tremblent, pourtant elle s'efforce de rester forte pour Émy et Amélia. Elle serre les petites filles contre elle, espérant que sa propre peur ne se transmettra pas à travers ses gestes.

Le silence qui suit est lourd, oppressant, à tel point que le moindre souffle pourrait déclencher une nouvelle explosion de violence.

Le lendemain matin, les filles se réveillent dans une maison qui porte les traces du chaos de la veille. La table basse est toujours renversée, des éclats de verre jonchent le sol, et une odeur d'alcool flotte dans l'air. Natacha est allongée sur le canapé, un soutien-gorge pendant sur le bord, un verre vide encore dans la main.

Éléna se lève en silence et commence à ramasser les morceaux de verre. Amélia, qui a fait pipi au lit encore une fois, se met à pleurer doucement. Émy, réveillée par les sanglots de sa sœur, s'approche pour la consoler.

— Ce n'est pas grave, Amélia. On va changer les draps, c'est devenu une habitude, chuchote Émy.

Éléna, les entendant, s'approche avec un vieux drap qu'elle a trouvé dans un placard.

— On va s'en occuper ensemble. Alors dépêchez-vous, avant que maman se réveille.

Les trois filles travaillent en silence, leurs gestes rapides et efficaces, habituées à ce rituel familier.

— Tu crois qu'un jour, ça ira mieux, Éléna ? ne peut s'empêcher Amélia de demander.

Éléna s'arrête un instant, le drap dans les mains. Elle baisse les yeux, incapable de répondre. Elle finit par murmurer.

— Peut-être. Seulement, il faut être fortes, Amélia. Pour nous.

Ce soir-là, Gabriel et Natacha laissent les filles seules pour aller boire chez un ami. Ambre pleure encore, ses cris perçant le silence de l'appartement. Cette fois, ses pleurs attirent l'attention d'un voisin du troisième étage. Il frappe à la porte, déterminé à savoir ce qui se passe.

Éléna ouvre prudemment, ne laissant entrevoir qu'une partie de son visage. Son cœur bat à tout rompre, craignant les conséquences de cette visite inattendue.

— Où est ta maman ? demande le voisin, son ton mélangeant inquiétude et colère.

— Elle... elle est sortie, murmure Éléna, baissant les yeux pour éviter son regard perçant.

— Sortie ? Et vous êtes toutes seules ? Avec un bébé qui hurle à ce point-là ?!

Éléna hoche timidement la tête, ne sachant que répondre. Le voisin, furieux, jette un regard derrière elle et voit Ambre dans son berceau, le visage rouge et en pleurs. Son cœur se serre en voyant l'état du bébé.

— Ce n'est pas possible... Vous mangez au moins ? Vous avez besoin de quelque chose ? ajoute-t-il, son ton se radoucissant légèrement en comprenant la gravité de la situation.

— Non, ça va. On se débrouille, ment Éléna, sa voix tremblant légèrement.

Cette fois, le voisin ne compte pas en rester là. Il repart en murmurant pour lui-même, les sourcils froncés.

— Ça ne peut plus durer. Pauvres petites filles.

Ça lui fend le cœur de les savoir en danger.

L'atmosphère dans l'immeuble est de jour en jour plus tendue. Les voisins, exaspérés par les crises et les pleurs constants, chuchotent entre eux dans les couloirs, leurs murmures chargés d'agacement.

— Ils vont finir par tuer quelqu'un, marmonne une voisine à son mari, ses yeux cernés par les nuits d'insomnie causées par le bruit.

— J'ai déjà signalé. Les services sociaux vont s'en occuper je suppose, dans peu de temps, répond un autre voisin, déterminé à mettre fin à cette situation intolérable.

Gabriel et moi rentrons chez nous, encore imprégnés de l'ambiance d'une énième soirée. Pourtant, dès notre entrée fracassante, l'illusion de calme se brise instantanément. Ce soir encore, la dispute éclate, dévastatrice, d'une violence inouïe. Les mots fusent, plus acérés que jamais, entre les pleurs d'Ambre, résonnant jusque dans la chambre des filles, qui ne dormaient déjà pas profondément.

— Tu n'es qu'une incapable ! lance Gabriel en frappant la porte de la cuisine, dans un geste qui trahit sa fuite émotionnelle.

— Et toi, tu crois que tu es un modèle de père, peut-être ?! rétorqué-je d'une voix tremblante de colère et de frustration.

Dans leur chambre, Émy et Éléna se redressent en sursaut, le bruit leur arrachant un frisson. Les filles se rapprochent instinctivement, cherchant un peu de réconfort dans le silence de la nuit. Leurs corps forment un petit cercle protecteur, sans mots, juste des gestes.

– Tu crois qu'ils vont s'arrêter un jour ? C'est toujours pareil... souffle Émy, la voix brisée par les larmes.

Éléna, d'ordinaire celle qui trouve toujours une réplique, reste figée. Ses yeux sont rivés sur la porte, l'expression inerte, dans la crainte qu'un événement encore plus terrifiant ne survienne.

Pourtant, il ne se passe rien. Le silence s'installe, lourd et pesant, bien plus glaçant que les éclats de voix.

CHAPITRE 10

Le silence de l'appartement est trompeur, presque étouffant. Ce qui doit arriver, arrive. Les services sociaux, alertés par les nombreux témoignages des voisins et les plaintes reçues à plusieurs reprises, prennent enfin contact avec la famille.

Lorsque la sonnette résonne ce matin-là, une tension électrique envahit le logement. J'ouvre la porte, un sourire forcé accroché aux lèvres, l'estomac noué. La femme en tailleur gris se tient droite, autoritaire, ses cheveux tirés en un chignon strict. Son regard perçant semble déjà analyser chaque détail. Derrière elle, l'homme plus jeune tient un carnet de notes, sa mâchoire serrée trahit une certaine nervosité. La sueur perle sur ma nuque. J'essaie de maintenir mon masque de calme.

— Bonjour, Madame. Nous sommes des services sociaux. Nous venons effectuer une visite pour évaluer la situation familiale, dit-elle d'un ton neutre et ferme.

Je hoche la tête, les mains moites, et m'efface pour les laisser entrer. Gabriel reste assis dans le salon, tentant de paraître détendu, mais ses jambes tremblent légèrement. Les filles, elles, s'enferment dans leur chambre dès l'arrivée des inconnus.

L'assistante sociale promène son regard dans la pièce, notant les détails : les meubles désordonnés, la vaisselle accumulée sur la table, et l'odeur étouffante de tabac froid. Quelques jouets abandonnés jonchent le sol, certains brisés, tandis que des piles de linge froissé s'entassent sur les chaises. Les murs portent des traces de mains sales, et une ampoule vacillante au plafond projette une lumière blafarde qui amplifie la sensation de désordre. Chaque recoin semble témoigner d'une maison qui a cessé d'être un refuge. Elle prend place sur le fauteuil, sortant un dossier de son sac.

— Nous avons reçu des signalements concernant des cris et des disputes répétées. Pourriez-vous nous expliquer votre situation familiale ?

Je croise les bras, mon regard se durcissant.

— Des signalements ? sifflé-je. Les voisins exagèrent toujours. Oui, on peut se disputer comme tout le monde, ce n'est pas une raison pour venir fouiller dans nos vies.

— Les filles vont bien. Elles mangent, elles dorment. Qu'est-ce que vous voulez de plus ? renchérit Gabriel d'une voix rauque.

L'assistante sociale reste impassible, notant nos réponses. Elle pose une autre question, plus directe cette fois.

— Et qui s'occupe des tâches du quotidien ? Les repas, les devoirs, les bains ?

Un silence lourd s'installe.

— Moi, bien sûr, finis-je par répondre d'un ton sec.

Pourtant, mon regard fuyant trahit une autre réalité. L'assistante sociale note ce silence, puis demande à voir les enfants. Je grimace et fais signe vers la chambre.

L'homme accompagne l'assistante pour parler aux filles.

Assise sur le lit, Éléna serre la main d'Amélia, essayant d'avoir l'air forte malgré la fatigue qui lui pèse dessus. Elle repense aux histoires qu'elle inventait pour distraire ses sœurs quand leur quotidien devenait trop lourd. À seulement six ans, elle avait déjà pris le rôle de « grande », tentant de rassurer Amélia en pleurs parce que leur mère n'était pas rentrée. Maintenant, à dix ans, elle a l'impression d'être une vieille dame fatiguée de la vie.

Puis, la fameuse histoire de la tranche de jambon lui revient. Cette pauvre tranche, esseulée sur la table, ultime vestige d'un frigo désespérément vide. Les trois sœurs s'étaient retrouvées face à elle, se scrutant du regard comme des combattantes prêtes à s'affronter pour le trophée ultime. Les ventres gargouillaient, l'atmosphère était tendue.

Finalement, dans un élan de sagesse (et surtout de faim extrême), elles avaient pris la décision la plus honorable : partager. La tranche fut pliée, étirée, martyrisée, jusqu'à ce qu'elles réussissent à en faire trois parts à peu près égales. Le silence était religieux, solennel. Chacune avait pris son précieux morceau et, le regard fier, s'était apprêtée à le manger...

— Beurk, il a un goût bizarre, avait lâché Amélia, la bouche pleine.

Trois secondes de flottement. Un regard échangé. Panique. Tentative de crachat express. Vérification de la date de péremption (bien trop dépassée pour qu'elles puissent encore espérer une fin heureuse). Et un serment silencieux fut scellé ce jour-là : plus jamais elles ne feraient confiance à une tranche de jambon abandonnée.

Éléna sent un sourire lui échapper malgré elle. C'était ridicule et pourtant, ça avait été leur quotidien. Elle soupire, refoule son rire et sa peur en même temps. Si elle flanche, qui s'occupera d'elle et d'Émy ?

Elle refoule ses larmes et serre la main de sa sœur plus fort, dans l'espoir que ce simple geste puisse suffire à maintenir leur monde en place.

— Bonjour, dit doucement l'assistante en s'accroupissant à leur hauteur. Ça va, les filles ?

Éléna hoche la tête sans un mot.

— Pourquoi vous êtes là ? murmure Amélia.

La femme esquisse un sourire rassurant.

— On veut juste être sûrs que tout va bien pour vous. Vous voulez bien me raconter comment ça se passe, le quotidien à la maison ?

Éléna jette un regard à la porte, où elle devine la silhouette de sa mère.

— On est bien. Maman nous aime beaucoup, dit-elle d'une voix tremblante après une grande inspiration.

— C'est Éléna qui s'occupe bien de nous, ajoute Amélia timidement.

Le ton innocent de la petite fille fait froncer les sourcils à l'assistante sociale, elle n'insiste pas plus. Elle remarque bien que les filles ne veulent pas parler, qu'elles craignent quelque chose à travers leurs gestuelles, leurs façons de se tenir. Alors, elle décide ne pas poursuivre cette conversation, leurs comportements suffisent à voir que rien ne va. Elle remercie les enfants et quitte la pièce.

De retour dans le salon, elle s'adresse de nouveau à Gabriel et Natacha.

— Nous allons faire un rapport au vu de la situation que nous constatons. Vous recevrez une notification pour une éventuelle convocation. Je vous conseille de prendre cette situation au sérieux. Notre objectif est d'aider les familles, pas de les détruire. Si les conditions ne s'améliorent pas, nous serons contraints d'envisager d'autres solutions. Surtout que cela n'est pas la première fois dans votre cas.

Ces mots résonnent comme une sentence. Une fois la porte refermée, le silence retombe, encore plus oppressant qu'avant.

Gabriel est le premier à briser ce mutisme.

— Ces services sociaux, c'est quoi leur problème ? Ils pensent qu'on est des criminels ou quoi ?

Natacha tourne en rond dans la pièce, puis se retourne, furieuse.

— Je ne sais pas, Gabriel ! Qu'ils viennent chez moi, chez nous, pour m'accuser de maltraiter mes propres filles, ça me dépasse ! Franchement, c'est quoi leur rôle, à ces gens-là ? Nous pourrir la vie ?

Gabriel aspire une longue bouffée de cigarette avant de répondre, sarcastique.

— Ils veulent juste jouer les héros. Avec leurs airs supérieurs, ils croient savoir mieux que nous comment élever des gosses.

Malgré leur colère affichée, une peur bien réelle s'insinue en eux. Dans leur chambre, Éléna, à bout de forces, tente de rassurer ses sœurs.

— Éléna, ils vont nous emmener ? demande Amélia, les yeux pleins de larmes.

— Non, ils ne peuvent pas. On est ensemble, c'est ça qui compte, répond-elle d'une voix tremblante.

Au fond d'elle, Éléna sait que tout ne va pas bien. Elle serre plus fort la main d'Amélia, dans l'espoir que cette unité suffira à les protéger. Elle est consciente que cette visite n'est que le début.

Le lendemain matin, je prépare un petit-déjeuner pour les filles, un effort que je n'ai pas fait depuis longtemps.

Gabriel, de son côté, avale un café en silence avant de prendre la parole.

— Faudrait qu'on montre qu'on est normaux. Genre, qu'on peut gérer.

— Normaux ? Et c'est quoi, pour toi, être normal ? Faire semblant ?

Gabriel hausse les épaules.

— C'est ça ou on risque de les perdre. Ces gens-là ne rigolent pas.

Les filles, assises à la table, observent la scène en silence. Ambre, dans son berceau, babille innocemment, inconsciente de la tension qui imprègne l'air. Une ombre de peur plane sur le foyer et, malgré nos efforts pour paraître à la hauteur, Gabriel et moi savons que la tempête est loin d'être passée. Chaque geste du quotidien semble lourd d'angoisse.

Plus tard, un bruit sourd résonne dans l'escalier. Je sursaute et me dirige rapidement vers la porte pour vérifier qu'aucun intrus n'arrive encore. Gabriel, assis au bord du canapé, triture nerveusement une cigarette non allumée, son regard fixé sur le mur.

— Tu crois qu'ils vont revenir sans prévenir ? demande-t-il d'une voix tendue.

Je ne réponds pas, préférant ignorer la question pour ne pas laisser transparaître ma propre crainte.

Dans la chambre des filles, le silence est tout aussi pesant. Éléna s'efforce de distraire ses sœurs en leur montrant un livre, le seul qu'elles possèdent, mais son esprit est ailleurs. Elle pense à la femme au tailleur gris et à son regard scrutateur, qui semble avoir percé tous leurs secrets. *« Et si elle revenait, pour de bon cette fois ? »* Cette pensée, qu'elle essaie de repousser, ne cesse de revenir, accompagnée d'une peur sourde qu'elle ne peut partager avec personne.

Au fil des jours, le poids des événements devient écrasant. J'essaie de m'imposer des routines artificielles : préparer des repas, faire les tâches du quotidien, emmener les filles à l'école... Gabriel, lui, passe de longs moments accoudé à la fenêtre, scrutant la rue avec une anxiété palpable. Chaque coup de sonnette ou bruit de pas dans l'escalier nous fait sursauter.

Un après-midi, une convocation officielle arrive par courrier. L'enveloppe blanche repose sur la table, une menace silencieuse. Je m'arrête net en la voyant, mon souffle suspendu. Je tends une main tremblante pour la saisir, puis m'arrête un instant, dans la crainte qu'ouvrir cette lettre fasse s'écrouler le peu de contrôle qu'il nous reste.

Lorsqu'enfin je déchire le papier, chaque froissement résonne dans l'appartement silencieux. Je parcours les mots avec des yeux agrandis par l'angoisse.

« Convocation obligatoire »

Le reste du texte se brouille sous mes larmes retenues. Je tends la lettre à Gabriel, qui la prend sans un mot. Il la lit rapidement, puis jette un regard vide vers le mur, incapable de trouver les mots.

— Ils veulent nous voir dans leurs bureaux, murmuré-je, la voix étouffée par la peur. Gabriel... Qu'est-ce qu'on va faire ?

Gabriel froisse doucement la lettre entre ses doigts, dans l'illusion que cela pourrait en effacer le contenu.

— On y va, répond-il enfin. On leur montre qu'on est des parents normaux. Mais... si ça ne suffit pas, alors... alors on avisera.

Même en prononçant ces mots, je sais que Gabriel et moi n'avons aucun plan. Notre avenir semble nous échapper, une angoisse constante règne dans le foyer.

Le jour de la convocation, nous nous préparons en silence. Les filles nous observent, sentant l'angoisse imprégner l'air. Éléna, d'un calme étonnant pour son jeune âge, s'efforce de préserver un semblant de routine pour ses sœurs.

— Maman et papa vont revenir bientôt, murmure-t-elle en souriant faiblement. Tout va bien se passer.

Au fond d'elle, Éléna sait que rien n'est certain. Les heures passent lentement, chaque tic-tac de l'horloge accentuant l'inquiétude.

Lorsque la porte d'entrée s'ouvre enfin, Gabriel et moi revenons, l'air abattu.

— Ils veulent encore nous surveiller, murmure Gabriel, la voix cassée par le stress. Ils vont revenir, encore et encore, jusqu'à ce qu'ils soient satisfaits.

Je serre les poings, déterminée à ne pas laisser ma famille s'effondrer.

— On va s'en sortir, Gabriel. Il faut. Pour les filles.

Les semaines qui suivent sont marquées par des efforts désespérés pour montrer une image de normalité. Les disputes diminuent, mais la tension est palpable. Éléna continue de jouer son rôle de grande sœur protectrice, cachant ses propres peurs pour soutenir Émy et Amélia.

Un jour, tandis qu'Éléna regarde par la fenêtre, elle voit l'assistante sociale entrer dans l'immeuble. Son cœur se serre, et malgré cela, elle prend une grande inspiration et se tourne vers ses sœurs.

— Il sont là, chuchote-t-elle. On doit montrer qu'on est une famille unie. D'accord ?

Les petites filles hochent la tête, leurs yeux brillants de détermination. La porte s'ouvre, et l'assistante sociale entre, son regard perçant scrutant chaque détail. Cette fois, elle voit quelque chose de différent. Une famille qui, malgré ses difficultés, lutte pour rester ensemble.

— Comment vont les filles ? demande-t-elle doucement.

Éléna répond avec un sourire sincère, serrant ses sœurs contre elle.

— On va bien. On est ensemble : c'est tout ce qui compte.

Dans ce moment de vulnérabilité, l'assistante sociale voit l'amour et la résilience qui unissent cette famille, malgré tout. Elle prend des notes, son expression est moins sévère qu'auparavant.

Peut-être qu'il y a encore de l'espoir pour eux, pense-t-elle.

CHAPITRE 11

Les mois passent. J'essaie de faire des efforts, de me convaincre que je peux être une mère à l'image des autres, que je peux leur offrir quelque chose de stable, de rassurant. Mon subconscient en a décidé autrement. L'illusion d'un renouveau ne dure jamais bien longtemps. Chaque matin, je me promets que ce soir, je rentrerai tôt, que je serai là pour elles, que je préparerai un vrai repas, que je leur lirai une histoire avant de dormir. À peine la journée entamée, l'appel du vide est plus fort. Ce n'est pas une voix qui me parle, c'est une sensation qui m'attire, un engrenage dont je ne sais plus comment m'échapper.

Alors, tout recommence. L'alcool coule à flots, le bruit des rires éclate dans l'appartement, la musique fait vibrer les murs jusqu'à ce que mes pensées s'engourdissent. Je ne compte plus les visages qui passent, les inconnus qui s'affalent sur mon canapé comme s'ils étaient chez eux, les verres qui s'empilent sur la table du salon. C'est devenu mon quotidien : une succession de nuits floues, où je cherche l'oubli dans les excès.

De temps en temps, un éclair de lucidité me frappe au milieu du chaos. Une silhouette familière, un regard accusateur. Éléna. Immobile dans l'ombre du couloir, observant cette mascarade d'un air résigné. Son regard me transperce. Je sais qu'elle voudrait que j'arrête, qu'elle voudrait me secouer, me hurler d'agir autrement. Elle ne dit rien. Elle a compris que ça ne servirait à rien, alors elle se tait et retourne auprès de ses sœurs. Et moi, je détourne les yeux, parce que voir cette désapprobation silencieuse me ferait trop mal. Puis vient l'aube, les lendemains douloureux où mon corps me rappelle mes excès. La tête lourde, la bouche pâteuse, l'appartement sens dessus dessous, l'odeur de tabac froid imprégnée jusque dans les murs. Mes filles sont là, quelque part, présentes et pourtant invisibles, fantômes d'une enfance qu'elles ne vivent plus.

Je n'oublierai jamais cette journée.

Ce matin-là, quelque chose est différent. Je me réveille avec une impression étrange, une angoisse sourde, le genre que l'on ressent juste avant que tout déraille. Un silence pesant règne dans l'appartement, un silence inhabituel, presque trop calme après le chaos des jours précédents.

Puis, on frappe à la porte. Un coup net. Autoritaire.

Quand j'ouvre, je les vois : les services sociaux.

Ils sont plusieurs, accompagnés de policiers. Leur présence envahit mon espace en une fraction de seconde. Le bruit des pas lourds sur mon parquet éraflé, le froissement des papiers dans les mains de l'assistante sociale, le regard appuyé d'une femme en civil qui semble déjà connaître la suite de l'histoire.

Mon cœur s'emballe.

Derrière moi, mes filles se sont figées. Elles se blottissent instinctivement les unes contre les autres, en ultime rempart contre l'inévitable.

Je voudrais parler, protester, les mots restent coincés, malgré moi... Parce qu'au fond, je le sais. Je savais que ce jour finirait par arriver.

Ils ne sont pas seuls. En plus de l'assistante sociale et des deux agents habituels, deux policiers sont présents. Leurs uniformes, imposants et intimidants, amplifient une tension déjà insupportable. Mes jambes tremblent légèrement, et je peux sentir mon cœur battre à un rythme affolé. Éléna fixe les policiers avec des yeux écarquillés, un mélange de défi et de terreur dans son regard. Amélia serre un vieux jouet contre sa poitrine, ses doigts blanchis par l'effort, tandis qu'Émy, immobile, semble retenir son souffle. Quant à moi, je sens une boule grandir dans ma gorge, m'empêchant presque de respirer. Une femme en civil, un épais dossier à la main, reste légèrement en retrait. La gravité de leur mission se lit dans son regard.

Tout semble irréel. La lumière du jour traverse les rideaux usés de l'appartement, révélant les détails que j'ai appris à ignorer : les cendres éparpillées sur le tapis, une odeur rance de tabac mêlée à celle de l'alcool, les bouteilles vides empilées dans un coin, et le craquement subtil du parquet chaque fois que je fais un pas. Sous la table, un jouet d'Amélia cassé et abandonné ajoute une touche de désolation au décor. Ce décor, que je ne vois plus, devient soudain le témoin de mon échec.

— Madame, nous sommes ici pour évaluer la situation, déclare l'assistante sociale d'une voix neutre, à la fois calme et inflexible. Nous avons reçu plusieurs signalements concernant vos enfants, provenant d'enseignants, de voisins, et de nos propres observations lors de visites précédentes.

Mon estomac se noue. Je sais que cette visite ne sera pas une simple formalité.

— Des signalements ? Que voulez-vous dire par là ? Vous n'avez même pas pris la peine de nous poser des questions avant de juger, vous, vos *« observations »*.

L'assistante sociale ouvre le dossier d'un geste mécanique, donnant l'impression que tout est déjà joué. Mon cœur se serre aussitôt. Les photos d'Ambre me percutent avec la violence d'un coup de marteau.

— Ces photos ont été prises lors d'une visite impromptue, Madame. Ambre semble souffrir de négligence grave. Et, concernant Gabriel, il y a des rapports préoccupants.

Je sens la colère monter, un éclat vif dans les yeux, et j'avance de quelques pas.

— Gabriel ? C'est absurde ! Vous ne pouvez pas croire ce genre de...

Je me fige. Un doute me traverse l'esprit, furtif. Je le repousse immédiatement.

— C'est son père, il l'aime plus que tout, il est juste... stressé ! Vous ne pouvez pas l'incriminer pour ça !

L'un des policiers intervient, sa voix grave et calme.

— Ce n'est pas une question d'amour, Madame. Nous avons des témoignages indiquant que Gabriel refuse que quiconque d'autre que lui prenne soin d'Ambre. Il devient violent, il est instable. Cela représente un risque pour la sécurité des enfants.

Les mains tremblantes, je recule d'un pas, cherchant à retrouver mes mots. Une peur sourde s'installe dans ma gorge. Je répète, presque pour moi-même.

— Non… ce n'est pas possible. Gabriel… instable ? Il m'aime…

Mes yeux se posent sur le sol. Les mots que j'entends commencent à s'insinuer dans mon esprit, mais je refuse d'y croire. Mon corps se raidit en entendant la suite.

— Nous avons aussi des signalements concernant des comportements agressifs envers vos autres enfants, poursuit le policier d'un ton neutre. Des témoins parlent de crises de colère, de propos incohérents, d'attitudes inquiétantes. C'est un environnement instable, potentiellement dangereux pour eux tous.

Cette dernière phrase me frappe comme un coup de poing dans le ventre. Je reste figée, les pensées en vrac. Une partie de moi se rebelle, refuse d'entendre, tandis qu'une autre, plus sombre, commence à douter. Mes jambes flanchent sous le poids de cette révélation.

— Gabriel n'est pas…

Je m'arrête, la vérité perce lentement à travers le brouillard de mon déni. La voix du policier résonne encore dans ma tête, martelant, impossible à ignorer.

Un silence lourd envahit la pièce, rompu seulement par le clac métallique du dossier qui se referme.

L'assistante sociale s'avance une dernière fois, le ton plus tranchant.

— Nous devons prendre ces mesures pour la sécurité de vos enfants. Elles seront placées dans un service d'accueil d'urgence[1].

Je me redresse instantanément, la voix brisée, portée par la colère.

— Non, vous ne pouvez pas faire ça ! Vous ne pouvez pas les séparer ! Ce sont mes enfants ! Vous n'avez pas le droit de me faire ça !

Les policiers, impassibles, échangent un regard. L'un d'eux prend un air plus dur, pourtant sa voix reste calme.

— C'est précisément parce qu'elles sont vos enfants que nous devons agir. Pour leur sécurité, et pour la vôtre. Nous avons toute la documentation nécessaire pour cette décision.

Je me tourne vers mes filles, les bras tendus, instinctivement, comme pour les retenir à distance. Éléna, dans un ultime élan de résistance, me lance un regard froid. Ses yeux brillent de larmes qu'elle

1 Un Centre d'Accueil d'Urgence (CAU) accueille en urgence les enfants ou adolescents retirés de leur famille face à un danger grave. C'est une solution temporaire pour leur protection pendant l'évaluation de leur situation par les services sociaux. Les enfants sont hébergés collectivement, encadrés par des professionnels, et continuent leur scolarité. Leur séjour dure de quelques jours à quelques semaines, en attendant une solution d'hébergement plus stable.

s'efforce de retenir. Sa question me transperce, me brise de l'intérieur. Je reste muette, écrasée par un silence aussi lourd qu'insoutenable.

— On va revenir, maman ? demande-t-elle d'une voix tremblante et pleine d'espoir.

Le souffle court, je hoche lentement la tête. Le regard qu'Éléna me lance suffit : elle sait que je mens. Je détourne les yeux, incapable de soutenir les siens. Tout en moi se déchire. Je reste figée, impuissante, réduite à regarder mes filles s'éloigner, le cœur en miettes.

Les interrogatoires se déroulent dans une salle lumineuse remplie de jouets colorés. Une tentative pathétique de dissimuler la dure réalité de ce qui se passe. Chaque enfant est séparé, accompagné d'un psychologue.

Éléna est la première. Elle s'assoit droite sur sa chaise, ses bras croisés, ses yeux fixant le policier. Son regard est froid, une barrière autour de sa douleur, tandis que ses lèvres tremblent légèrement, trahissant la peur qui la ronge de l'intérieur.

— On est ici parce que maman ne s'occupe pas bien de nous, dit-elle sans détour. Et Gabriel... il fait peur.

Le policier fronce les sourcils.

— Pourquoi te fait-il peur ?

— Il boit. Beaucoup. Et parfois, il tape. Des choses. Par moments, des gens.

Elle se mord la lèvre, puis ajoute dans un souffle.

— Amélia, de temps en temps. Moi aussi, un peu. Et maman… elle regarde. Elle ne fait rien. Elle laisse faire, murmure-t-elle.

Ses yeux s'humidifient, pourtant elle se reprend, écartant les larmes d'un mouvement furtif. Puis, elle baisse la tête.

— Il… il me dit que c'est ma faute, que je suis trop grande pour pleurer.

Émy, qui entre ensuite, a plus de mal à parler. Ses petites mains sont moites et tremblent, son regard fuyant à la recherche d'un endroit où se cacher, une cachette où la douleur ne pourrait pas la suivre. Elle pleure souvent entre ses réponses, essuyant ses larmes du bout de la manche, comme si ce geste pouvait effacer ce qu'elle ressent.

Lorsqu'on lui demande si elle se sent en sécurité chez elle, elle secoue la tête, les yeux baissés, ses épaules secouées de sanglots muets.

— Gabriel est toujours fâché. Et maman est toujours triste, mal en point et très méchante. Elle nous donne des fois du sirop pour qu'on dorme profondément. Ambre pleure beaucoup et personne ne la prend.

Émy s'arrête, ses lèvres tremblantes, le regard plongé dans celui du psychologue, chargé d'une profonde détresse. Dans ses yeux, on peut lire l'incompréhension d'une petite fille qui n'arrive pas à comprendre pourquoi personne ne vient les sauver. La souffrance est inscrite sur chaque ligne de son visage fragile.

Ses mots sont des coups de poignard, frappant le cœur de ceux qui les entendent. Ces témoignages, ajoutés au dossier déjà accablant, scellent le sort des filles.

Amélia, encore toute jeune, ne comprend pas vraiment ce qu'il se passe. Elle regarde à peine, ses yeux brisés par la fatigue et la confusion. Son regard est celui d'un enfant qui a été privé trop tôt de sa lumière intérieure, une lumière qui s'éteint lentement sous l'effet de la négligence et de la violence qui l'entourent. Elle n'a que cinq ans, elle semble déjà croire qu'elle ne mérite pas d'être aimée, qu'elle n'a pas la place pour ses rêves d'enfant.

Lorsque les filles sont emmenées, Éléna tient fermement les mains d'Émy et d'Amélia. Ambre babille dans son siège auto, inconsciente du drame qui se joue autour d'elle. Elle est trop jeune pour comprendre la gravité de la situation. Son regard d'enfant apeurée et ses pleurs incessants, qui ne trouvent jamais de réconfort, brisent le cœur de ceux qui l'entendent. Elle est trop petite pour avoir la force de s'expliquer, tout son être crie la souffrance, une souffrance qu'elle porte silencieusement.

Je les regarde partir, mon corps figé, incapable de pleurer. Leurs petites mains qui se tendent vers moi, leurs visages que je n'arriverai plus à retrouver dans mon quotidien.

Quelques heures plus tard, Gabriel et moi rentrons. Lorsque la porte de l'appartement se referme, le silence est pire que tout. Il n'est pas simplement l'absence de bruit, c'est comme une présence écrasante, lourde, presque vivante. Chaque craquement du parquet sous mes pieds résonne tel un reproche. L'air semble figé, empli d'une tension oppressante ; l'odeur mélangeant l'alcool rance et la poussière s'accroche à mes narines, augmentant l'asphyxie de ce moment. Ce silence ne fait que rappeler leur absence, un vide que rien ne semble pouvoir combler.

Mes jambes tremblent. Je voudrais crier, hurler pour qu'elles reviennent, pourtant ma gorge est nouée, prise par une douleur sourde, une douleur que je n'arrive même pas à comprendre. Une douleur qui m'envahit telle une marée, m'étouffant. C'est la sensation de perdre une partie de moi-même, une partie que je ne retrouverai plus jamais.

Cette nuit-là, je reste assise sur le sol du salon, une bouteille de vin vide à mes côtés. Les quelques photos de mes filles sont étalées devant moi, leurs sourires d'autrefois semblent me juger. L'une d'elles montre Amélia, son visage rayonnant de joie, fière de tenir entre ses mains un dessin qu'elle a fait pour moi. Je me souviens de ce jour. Elle a passé des heures à colorier, espérant que je le mettrais sur le frigo. Ce dessin a fini par être oublié, enfoui avec tant d'autres choses. J'aurais dû l'accrocher. Je le regrette encore aujourd'hui.

Maintenant, ce souvenir me brûle, plus douloureux que tout. J'ai échoué. J'ai échoué à les protéger, à être la mère qu'elles méritaient. Les rires de mes filles, ces instants innocents, sont désormais une torture. Je suis seule, complètement seule. L'ombre de leur absence me hante à la manière d'un spectre, et la honte me dévore de l'intérieur.

J'ai été une mauvaise mère. Et peut-être que je ne l'ai jamais vraiment été. Un éclat de douleur, plus fort que tout, éclate en moi. Il est trop tard. Trop tard pour réparer, trop tard pour revenir en arrière.

Je ferme les yeux, leurs visages continuent de se dessiner dans l'obscurité. Les rires des enfants, leurs petites voix m'appelant *« maman »*, tout cela me brise. Quand ai-je arrêté d'être celle qu'elles attendaient ? Quand ai-je abandonné cette image d'une mère protectrice et aimante pour devenir ce monstre qu'elles craignent ?

Je n'ai plus de place pour les excuses. Et maintenant, je ne sais pas comment je vais vivre sans elles.

CHAPITRE 12

Le silence dans l'appartement est lourd, presque oppressant, seulement troublé par le bourdonnement lointain des voitures dans la rue. Les rideaux, tirés depuis des jours, plongent la pièce dans une pénombre étouffante. Assis sur le canapé, Gabriel et moi restons immobiles, pétrifiés dans le silence, tels deux statues brisées. Autour de nous, le chaos règne : des assiettes sales empilées dans l'évier, des vêtements froissés jetés en boule sur les chaises, des jouets abandonnés traînant sur le sol. Ce désordre n'est pas seulement matériel : il raconte notre chute, la lente déchéance de nos vies, l'effritement de tout ce que nous avons été.

Je regarde mes mains, tremblantes, sales, incapable de trouver la force de me lever ou de parler. Mes doigts crispés griffent légèrement la paume de ma main, tentant de s'ancrer dans quelque chose de réel, quelque chose qui me prouverait que je suis encore là, que j'existe dans ce monde qui semble se dérober.

Gabriel est affaissé à côté de moi, le corps lourd, écrasé par tout ce qu'on ne dit plus. Son visage, creusé par des nuits sans sommeil, affiche une expression de résignation mêlée de colère, sans destinataire, une rage silencieuse contre tout et contre nous-mêmes.

C'est lui qui finit par briser le silence.

— Elles ne reviendront pas.

Sa voix est rauque, sans émotion, signe qu'il a déjà tout accepté, tout compris. Il a pris ce chemin de renoncement bien avant moi. Ces mots me frappent de plein fouet. Un instant, le monde qui m'entoure se déforme. Je baisse les yeux, incapable de répondre, de faire face à ce qu'il vient de dire. Mes lèvres tremblent, aucun son ne sort. Je me contente de ramasser une peluche à mes pieds et la serre contre moi, cherchant un point d'ancrage dans ce monde brisé. Puis je la pose sur la table, en geste dérisoire, dernier vestige d'un univers qui s'efface.

— Peut-être qu'on peut encore faire quelque chose, murmuré-je. Leur montrer qu'on peut changer.

Gabriel éclate d'un rire amer qui fend le silence de l'appartement vide, tel une gifle qui ne laisse aucune trace.

— Changer ? Et comment ? Tu crois qu'on peut effacer les rapports ? Les voisins qui se plaignent tout le temps ? Les services sociaux qui nous disent mille fois qu'on est à deux doigts du gouffre ? Ils ont déjà décidé. Tout est foutu, Natacha. Elles ne reviendront pas. Et on ne pourra rien y faire.

Il se lève brusquement, se dirige vers la table, et attrape une bouteille de vin à moitié vide. Je le regarde, les yeux brûlant de larmes que je refuse de laisser couler. J'aimerais crier, lui rappeler que ce n'est pas seulement ma faute, que nous sommes deux dans cette chute. J'aimerais le secouer, lui dire que tout n'est pas encore perdu, qu'il reste quelque chose pour lequel se battre. Les mots me manquent. Une part de moi sait qu'il a raison. On a eu toutes les cartes en main, lui et moi. Et on les a laissées tomber, une par une.

— On est des fantômes, maintenant, murmure Gabriel, les yeux vides. Elles vont grandir ailleurs et, nous, on va rester ici, dans ce bordel, dans l'illusion que plus rien n'a d'importance.

Je retiens mes larmes, coincées dans ma gorge, un poison que je n'arrive pas à laisser s'échapper. D'un geste lent, presque machinal, je me lève et marche jusqu'à la fenêtre. J'écarte légèrement le rideau et j'observe la rue. Les passants vont et viennent, indifférents à ce qui se joue derrière cette vitre. Ils évoluent dans un autre monde, un monde où ma douleur n'a aucune importance.

Je me sens étrangère à ma propre vie, déconnectée de tout ce que j'ai connu. Le temps continue sa course, alors que moi, je reste figée, suspendue dans l'attente d'une rédemption qui, au fond, n'arrivera sans doute plus.

Pendant ce temps, dans un centre d'accueil à plusieurs kilomètres de là, Éléna tente de maintenir une routine pour ses sœurs. Elle s'efforce d'agir en adulte, même si son corps et son esprit ne sont pas faits pour porter un tel poids. Elle les réveille chaque matin, les aide à s'habiller, leur répétant que tout va bien, même si elle-même se sent aussi perdue qu'elles, avec cette sensation que la nuit continue sans fin d'envahir son cœur. Chaque sourire qu'elle offre à ses sœurs est un masque fragile, une tentative désespérée de montrer qu'elle peut encore être leur pilier, même si ses épaules, déjà lourdes de trop de chagrin, s'inclinent sous le fardeau. Elle a l'impression de se perdre chaque jour un peu plus, avec la sensation que ses forces sont aussi fragiles que les leurs.

Émy pleure souvent, surtout la nuit. Elle se réveille en sursaut, les yeux pleins de larmes, murmurant de temps en temps le prénom de leur mère, dans un souffle qui ressemble à une prière, espérant même en rêve un miracle ou une main tendue dans l'obscurité. Eléna, silencieuse, se glisse dans son lit, la berce doucement, une mère invisible lui murmurant des mots apaisants, alors quelle-même n'y croit plus, et qu'elle n'a plus la force de croire à quoi que ce soit. Elle caresse les cheveux d'Amélia d'un geste tremblant, pour effacer un peu de la douleur, dans l'espoir de retrouver, ne serait-ce qu'un instant, une époque où tout allait encore bien.

— Tu crois qu'on va rentrer, un jour ? demande Émy un soir, les joues humides.

Éléna hésite. Elle sait que mentir ne servirait à rien et, pourtant, la vérité est trop cruelle, trop tranchante. Elle se force à sourire, un sourire fragile, presque invisible, un sourire qui ne parle que de sa douleur, de cette tristesse écrasante qui pèse sur son jeune cœur. Elle lui caresse la joue, son esprit accablé par l'incertitude de l'avenir.

— Peut-être. Il faut attendre, Émy. On doit être patientes.

Amélia, trop jeune pour comprendre pleinement, vit dans un mélange de confusion et de curiosité. Elle joue souvent seule, sa poupée serrée contre elle, dans l'illusion que ce simple geste pourrai la protéger de tout ce qu'il se passe autour. Ses yeux, grands et perçants, observent ses sœurs avec une intensité étrange, comme si elle pressentait que leur monde, tout entier, était en train de s'effondrer. Elle n'est pas la plus jeune, pourtant son innocence ne suffit pas à protéger son cœur. Elle perçoit le silence lourd des adultes, l'absence de mots et, dans ses jeux solitaires, elle cherche à reconstituer ce qui a été brisé, espérant dans un coin de son esprit que tout redeviendra tel que c'était autrefois.

Le 7 novembre 2001, je me rends seule au tribunal. Gabriel a refusé de m'accompagner. Je n'ai pas insisté. Peut-être que je voulais affronter cette journée seule, loin de la lourdeur de sa présence. Peut-être qu'au fond, je savais déjà que je n'avais plus personne sur qui compter. Que j'étais seule dans cette chute inexorable.

Mes pas résonnent dans les couloirs froids du tribunal, chaque écho amplifiant le poids de mes erreurs, tel un métronome macabre marquant la fin de mon monde. Le sol, glacé sous mes pieds, semble se dérober un peu plus à chaque pas, comme si la gravité elle-même cherchait à m'engloutir.

La salle d'audience est austère, intimidante, plongée dans une lumière froide et crue qui rend chaque visage plus dur, plus sévère. Je m'assois au fond, cherchant à me faire aussi petite que possible, à disparaître dans l'ombre des autres. Mes mains tremblent, je me force à les poser sur le bois froid de la table, espérant que ce contact glacé m'ancre un peu dans la réalité. La sueur perle dans mes paumes, mon cœur s'emballe, un rappel cruel de ce qui m'attend.

Le juge, un homme au regard perçant, commence à lire les faits. Ses mots tombent comme des coups de marteau, des frappes nettes sur ce qu'il reste de mon cœur déjà en miettes.

Je n'entends que partiellement les témoignages des voisins, les rapports des services sociaux, les remarques des enseignants ; tout me traverse comme une ombre qui ne s'ancre nulle part, et je reste là, incapable de réagir, figée, étrangère à mon propre corps.

« Négligence parentale avérée. Manquements graves à l'autorité parentale. Témoignages des voisins, rapports des services sociaux, observations des enseignants... »

Ces mots flottent autour de moi, un poison qui se répand dans mes veines. Je me sens rétrécir sous le poids de mes propres erreurs, de cette culpabilité que je porte seule. J'essaie de rester droite, de paraître forte, mais ma tête tourne. Un vertige m'envahit, la pièce vacille, le sol menace de disparaître sous mes pieds. La réalité se déforme, les murs semblent se resserrer sur moi, et la voix du juge devient lointaine, noyée dans une brume indistincte. Puis, il prononce le verdict, une sentence qui achève ce qu'il restait de mon espoir.

— Les enfants resteront sous la tutelle des services sociaux jusqu'à nouvel ordre. Les filles seront placées en famille d'accueil. Un nouveau jugement sera rendu dans un an, en fonction de l'évolution de la situation.

Mon monde s'effondre en un instant. Je lève les yeux, cherche désespérément mes filles parmi la foule. Éléna me fixe, son regard chargé de reproches, de douleur, de résignation. Tout en elle me crie que c'est fini, que tout s'est écroulé avant même qu'on ait eu la chance de se battre. Émy pleure doucement dans les bras d'un éducateur, ses larmes semblables à un torrent silencieux qu'elle tente de retenir. Amélia est presque tranquille, les yeux grands et curieux, tenant la main d'une assistante sociale, sans comprendre la gravité de ce qui vient de se passer, trop jeune pour percevoir la profondeur de la perte.

En quelques instants, elles disparaissent derrière la porte, et je reste là, seule dans cette salle vide, spectre figé, ombre prête à s'effacer. Les murmures des avocats et des spectateurs s'éteignent. Le silence devient soudain plus lourd, presque étouffant. Je ne bouge pas, incapable de penser ou de ressentir autre chose qu'un vide insoutenable, un gouffre sans fin. La pièce est pleine autour de moi et, pourtant, je ne me suis jamais sentie aussi seule. Le vide du tribunal n'a rien à voir avec l'espace. C'est mon âme qui se vide, qui se dissout, comme si plus rien n'avait de consistance.

Quand je rentre à l'appartement, c'est comme marcher dans une tombe, un lieu figé dans le temps, où chaque objet est devenu un souvenir douloureux. Rien n'a changé et, pourtant, tout est différent. Tout semble suspendu : les jouets éparpillés sur le sol, les vêtements laissés à l'abandon, les assiettes sales empilées dans l'évier, empreintes figées de notre vie passée, arrêtées nettes dans une scène de décomposition.

Pourtant, la maison apparaît encore plus vide qu'avant, comme si une part de moi-même avait été arrachée, laissée là, dans ce chaos sans fin. Ce n'est plus un foyer, juste la carcasse d'une vie qui s'est effondrée, un lieu où chaque pièce me murmure des souvenirs que je n'ai plus la force de revisiter. La porte se referme derrière moi, en un silence accablant où seule ma douleur résonne.

Sur la table, une feuille froissée attire mon attention. Un morceau de papier abandonné parmi d'autres, insignifiant peut-être. Cette fois, quelque chose me pousse à le ramasser, attirée par un fil invisible qui semble me tirer vers lui. Je l'ouvre doucement, et un dessin maladroit se dévoile. Une maison aux contours hésitants, des personnages souriants, des enfants un peu disproportionnés. Et un soleil éclatant qui illumine l'ensemble, un éclat de ce qu'on a été.

En bas du dessin, Émy a écrit de sa petite main : « *Ma famille* ». Le simple mot me frappe en pleine face. Mes doigts tremblent en serrant le papier, une pression douce, presque douloureuse. Je devrais le jeter, à l'image de tous les autres dessins, de tous ces souvenirs que j'ai tenté d'enterrer. Cette fois, je n'y arrive pas. Ce dessin, cet appel muet de ma fille, est tout ce qu'il me reste de ce monde que j'ai laissé s'effondrer. Je dépose doucement la feuille sur la table, les yeux rivés dessus, comme si je pouvais y puiser un peu de force, tout ce qu'il reste à saisir. Je n'ose pas y toucher davantage. C'est le dernier lien avec ce que j'ai perdu, un dernier souvenir d'une époque révolue où la famille était encore une réalité, avant que tout ne s'effondre.

Soudain, la pièce devient plus lourde, le poids de la réalité m'écrase. Je m'effondre sur une chaise, mes sanglots brisant enfin le silence que j'ai porté en moi pendant trop de temps. Pour la première fois depuis des semaines, la douleur si intense se libère dans des pleurs convulsifs. Chaque gémissement est un morceau de moi que je perds, une déchirure que je n'arrive plus à contrôler. Gabriel, assis sur le canapé, prostré sous l'emprise de l'alcool, ne bouge pas. Il ne dit rien. Ses yeux sont fixés sur un point invisible, son propre monde aussi s'effrite, il n'y a plus de mots, plus de gestes. Il est là mais, tout comme moi, il est perdu, englouti dans son propre néant.

Je suis seule avec ma douleur, seule avec cette peine qui me submerge, qui m'étouffe. Je me sens abandonnée, même par mes propres sentiments, noyée sous une mer de regrets, de remords. Chaque respiration devient plus difficile, chaque pensée un fardeau. Dans ce silence oppressant, une pensée fugace traverse mon esprit : peut-être qu'il n'est pas trop tard. Peut-être qu'il existe une solution, une chance pour tout réparer, pour retrouver ce que j'ai perdu. Cette lueur, aussi infime soit-elle, semble se dissiper avant même que je puisse m'en saisir. Elle disparaît, engloutie dans le néant de ma réalité.

Le vide autour de moi est trop vaste, trop lourd. Je le sais, profondément, douloureusement : la descente aux enfers ne fait que commencer. Les ombres qui rôdent autour de moi ne cessent de grandir, elles se rapprochent, me couvrent de leur noirceur. La question que je n'ose même pas poser prend forme lentement dans mon esprit : *existe-t-il encore un chemin de retour ? Ou suis-je condamnée à errer dans ce vide ?*

Peut-être que, tout comme ce dessin posé sur la table, cette question attend une réponse que personne n'ose donner. Une réponse qui ne viendra peut-être jamais...

FIN

Histoire à suivre…

Remerciements

Ce roman, ce n'est pas juste une fiction.

C'est mon histoire.

Mon vécu.

Celui d'une petite fille (alias Amélia) confrontée trop tôt à l'absence... d'une présence.

À l'amour fuyant, aux silences lourds, aux cris trop pleins.

C'est mon enfance auprès de Natacha — cette mère sans en être une, cette femme qui m'a mise au monde mais qui ne savait pas, ou plus, comment être là.

Écrire ce roman a été un exercice aussi douloureux que libérateur. Plonger dans ces souvenirs, les mettre en mots, les revivre... puis les déposer pour de bon.

Et si tu es arrivé·jusqu'à cette page, c'est que tu as marché un moment avec moi.

Merci pour ça.

Je tiens à remercier de tout cœur mon mari, le premier à croire en moi, en mes projets parfois fous, en mes élans d'écriture à minuit, en mes doutes. Il est mon pilier, mon ancrage. Sans lui, ce roman ne serait peut-être jamais sorti de mes carnets.

Un immense merci à mes sœurs qui savent, mieux que quiconque, les racines profondes de cette histoire. Votre amour et votre soutien indéfectibles ont été un phare dans ma vie, et je sais que vous comprendrez chaque nuance de ce récit. Ce livre est aussi un peu le nôtre.

Un immense merci à Fiona, ma correctrice, qui a été bien plus qu'une simple relectrice. Avec sa bienveillance, ses retours constructifs et ses commentaires lumineux, elle a su faire briller ce texte sans jamais en dénaturer l'âme. Elle a corrigé, affiné, allégé… et surtout, elle m'a encouragée quand j'en avais le plus besoin. Une femme précieuse, talentueuse et profondément humaine.

Merci aussi à toutes les personnes qui, dans l'ombre ou la lumière, croient en moi, me lisent, me soutiennent, me motivent à aller au bout.

Merci à mon « moi » du passé, cabossé mais debout, qui m'a soufflé cette histoire avec sincérité.

Et merci à toi, lecteur ou lectrice, pour ta confiance.

J'espère que ce premier roman t'a touché·e, ému·e, remué·e parfois...

Et qu'il t'aura donné envie de découvrir la suite. Car oui, ce n'est que le début.

D'autres vérités s'apprêtent à voir le jour, d'autres voix à s'élever.

Si ce livre t'a touché·e, n'hésite pas à laisser un petit mot ou une note sur le site où tu l'as acheté.

Les mots des lecteurs sont le carburant des auteurs autoédités.

Et si tu veux découvrir les coulisses, les projets à venir ou simplement me dire bonjour, je t'accueille avec plaisir :

- sur mon compte Instagram @coralie.letombe
- sur mon site web www.coralieletombe.com.

À très bientôt pour la suite de l'histoire,

Coralie

Printed in Poland
by Amazon Fulfillment
Poland Sp. z o.o., Wrocław

51513711R00219